세상에 없는 나의 기억들

세상에 없는 나의 기억들

리베카 솔닛 지음 | 김명남 옮김

Rebecca Solnit

Recollections of My Nonexistence

창비
Changbi Publishers

걸려 넘어진 돌들로 지은 성

이 책은 회고록이면서 회고록이 아니기도 합니다. 나는 이 책에 나 개인의 경험을 담았지만, 그것을 모든 여성이 겪는 집단적 경험의 맥락 속에서 서술했습니다. 이 책에는 내가 작가가 되고자 걸어온 길, 즉 나만의 목소리를 만들고 그 목소리를 세상에 들려줄 방법을 찾는 과정이 담겨 있습니다. 그런데 그 과정은 여성이 침묵하기를 바라고 여성의 목소리가 들리지 않기를 선호하는 사회에서 이뤄진 것이었으므로, 이 책은 그런 사회에 대한 이야기이기도 합니다. 또 자신의 목소리를 갖고자 하는 분투가 여성에게 어떤 영향을 미치는지 말하는 책이고, 우리가 누구의 목소리를 듣고 믿을 것인가 하는 문제는 팬데믹과도 같은 여성에 대한 폭력이라는 문제와 뗄 수 없는 일임을 말하는 책입니다.

만약 여성이 동등한 목소리, 권리, 신뢰성, 기타 등등의 힘을 가진 사회라면, 그런 폭력은 훨씬 드물 것입니다. 그 폭력은 원인인 동시에 결과입니다. 불평등 때문에 생긴 결과이면서도 그 불평등을 강화하고 지속시키는 요인으로 작용합니다. 내게는 목소리가 있습니다. 이 목소리를 갖기 위해서, 나는 내가 젊은이로 살았던 그 추하고 낡은 세상에서 싸워야 했습니다. 이제 나는 다른 목소리들이 말할 수 있는 공간을 열고 아직 충분히 들리지 않은 그 목소리들을 증폭하는 데 도움이 될 수 있을까 하는 바람에서, 이 목소리를 씁니다.

물론, 여성혐오는 여러 불평등 중 하나일 뿐입니다. 이 책에서 나는 젊을 때 흑인 이웃들과 게이 친구들과 살았던 이야기, 좀 더 나중에 자신들의 토지권과 문화 보전을 위해서 싸우는 아메리카원주민들과 함께했던 이야기도 적었습니다. 그들에게서 나는 그들이 겪는 억압뿐 아니라 그들의 뛰어남을 배웠습니다. 그들은 내게 말하는 법, 생각하는 법, 물려받은 이야기들을 의심하고 더 나은 이야기들을 찾는 법을 아주 많이 가르쳐주었습니다.

내가 여성이 겪는 폭력에 관해서 쓰기 시작한 것은 나 자신도 젊은 여성이었던 1980년대부터였습니다. 처음에는 이 폭력이 여성에게 막대하고 끔찍한 영향을 미친다는 사실을 세상이 알아만 줘도 좋겠다는 심정으로 썼습니다. 여성은 폭력의 직접적 피해자가 되기도 하지만, 그런 폭력이 여성의 자유와 평등과 자신감과 온전한 참여를 저해하기 때문에 간접적으로도 영향을 받습니다. 내가 살아온 세월의 대부분의 기간에, 그 폭력은 무시되거나 사소하게 치부되거나 피해자의 탓으로 간주되었습니다. 폭력의 사례 하나하나가 수수께끼 같고 예외적이고 비정상적인 사건으로 여겨졌을 뿐, 그 모두가 이 사회와 오래된 불평등들의 구조에 깊이 엮여든 한가지 패턴의 일부라는 이해는 공유되지 않았습니다.

지난 10년 동안, 세계는 이 만연한 폭력을 예전보다 훨씬 더 많이 알아차리게 되었습니다. 사람들의 대화와 언어에서, 언론 보도와 문화적 재현에서, 사법 체계와 우리가 사는 공간의 규제에서, 그 밖의 여러 측면에서 그랬습니다. 내가 젊을 때 바랐던 대화가 마침내 시작된 것이었습니다. 나 또한 가끔 열렬히 반가운 마음으로 대화에 참여해왔습니다. 하지만 아직도 이 폭력은 예외적인 것, 규범을 벗어난 것, 일상의 여느 원칙과 관습과는 동떨어진 것으로 여겨질 때가 너무 많습니다. 최근 미국에서 출간되어 많은 여성 독자에게 읽힌 페미니스트 회고록 중 일부는 끔찍하고 예외적인 폭력을 직접 겪은 여성이 쓴 책이었습니다. 그런데 나는 그런 책들이 자칫 폭력은 우리 중 일부에게만 영향을 미친다는 생각을 사실로 만들까봐 걱정되었습니다. 폭력은 모두에게 영향을 미칩니다. 영향을 받은 여자들로 가득한 세상에서 살아가는 남자들에게도 영향을 미칩니다.

나는 30년 넘게 그 폭력에 대해서 써왔으면서도 그 폭력의 한가지 측면만큼은 제대로 전달하지 못했다고 느꼈습니다. 바로 자신과 비슷한 사람들이 너무 많이 다치는 세상에서 살아가는 것이 한 인간의 마음과 정신에 큰 영향을 미친다는 점입니다. 그런 사람은 자신이 살해당하는 일을 피하기 위해서라도 자신이 살해당하는 일을 끊임없이 상상해보아야 합니다. 설령 자신이 공식적인 피해자가 되지는 않더라도, 여성에 대한 폭력이 성적이고 성애화된 방식으로 묘사되는 것을 늘 영화에서 보고 책에서 읽으면, 여성이 여성이라는 이유만으로 끔찍한 일을 겪었다는 소식을 늘 신문에서 보면, 그런 일이 언제고 자기 주변의 여자들에게도 자신에게도 벌어질 수 있다는 사실을 알면, 그로부터 영향을 받지 않을 수 없습니다.

페미니스트 활동가 앤 스니토Ann Snitow는 2016년에 이렇게 지적했습니다. 1969년에 만들어져서 널리 인용된 페미니즘 슬로건 "개인적인 것이 정치적인 것이다"의 원래 의미는 "이 구조는 개개인의 개별적 삶보다 훨씬 더 큰 것이며, 여기에 대해 **개인적 해법은 있을 수 없다**"라는 것이라고요. 영어권의 회고록은 개인적으로 어떤 역경을, 가령 끔찍했던 유년기나 중독이나 질병을 극복한 이야기가 많습니다. 하지만 이 책은 그 규칙을 따르지 않습니다. 이 회고록은 세상을 바꾸는 것만이 유일한 해법인 문제를 중심에 놓고 말하는 책이기 때문입니다. 포르투갈 시인 페르난두 페소아Fernando Pessoa의 유명한 말이 있습니다. "길에 돌이 있다고? 나는 그것을 일일이 주워 간직한다. 그랬다가 언젠가 성을 지을 것이다." 이 책은 내가 걸려 넘어진 돌들로 지은 성입니다.

일러두기

1. 본문의 고딕체는 원서에서 강조한 부분이다.
2. 본문에 언급된 책, 작품, 프로그램이 우리말로 번역된 경우 그 제목을 따랐다.
3. 본문의 각주는 별도 표시한 원주를 제외하고 모두 옮긴이 주이다.

차례

거울
집

1.

오래전 어느 날, 전신 거울로 나를 응시하다가 거울에 비친 내 모습이 어두워지고 어렴풋해지더니 뒤로 물러나는 듯하는 것을 보았는데, 내 마음이 세상을 차단했다기보다는 세상으로부터 내가 사라지는 것 같았다. 복도를 사이에 두고 거울을 마주보고 있는 문틀에 기대어 몸을 가누었지만 이내 다리가 꺾였다. 거울 속 내 모습이 나로부터 멀어져 어둠 속으로 사라졌다. 나는 내 시야에서도 희미해지고 마는 허깨비일 뿐인 듯했다.

그 시절에 나는 가끔 까무러쳤고 자주 어지러웠다. 그런데 굳이 저 순간을 기억하는 것은, 저 때만큼은 세상이 내 의식에서 사라진다기보다 내가 세상에서 사라지는 듯 보였기 때문이다. 나는 사라지는 사람이었고, 몸 밖에서 그를 지켜보는 사람이었고, 둘 다이자 둘 다가 아니었다. 그 시절에 나는 사라지려고 애쓰는 동시에 나타나려고 애썼고, 안전하려고 애쓰는 동시에 드러나려고 애썼는데, 이 과제들은 종종 서로 상충했다. 그리고 그때 내가 거울로 나를 보고 있었던 것은 내가 과연 무엇이 될 수 있는지, 내 능력이 충분한지, 남들이 나에 대해서 말했던 이야기가 다 사실인지를 거울에서 읽어낼 수 있을까 해서였다.

젊은 여성으로 산다는 것은 자신의 소멸을 수많은 방식으로 맞닥뜨리는 것, 혹은 소멸로부터 달아나는 것, 혹은 소멸을 깨닫기조차 회피하는 것이다. 혹은 이 모두를 동시에 겪는 것이다. "아름다운 여인의 죽음은 의심할 나위 없이 세상에서 가장 시적인 주제다"라고 말했던 에드거 앨런 포Edgar Allan Poe는 죽기보다 살기를 바라는 여성의 관점에서는 생각해보지 않았던 게 분명하다. 그 시절에 나는 다른 이의 시적 소재가 되지 않기 위해서, 죽임당하지 않기 위해서 애썼다. 나의 시를 스스로 만들어보려고 애썼지만, 지도도 안내서도 달리 의지할 길잡이도 없는 터였다. 세상 어딘가에는 그런 것들이 있었을지도 모르겠지만 나는 아직 찾아내지 못했었다.

자신의 패배가 아니라 생존을 노래하는 시를 찾으려고 애쓰는 일, 이를테면 스스로 목소리를 냄으로써 그렇게 하거나 설령 그렇게까지는 못하더라도 최소한 자신이 지워지고 실패하는 것을 즐기는 세상에서 살아남을 방법을 찾는 일, 이것은 많은 젊은 여성이, 아마도 거의 모든 젊은 여성이 마주치는 과제다. 젊었던 저 시절에 나는 그 일을 썩 잘하지도 확실히 해내지도 못했다. 하지만 분명히 말할 수 있는 건 치열하게 했다는 점이다.

내가 무엇에 왜 저항하는지 모를 때가 많았기 때문에, 나의 반항은 또렷하지도 일관되지도 꾸준하지도 않았다. 그래도 굴복만은 하지 않았던 시절, 혹은 늪에 빠져들면서도 몇번이고 다시 벗어나려고 발버둥치는 사람의 수준으로만 굴복했던 시절의 기억이 새삼스레 되살아난 것은 내가 현재 주변에서 같은 싸움을 치르는 젊은 여성들을 보기 때문이다. 그것은 그저 물리적으로 살아남기 위한 싸움만은 아니었다. 물론 그것만으로도 충분히 힘겹지만, 그것은 더 나아가 권리를 가진 인간으로서, 참여할 권리와 존엄과 목소리를 지닐 권리를 가진 인간으로서 살아남기 위한 싸움이었다. 살아남는 것을 넘어서 살아가기 위한 싸움이었다.

감독이자 작가이자 배우인 브릿 말링Brit Marling은 최근에 이렇게 말했다. "우리 여자들이 힘 있는 남자의 추행이나 학대를 꾹 참으면서 그 방에 그 의자에 계속 앉아 있는 것은 여성이 다른 결말을 맞는 모습을 본 경험이 거의 없기 때문이다. 우리가 그동안 읽은 소설에서, 본 영화에서, 태어난 후 줄곧 들어온 이야기들에서 여자들은 너무나 자주 비참한 결말을 맞았다."

내가 나 자신이 사라지는 것을 보았던 거울은 10대의 마지막 몇달부터 시작하여 이후 25년 동안 산 집에 있었다. 그곳에서 산 첫 몇년은 내가 가장 사나운 싸움들을 치른 시기였다. 어떤 싸움에서는 이겼고, 어떤 싸움에서는 지금까지 남아 있는 흉터를 얻었다. 그중 많은 싸움이 내게 큰 영향을 미쳤다. 그래서 나는 그때 그런 일을 겪지 않았으면 좋았을 텐데, 하고 바랄 수는 없다. 만약 그러지 않았더라면 내가 전혀 다른 사람이 되었을 텐데, 그런 사람은 여기 없기 때문이다. 오직 내가 있을 뿐이다. 하지만 내가 바랄 수 있는 것도 있다. 내 뒤에 오는 젊은 여성들이 그 오래된 장애물 중 일부나마 겪지 않았으면 하는 바람이다. 내가 지금까지 쓴 글들 중 일부는 바로 그런 마음에서 쓴 글이었다. 최소한 그 장애물이 어떤 것인지 거명하는 정도라도 달성하기를 바라면서.

2.

또다른 거울 이야기. 내가 열한살쯤이었을 때, 어머니가 어느 신발 가게에서 엔지니어부츠를 사주셨다. 당시에 내가 엔지니어부츠를 좋아했던 것은 업신여김당하는 존재인 여자애가 되고 싶지 않았고 그와는 별개인 듯 보였던 존재, 즉 튼튼하고 활동적인 존재가 되고 싶어서였다. 아무튼 그 가게가 기억에 남은 것은 다른 이유 때문이다. 중앙 통로 양쪽에 두줄로 설치된 거울들 앞에 서면, 나든 의자든 다른 무엇이든 그것이 거울에 비친 모습이 거울에 비친 모습이 거울에 비친 모습이 거울에 비친 모습이 갈수록 더 멀게지고 흐려지고 멀어지면서 늘 더 너머에, 아마도 영원히, 계속 뻗어 있는 것처럼 보였다. 그 반영들이 있는 곳에 바다가 펼쳐져 있고 내가 그 청록색 바다를 멀리 더 멀리 내다보는 듯했다. 그리고 내가 그때 보고자 했던 것은 내 모습이 아니라 너머 그 자체였다.

모든 시작의 너머에는 또다른 시작이 있다. 그 너머에도 또, 그 너머에도 또 있다. 하지만 일단은 그로부터 8년 뒤에 내가 풀턴 5번 버스를 처음 탔던 순간을 이야기의 시작점으로 잡아도 좋을 것 같다. 그 버스 노선은 도시를 반으로 가른다. 샌프란시스코만 근처의 시내에서 출발하여 풀턴가의 서쪽 끝까지 달려 태평양에 도달한다. 이 이야기의 주된 배경은 그 노선의 중간쯤인 도심이지만, 지금은 잠시 계속 버스를 타고 달려가보자. 버스는 오르막을 낑낑 올라서 탑들이 아침 빛을 받아 반짝이는 예수회 교회를 지나고, 풀턴가 남쪽에 면한 큰 공원을 따라 달리고, 흙이라기에는 사실 모래뿐인 땅에 갈수록 덜 빽빽하게 세워진 집들의 거리를 지나고, 마지막으로 모래사장 구간에 들어서서, 지구의 3분의 1 가까이를 덮은 태평양과 만난다.

가끔은 바다 전체가 얇게 두드려 편 은으로 만든 거울처럼 보인다. 하지만 사실 바다는 늘 출렁이기 때문에, 무언가를 잘 비춰내지는 못한다. 하늘을 비춰내는 것은 만이다. 가장 아름다운 날, 샌프란시스코만과 그 위 하늘의 색깔은 이루 형용할 말이 없다. 가끔은 회색이면서도 금색인 하늘이 물에 비친다. 물 자체는 파란색이고, 초록색이고, 은색이고, 회색과 금색이 비친 거울이다. 넘실

거리는 물결에는 색깔들의 따스하고 차가운 색조가 모두 담겨 있다. 그 모든 색이면서 어느 색도 아니다. 우리의 언어로는 표현할 수 없을 만큼 미묘한 색이다. 가끔은 새가 물의 거울로 다이빙하여 거기 비친 자기 모습 속으로 사라지는데, 반사하는 표면 때문에 우리는 그 밑이 어떤지 볼 수 없다.

하루가 태어나고 죽는 무렵에, 오팔색 하늘은 가끔 뭐라고 묘사할 언어가 없는 색깔이 된다. 황금색이 녹색을 거치지 않은 채 어느새 파란색으로 변한다. 타오르듯이 따스한 색깔은 정확히 살구색도 진홍색도 금색도 아니다. 빛이 시시각각 달라지면서 하늘에 일일이 헤아릴 수 없을 정도로 다양한 파란색들이 나타나서, 해가 있는 지점부터 저 멀리 다른 색들이 나타나는 지점까지 서서히 옅어지면서 이어진다. 우리가 잠시라도 한눈을 팔았다가는 어떤 색을 놓치게 되지만, 묘사할 언어가 없는 그 색 역시 다른 색으로, 또다른 색으로 변한다. 색깔들의 이름은 가끔 거기 속하지 않는 것들까지 담고 있는 철장과도 같다. 이것은 언어 전반에도, 이를테면 **여자, 남자, 아이, 어른, 안전함, 강함, 자유로움, 진실됨, 검은색, 흰색, 부유함, 가난함** 같은 말들에도 종종 적용되는 이야기다. 우리에게는 언어가 필요하다. 하지만 언어란 늘 넘치고 깨지기 마련인 그릇들이라는 점을 알고 써야 한다. 너머에는 항상 무언가가 더 있다.

3.

가끔은 선물이 오갔어도 준 사람이나 받은 사람이나 그 진정한 의미를 모른다. 처음에는 이런 것이겠거니 생각하지만 끝에 보면 다르다. 시작처럼 끝도 그 너머에 무한히 더 많은 끝이 있고, 그 영향은 넘실거리면서 무한히 밖으로 퍼져나간다. 내가 젊고 무지하고 가난하고 친구가 거의 없던 시절의 어느 겨울날 일요일, 세들 집을 보러 갔다. 신문 광고란에서 찾은 집이었다. 글자가 빽빽한 회색 광고란 속에 몇줄 안 되는 그 정보가 있었다. 거기 실린 집들은 대부분 내 능력을 벗어났다. 내가 월세 200달러쯤 되는 집을 찾는다고 말하면, 사람들은 코웃음 쳤다. 그 금액은 그 시절에도 최저가였지만, 대학 마지막 학기를 듣는 학생이자 경제적으로 독립한 지 3년째였던 시기에 나는 그 이상 지불할 능력이 없었다.

집을 구하러 다닐 무렵, 나는 쏟아지는 빛기둥 위에 창이 하나 있을 뿐인 작은 방에서 살았다. 하지만 그 장기 체류용 호텔의 다른 방들은 복도 끝 공동 욕실을 함께 쓰는 데 비해 내 방은 혼자 쓰는 욕실이 딸려 있다는 점에서 호화로운 방이었다. 건물 전체가 함께 쓰는 어두운 부엌에서는 냉장고에 놓아둔 음식을 남이 훔쳐가거나 음식에 바퀴벌레가 꼬이거나 둘 다이거나 했다. 다른 입주자들은 인생이 잘 풀리지 않은 사람들인 듯했다. 한편 나는 인생이 아직 어떻게도 풀리지 않은 열아홉살이었다. 보통의 열아홉살처럼 나는 장차 내가 무엇이 될지, 어떻게 그렇게 될지 알아내려고 애쓰기 시작한 참이었다. (나는 열다섯살에 GED 고등학교 졸업 학력 인정 시험을 쳤고, 열여섯살에 커뮤니티 칼리지를 다니기 시작했고, 열일곱살에 4년제 대학에 편입했다. 열아홉살에는 도시 남서쪽 구석의 바람 센 동네에 있는 노동계급 대학인 샌프란시스코 주립대학 4학년 학생이었다.)

나는 시청 근처에서 풀턴 5번 버스를 탔다. 나를 태운 버스는 임대주택 단지들을 지나고, 정장 차림의 흑인 남성들이 장례식에 참석하기 위해 엄숙하게 모여 선 필모어가의 교회를 지나고, 오래되고 장식적인 목조 주택들과 주류 판매점들을 지나고, 오르막을 올라서 라이언가에 다다르고, 그곳에서 나를 내려준 뒤, 태평양을 향해 다시 털털거리면서 나아갔다. 나는 주소를 찾아갔다. 정면 현관이 안쪽으로 쑥 들어가 있고 근처의 다른 많은 건물처럼 그 앞에 보안용 철문이 덧대어진 건물이었다. 현관 안에 깔린 도어매트는 녹슨 쇠사슬과 자물쇠로 우편함에 매여 있었다. 나는 건물 관리자의 집 초인종을 눌렀다. 그가 버저를 눌러서 문을 열어주었다. 나는 안으로 들어가서 한층을 올라갔다. 2층에 있는 관리자의 집 문간에서 그를 만났다. 그러고는 그가 시키는 대로 한층 더 올라가서 그의 집 바로 윗집이라는 셋집을 보러 갔다.

집은 놀랍도록 아름다웠다. 건물 모서리에 있는 원룸형 집이었다. 남향과 동향으로 퇴창이 나 있어서 방으로 햇빛이 쏟아져 들었다. 황금색 나무 마루, 높고 아치가 진 천장, 직사각형 나무판 몰딩이 장식된 흰 벽. 유리가 끼워져 있고 크리스털 손잡이가 달린 문. 별도의 부엌에도 동향으로 창이 나 있어서 길 건너편 높은 건물들 위로 해가 뜨는 아침에는 빛이 한가득 들 듯했다. 그곳은 환했고, 약간 딴 세상 같았고, 동화에 나오는 집 같았다. 내가 열일곱 살이 되자마자 독립한 뒤에 주로 살아온 방 하나짜리 검소한 집들에 비하면 무지 넓고 아름다워 보였다. 나는 그 공간에서 한참을 둥둥 떠다니다가, 아래층으로 내려가서 관리인에게 그 집을 원한다고 말했다. 그는 다정하게 말했다. "원하면 가져야죠." 나는 간절히 원했다. 그곳은 내가 감히 꿈꾼 것보다 더 아름다운 방이었다. 그 안에 있는 것 자체가 꿈으로 느껴졌다.

관리인은 60대의 덩치 큰 흑인 남성이었다. 그는 키가 크고 다부지고 강했다. 한때 아주 잘생겼던 게 분명했고, 여전히 멋있었고, 낮게 깔리는 목소리를 가졌으며, 만약 그날도 내가 그를 알고 지냈던 대부분의 날들처럼 입었다면 아마 오버올을 입고 있었을 것이다. 그는 나를 자기 거실로 들였다. 지역 풋볼 팀이 결선에 진출한 터라 점수가 날 때마다 동네 여기저기서 환성이 솟던 슈퍼볼 일요일 오후에 그는 커다란 텔레비전으로 흑인 남성들의 블루스 연주를 보고 있었다. 텔레비전 받침대 옆에는 녹색 펠트천이 깔린 육각형 포커 탁자가 있었고, 두개의 창에 걸린 구식의 폭 넓은 블라인드 틈으로 바깥 빛이 스몄다. 나는 그가 건넨 임대신청서를 받아 들었다. 그 순간 가슴이 내려앉았다. 나는 그에게 말했다. 신청서 상단에 이름이 적혀 있는 악덕 부동산 관리업체로부터 이미 퇴짜를 맞은 상태라고. 그 회사 직원 중 하나가 내 신청서를 내가 보는 앞에서 자기 책상 옆 쓰레기통에 비웃듯이 내버렸었다. 내 벌이가 그들의 최저치에도 미치지 못했던 것이다.

관리인은 내게 말했다. 만약 내가 더 번듯하고 나이 많은 여성의 이름으로 대신 신청한다면, 자신은 그 속임수를 눈감아주겠다고. 나는 그의 제안을 받아들였다. 어머니에게 부탁했다. 나를 위해서 수고를 무릅쓰는 일을 종종 거절해온 어머니였지만, 이번에는 내 청을 들어주어서 신청서를 대신 작성하고 제출해주셨다. 관리업체는 골든게이트교 너머에 자기 집을 가진 백인이 왜 그 집을 원하는지 수상쩍게 여기지 않았다. 어머니는 아마 직장에서 가까운 집이 필요하다는 식으로 말했을 것이다. 실제로 시내의 어느 연예기획사에서 경리로 일하셨으니까. 흑인 동네의 그 작은 집을 원하는 사람들 중에서 경제력이 가장 나은 신청자가 어머니였던지, 회사는 두말없이 어머니에게 집을 내주었다.

이후 8년 동안, 나는 매달 우편환을 구입하여 내 이름 대신 어머니 이름으로 서명해서 집세를 냈다. 임대차 계약서에 계약 당사자가 거주자 본인이어야 한다고 명시되어 있었으니, 나는 공식적으로는 내 집이 아닌 곳에서 공식적으로는 존재하지 않는 사람인 셈이었다. 결국 그 집에 아주 오래 살았지만, 한동안은 언제 쫓겨날지 모르니 가급적 눈에 띄지 않게 지내야 한다고 생각하면서 살았다. 그 탓에 어려서부터 길러온 은밀하게 행동하는 성향, 남의 눈에 띄지 않으려는 습관이 굳어졌다. 한참 뒤 관리업체가 계약 당사자와 실거주자가 다르다는 사실을 알아내고 관리인에게 사정을 물었다. 관리인은 나를 조용하고 성실한 세입자로 보증했고, 결국에 아무 일 없었지만, 그래도 나는 여전히 위태로운 기분이었다.

관리인의 이름은 제임스 V. 영James V. Young이었다. 나는 늘 그를 영 씨Mr. Young라고 불렀다. 언젠가 그가 그 건물에 17년 만에 처음 들어온 백인 세입자가 나라고 말해준 적이 있었다. 다른 거주자는 대부분 나보다 나이 많은 부부들이었다. 역시 나처럼 원룸형 집에서 살던 어느 여성과 그의 상냥한 딸 정도가 예외였다. 건물은 차고가 여러칸 있는 1층을 제외하고 2층과 3층에 총 일곱 집이 계단으로 현관이 난 구조였다. 그때만 해도 나는 흑인 동네로 이사했다는 것이 어떤 의미인지를 몰랐다. 하지만 그 사실 덕분에 이후에 많은 것을 배울 터였고, 결국에는 그곳에 얼마나 오래 머물렀던지 이사해 나갈 때는 동네가 중산층 백인 동네로 변해 있었다. 건물들은 새로 페인트칠을 한 것 외에는 바뀐 점이 거의 없었지만, 그 밖에는 모든 것이 변했고, 어떤 결정적인 활기랄 만한 것이 죽었다.

나도 변했다. 21세기에 그 집을 나온 사람은 오래전 그 집에 들어갔던 사람과는 다른 사람이었다. 물론 연속성은 있다. 아이는 어른의 어머니인 법이니까. 그러나 워낙 많은 일이 있었고 워낙 많은 것이 달라졌기 때문에, 그때 그 깡마르고 불안정했던 젊은 여성은 나라기보다는 내가 한때 친했던 사람, 좀더 챙겨주었더라면 좋았을 텐데 싶은 사람, 요즘 만나는 그 또래 여성들에게 그런 것처럼 자꾸 마음이 쓰이는 사람으로 느껴진다. 오래전 그는 정확히 나라고는 할 수 없었다. 여러 결정적인 측면에서 그는 나와 달랐다.

그래도 그는 나였다. 세상에 서툰 부적응자, 몽상가, 쉴 새 없이 떠도는 방랑자였다.

4.

어른이라는 말은 법적 성년에 도달한 사람들은 모두 단일한 한 범주에 속한다는 뜻으로 들린다. 하지만 사실 우리는 변해가는 땅을 여행하면서 스스로 변해가는 여행자들이다. 그 길은 누더기 같고 신축적이다. 어린 시절은 어떤 측면에서는 서서히 희미해지고, 또 어떤 측면에서는 영원히 끝나지 않는다. 성인기는 설령 제대로 오더라도 작고 불규칙한 조각으로 나뉘어 온다. 그리고 사람들은 모두 각자의 일정에 따라 움직인다. 아니, 어쩌면 성장의 많은 단계가 정해진 일정 없이 일어난다고 말해야 옳을지도 모른다. 물론 이전에 집이 있었어야 해당하는 말이지만, 어릴 때 살던 집을 떠나서 당신만의 집을 꾸릴 때 당신은 거의 평생을 아이로 살아온 사람이다. 물론 아이의 정의 자체도 명확한 것은 아니지만.

어떤 사람에게는 보살펴주고 돈을 대주고 심지어 평생 구속하기도 하는 다른 사람들이 있다. 한편 어떤 사람은 천천히 젖을 떼고, 어떤 사람은 갑자기 지원이 끊겨서 자립해야 하며, 또 어떤 사람은 평생을 그렇게 살아왔다. 어떤 경우이든 이제 홀로 서게 된 사람은 어른들의 나라에 갓 들어온 이주자인 셈이고, 그에게는 이

나라의 관습이 낯설다. 그는 자기 인생의 모든 측면을 스스로 검사하는 법을 배운다. 그 인생이 어떻게 풀릴지, 그 속에 다른 누가 들어올지, 자신이 가진 자결권으로 무엇을 해야 할지를 생각하기 시작한다.

젊은 그는 거듭 갈라지고 또 갈라지는 먼 길을 걷기 시작한다. 그는 앞으로 중요하고 예측 불가능한 결과를 낳는 결정을 무수히 내릴 테고, 그렇게 간 길을 되짚어 돌아가서 다시 다른 길을 밟는 경우는 아주 드물 것이다. 그는 무언가를 만드는 중이다. 삶을, 자기 자신을 만드는 중이다. 그것은 대단히 창조적일뿐더러 실패할 가능성이 없지 않은, 사실은 조금 많은, 아주 많은, 비참하게 치명적으로 실패할 가능성이 있는 작업이다. 젊음은 위험한 사업이다. 영 씨의 건물로 이사했던 무렵, 시청 근처 광장을 걷다가 어느 컬트 종교 집단의 신도들에게 붙들렸다. 1980년대 초는 1970년대 내내 사회에 큰 해를 끼쳤던 컬트 종교 집단들이 싹 사라지진 않은 때였다. 그들은 권위에 복종하도록 교육받은 사람들이 그 시대 특유의 무정부주의적 자유 속에 자유롭게 풀려났을 때 어떻게 되는지를 보여주는 결과라 할 수 있었다. 그들의 삶의 방식은 겉보기에는 급진적이지만 실상 맹목적인 복종과 엄한 위계로 회귀하는 보수적 방식으로서, 그 시절에 존재했던 두가지 상반되는 삶의 방식 사이에 쩍 벌어져서 길 잃은 사람들을 집어삼키는 크레바스와 같았다.

어떤 새는 새장 문이 열려도 새장으로 돌아온다. 어떤 사람들은 자유롭게 선택할 자유를 행사하여 그 자유를 포기한다. 그때 광장에서, 나는 그들이 약속하는 것이 무엇이며 그 약속이 왜 내 또래 젊은이들에게 유혹적인지를 찰나이나마 생생하고 강렬하게 느낄 수 있었다. 그 약속이란 어른이 되는 데 따르는 모든 책임의 무게를 도로 내려놓을 수 있으리라는 전망, 매일 무언가를 결정하고 그 결과를 감당할 필요가 없어지리라는 전망, 흡사 어린 시절과 같은 상태로 돌아가서 스스로 얻어낸 게 아니라 외부로부터 주어진 확실성 비슷한 것을 누릴 수 있으리라는 전망이었다. 그런 식으로 자유를 반환한다면 주체성으로부터 자유로워질 수 있겠다는 생각이 들었지만, 나는 내 독립성과 프라이버시와 주체성과 심지어 깊은 고독마저도 어느 정도 사랑했으니 그것들을 자진하여 포기할 리 만무했다.

내가 만난 사람들 중 어떤 이들은 행복한 가정 출신인지라 어른이 되기 위해서 스스로 할 일이 별로 없는 듯했다. 그런 이들은 그냥 배운 대로 살아간다. 말하자면 그들은 나무에 가까이 떨어진 도토리들이다. 그들이 걷는 길에는 갈림길이 없다. 길을 아예 떠나지 않는 이들도 있다. 출발하기도 전에 도착했기 때문이다. 젊었을 때 나는 그들의 그 확실성에 따르는 안락이 부러웠지만, 나이가 들고서는 스스로 발명하고 탐구할 필요가 적은 삶에 대한 감정이 정반대로 바뀌었다. 스스로 서는 데에는 진정한 자유가 있었고, 아무도 책임지지 않아도 되는 데에는 일종의 평화가 있었다.

요즘 내가 만나는 젊은 사람 중에는 자신의 요구와 자아를,

자신의 감정과 타인의 기분을 나에 비해 놀라울 만큼 앞선 수준으로 명료하게 인식하는 이들이 있다. 나도 한때 내면의 삶이라는 땅을 방랑하는 여행자였다. 내가 나아갈 방향과 내 내면을 묘사할 언어를 찾는 시도는 느리게, 실수투성이로, 고통스럽게 진행되었다. 하지만 그 과정에서 내가 운이 좋았다고 말할 수 있다면 계속 진화할 수 있었던 행운, 때로는 의식적으로 때로는 나도 모를 충동에 이끌려서 조금씩 서서히 다른 사람으로 변할 수 있었던 행운, 계속 구르는 도토리였던 행운을 누린 점이다. 그리고 그때 그 작은 집은 내가 변신할 수 있는 공간이었다. 내가 스스로 변하고 바깥세상에서 내 자리를 찾는 동안 머물 곳이었다. 그곳에서 나는 기술과 지식을 쌓았고, 나중에는 친구와 소속감을 쌓았다. 다르게 표현하자면, 주변부가 오히려 가장 풍요로운 장소일 수 있으며 다른 영역들을 드나들기에 유리한 위치일 수 있다는 사실을 배웠다.

흔히들 10대가 끝나면 곧 어른이라고 말하지만, 사실은 그렇지 않다. 우리가 비록 아이가 아닌 사람을 모두 어른이라고 한데 싸잡아 부르기는 해도, 어른이란 사실 쉼 없이 변하는 상태다. 이것은 우리가 해 뜰 녘의 긴 그림자와 아침의 이슬이 정오의 쨍한 빛과는 다름을 느끼지 못하고 그 모두를 낮이라고 싸잡아 부르는 것과 비슷하다. 사람은 늘 변한다. 운이 좋다면, 차츰 자아와 목표를 굳혀나간다. 최선의 경우에는 자신이 나아갈 방향과 또렷한 시각을 갖게 되고, 그러면서 젊음의 순진함과 절박감이 살며시 빠져나간 자리에 대신 완숙함과 차분함이라고 부를 만한 것이 채워진다.

내가 이제 이렇게 나이 들고 보니 20대의 사람들마저 아이로 보이는데, 그들이 세상을 몰라서 그렇다는 말이 아니라 그들에게는 어떤 새로움이 있다는 점에서 그렇다는 말이다. 많은 것을 난생처음으로 발견할 수 있고, 인생의 대부분을 아직 겪지 않았고, 무엇보다도 누군가가 되어가는 굉장한 과업을 치르고 있기에 새롭다.

가끔은 그들이 부럽다. 스스로 만들어갈 인생의 긴 여정에서 이제 출발점에 선 그들, 갈라지고 또 갈라질 길에서 수많은 결정을 내릴 그들. 그들의 여정을 상상할 때, 나는 실제로 끝없이 갈라지는 오솔길을 머리에 떠올리곤 한다. 길은 나무가 우거져 어둑하다. 스스로 선택한다는 데에서 오는, 끝을 모르는 상태로 시작한다는 데에서 오는 불안과 흥분이 그 길에 어려 있다.

내가 걸어온 길에 후회는 없다. 다만 여정의 대부분을 앞둔 시기, 우리가 앞으로 다른 많은 존재가 될 수 있을지도 모르는 단계에—이것이야말로 정녕 젊음의 장래성이 아닐까—향수를 좀 느낄 뿐이다. 나는 이미 거듭 선택하고 선택했고, 한 길을 오래 걸으면서 다른 많은 길을 진작 지나쳤다. 우리가 아직까지는 되지 않은 다른 많은 존재가 앞으로는 될 수 있을지도 모른다는 것, 이것이 바로 가능성이다. 이것은 물론 무섭지만 짜릿한 일이다. 그리고 젊었던 내가 맞닥뜨릴 갈림길들은 대부분 그 환한 집에서 살던 시절에 내 앞에 나타났다. 내가 영 씨 덕분에 살 수 있었던 집에서.

무적霧笛과

가스펠

1.

새 이방인의 집 침례 교회는 내 집에서 동쪽으로 두 블록 떨어진 곳에 있었다. 교회는 빅토리아 양식의 3층 건물로 꼭대기에 십자가가 달린 탑 두개가 건물 양 끝에 곡물 저장고처럼 붙어 있었고, 그 동네에서 보도에 면한 건물치고 보기 드문 것이 딸려 있었는데, 바로 건물 앞 작은 잔디밭이었다. 잔디밭 중앙에는 힘겹게 살아 있는 장미 덩굴과 함께 교회 이름이 적힌 나무판이 박혀 있었다. 그 앞을 지날 때마다 나는 '새 이방인'이 무슨 뜻일까 생각하곤 했다. 한편 라이언가가 가팔라지는 지점에 있던 반석 침례 교회는 그 안에서 새어나오는 가스펠 음악을 들으려고 내가 종종 발길을 멈추던 몇몇 예배소 중 하나였다. 그 동네에서 나는 아웃사이더였다. 새 이방인이었다. 물론 그것은 그곳이 백인 사회의 아웃사이더들이 이룬 동네라서 그런 것이었고, 거꾸로 백인 사회에서는 내가 자유롭게 이동하고 소속될 수 있는 존재였다.

가로로 다섯 블록, 세로로 여섯 블록의 작은 동네였다. 동네 동쪽과 서쪽에는 대로가 있고, 남쪽에는 골든게이트 공원과 이어진 팬핸들 공원이 있고, 북쪽에는 장벽처럼 기능하는 가파른 언덕이 있다. 나의 새 집은 그중 한 블록의 남쪽 모서리에 있었다. 블록의 북쪽 면에는 낮고 침침한 건물에 든 오순절파 교회가 있었다. 그곳은 내 투표소이기도 했다. 그 옆에는 아프리카계 이민자 가족이 하는 주류 판매점이 있었다. 그로부터 한참 뒤, 나는 그 집 10대 아들의 장례식에 갔다. 아이는 달리는 차에서 발사된 총에 맞아서 죽었다. 장례식은 헤이스가의 이매뉴얼 그리스도 하나님의 교회에서 열렸다. 가족의 가게에서 겨우 세 블록 떨어진 곳, 아이가 살해된 빨래방 앞하고는 더 가까운 곳이었다.

그 교회는 동네에 백인이 더 많던 시절에 모르몬 교회로 쓰인 적 있는 예쁜 건물에 있었다. 장례식은 감동적이었고, 음악적이었고, 내가 들어본 것 중에서 가장 훌륭한 웅변들이 있었다. 깔끔하고 각진 회반죽 건물은 파스텔 톤으로 칠해져 있어서, 볼 때마다 꼭 15세기 성인전聖人傳 회화에서 튀어나온 것 같았다. 그 맞은편에도 상가 건물에 든 작은 교회가 있었다. 내가 동네에 살기 시작했을 때 이곳에 잠시 다녔는데, 제단 위 십자가가 볼록볼록한 면이 앞에 오도록 한 달걀판으로 만들어져 있었다. 그 밖에도 그 작은 동네에 흑인 교회가 몇군데 더 있었다. 신앙으로부터 아주 멀어지는 것은 불가능한 동네였다.

새하얗게 칠해진 어느 아름다운 저택은 브라마 쿠마리스 영성 센터로 쓰였다. 에이즈가 세계적 재앙으로 퍼진 1980년대 말에는 테레사 수녀의 사랑의 선교회가 내 집 맞은편 빅토리아 양식의 큰 목조 건물에 에이즈 환자 호스피스 센터를 열었다. 그래서 흰 바탕에 파란 테두리의 면 사리를 입은 수녀들이 동네에 보이게 되었다. 테레사 수녀도 몇번 다녀갔다고 했다. 한 수녀가 아랍인들이 소유하고 흑인들이 운영하는 주류 판매점 앞에 서 있는 테레사 수녀의 모습을 찍은 사진을 내게 보여주었다. 동네 동쪽에는 이슬람 센터가, 서쪽에는 예수회 대학이 있었고, 북쪽 경계에는 가톨릭 성당과 오순절파 교회가 있었고, 남동쪽으로 경계를 살짝 넘어간 지점인 디비사데로가에는 재즈 미사, 급식 프로그램, 러시아 정교회 풍으로 흑인 대천사들을 그린 대형화로 유명한 성聖 존 콜트레인 아프리카 성공회 교회가 있었다.

한마디로 그곳은 깊고 강렬하게 영적인 동네였다. 하늘에게, 다양한 형태의 신들에게 외치는 작은 동네였다. 내가 살기 시작한 무렵에는 그런 작은 교회의 신자들이 모두 걸어서 예배를 보러 다녔다. 다들 멋지게 빼입은 차림이었다. 남자들과 소년들은 색색의 양복을 입고, 소녀들과 여자들은 원피스를 입고, 더 나이 든 여자들은 종종 새틴이나 튈이나 벨벳 천을 접거나 뭉치거나 기울이거나 쌓거나 베일을 달거나, 조화나 깃털이나 보석으로 꾸민 모자를 썼다. 그 동네의 활력에 비하면 내가 자란 교외의 주택 지구는 죽은 듯 썰렁한 곳이라 할 만했다. 그런 주택 분양 지구는 설계 면에서도 분위기 면에서도 공공 공간과 인간적 접촉을 꺼렸고, 어른들은 다들 차를 몰고 다니고 사람들은 끼리끼리 어울렸으며, 집 사이의 담장이 사람들 머리보다 더 높이 솟아 있었다.

가끔 나는 제각기 다른 방향으로 걸어서 교회에 가는 사람들을 내 집 퇴창에서 구경했다. 예배 전후에 서로 인사하는 사람들 사이를 헤치며 걷기도 했다. 신자들이 서로 스치면서 각자의 예배소로 걸어갔다가 역시 걸어서 집으로 흩어지던 시절에 그곳은 활기로 펄떡이는 동네였다. 그런데 교회들은 건물을 소유했으니 한자리에 계속 있을 수 있었지만 거기 다니는 사람들은 대부분 임차인이어서 점점 더 많은 사람이 딴 동네로 나가 살게 되었고, 그러자 거리는 차츰 활기를 잃었다. 보도에서 활기차게 웅성거리던 사람들은 사라졌고, 대신 각 예배소 근처에 이중 주차된 차들이 늘어섰다. 나중에는 예배의 전당들마저 하나둘 사라졌다. 하지만 이것은 내가 그 장소와 그곳 사람들을 알게 된 때로부터 시간이 훨씬 더 흐른 뒤의 이야기다.

나이 지긋한 주민들은 남부에서 북부로의 흑인 대이동에 참가해서 그 동네로 옮겨온 이들이었다. 그들의 생활 방식은, 물론 도시의 삶답게 활기찬 면도 있었지만, 남부나 소도시나 시골의 삶과도 비슷했다. 그런 주민들의 이야기를 듣고 있으면, 그 다른 장소들의 유령이 사람들의 기원이자 기억이자 원형으로서 그 동네에도 깃든 것처럼 느껴졌다. 샌프란시스코의 흑인 인구는 1940년대에 거의 열배로 늘었다. 그때 이주해 온 사람들은 주로 도시의 지리적 중심에서 가까운 동네와 그로부터 남동쪽으로 한참 아래이지만 조선소 일자리가 있던 헌터스포인트에 모여 살았다.

나이 지긋한 그 주민들은 뭐든 서두르는 법이 없었다. 그들은 시골 사람이었다. 오가는 사람을 구경하면서 아는 사람에게 인사했고, 지나치게 까분다 싶은 아이가 있으면 야단쳤다. 나는 낯선 사람과의 대화가 선물이자 일종의 스포츠라는 사실, 온기와 농담과 덕담과 유머를 나눌 기회라는 사실, 말이 우리를 따스하게 덥히는 작은 불꽃이 되어줄 수 있다는 사실을 그들에게 배웠다. 그로부터 한참 뒤에 뉴올리언스를 비롯하여 남부의 몇몇 동네에서 머물 기회가 있었는데, 그곳들이 희한하게 편안했다. 그리고 그제서야 깨달은 사실이 있었으니, 그 시절 서해안의 우리 동네가 남부 흑인들의 재외 거류지나 다름없었다는 사실이었다.

2.

영 씨는 오클라호마주 시골에서 자랐다고 했다. 길 건너편에 살지만 우리 건물 차고에 1970년대산 고급 자동차를 세워두었던 어니스트 P. 틸Ernest P. Teal 씨는 텍사스 출신이라고 했다. 틸 씨는 늘

옷을 멋지게 입었다. 스포츠코트와 페도라를 기본으로 하고 보통 트위드처럼 질감이 돋보이는 천으로 변화를 주었다. 틸 씨는 내게 필모어 지구가 재즈 연주의 전성기였던 시절의 일화를 종종 들려줄 만큼 세련된 분이었는데, 그러면서도 독실한 데다가 대단히 밝고 친절하고 관대하여, 쿨함과 따스함이 한 사람에게서 나올 수 있음을 보여주는 산 증거였다.

모퉁이 집에는 비오비 모스Veobie Moss 부인이 살았다. 그분은 언니에게서 집을 물려받았다고 했고, 그 언니는 가정부로 일해서 모은 돈으로 집을 샀다고 했다. 부인은 나이가 들어 깜박깜박하게 된 뒤로 자주 남향 현관 앞 나무 계단에 앉아 있었다. 내가 말을 걸면, 조지아주의 과수원에서 자란 이야기와 과일나무들이 얼마나 아름다웠는가 하는 이야기를 들려주었다. 계단에 앉아 있을 때 그는 두 시간과 두 장소에 동시에 존재하는 듯했다. 우리가 대화할 때마다 그의 잃어버린 세상이 조금씩 되살아나서, 결국에는 우리 둘 다 그의 사랑하는 과수원 그늘에 앉아 있는 듯했다. 나는 가끔 내 집 주변에서 잠든 노인들이 꿈에서 각자의 고향을 보는 광경을 상상했다. 그 밭들과 과수원들, 흙길들과 지평선들의 환영이 한밤중에 우리 동네 거리에 신기루처럼 나타나는 걸 상상했다.

영 씨는 제2차 세계대전 참전 군인이었다. 그가 시골을 떠나서 이 동네로 온 것도 전쟁 때문이었다. 병역 기록에 의하면 그는 미혼의 농장 노동자였던 스물두살에 오클라호마주 촉토 카운티에서 징집되었다. 그는 군대에 남았고, 연금을 받을 수 있을 때까지 복무했다. 한번은 그가 내게 자신이 독가스 시험 대상이 된 흑인 군인들 중 한명이었다고 말해주었다. 방독면도 쓰지 않은 군인들이 독가스가 그득한 창고 혹은 격납고를 달려서 통과했다고 했고, 그중 몇명은 죽었다고 했다.

영 씨는 캠핑용 지붕이 달린 대형 갈색 픽업트럭을 몰았다. 차를 우리 건물 현관에서 왼쪽 첫번째 차고에 세워두고는 종종 차고 문간에 서서, 문기둥이나 트럭에 기댄 채, 지나가는 사람에게 인사하고, 대화하고, 유난히 까부는 꼬마가 눈에 띄면 주의를 주었다. 여름에는 벌레이오시에서 멜론을 잔뜩 실어와서 팔았다. 가끔 그의 오버올 옆구리에 권총이 끼워져 있는 걸 본 적이 있다. 그는 또 파이프에 달콤한 담배를 채워서 피웠다. 그 냄새가 통풍구를 타고 그의 침실 바로 위인 내 집 부엌으로 올라오곤 했다. 나는 그를 만나면 늘 잠시 멈춰 서서 이야기를, 최소한 인사라도 나눴다. 그가 5분 미만의 대화는 무례한 짓으로 여기는 눈치였기에, 나는 가끔 급할 때면 혹 현관에서 그를 마주칠까 걱정했다.

그는 오클라호마 남동부에서 소작인의 아들로 자란 시절의 일화를 여럿 들려주었다. 가장 기억에 생생한 이야기는 그가 막 10대가 된 어린 시절 부모와 함께 밭에서 돌아와보니 집에 배로 일당이—즉 보니와 클라이드와 그 일당*이—있었다는 이야기다. 은행 강도떼가 거기 있었던 것은 흑백 분리 사회에서 백인 범법자

● 보니 파커(Bonnie Paker)와 클라이드 배로(Clyde Barrow) 커플이 중심이 된 강도 일당. 미국에서 1930년대 대공황기에 악명을 떨쳤다.

를 뒤쫓는 사람들이 가장 마지막으로 뒤져볼 장소가 흑인들 속이기 때문이었다. 그 강도떼는 오클라호마에서 그곳 외에도 적어도 한곳 이상의 흑인 소작농 집을 찾아들었다고 알려져 있다. 이것은 내가 나중에 안 사실인데, 은행 강도가 민중의 영웅처럼 여겨졌던 그 시절에 또다른 전설적 강도 프리티 보이 플로이드 Pretty Boy Floyd 도 흑인들의 집에 숨었다고 한다. 그날 영 씨네 집에 찾아온 강도 떼는 식탁인가 화장대인가 위에 10달러 금화를 놓아두고 떠났다. 영 씨의 어머니는 훔친 돈을 받고 싶어하지 않았지만, 아버지는 "아이들에게 겨울 신발을 사줘야 하잖아" 하고 말했다. 강도떼는 두번 찾아왔다. 그때였는지 다른 때였는지, 가족이 밭에서 돌아와 보니 강도떼가 식탁에 앉아서 멋대로 음식을 꺼내 먹고 있던 적도 있었다고 했다.

이야기를 들은 지 무척 오래되었는데도, 그때 이야기를 들으면서 상상했던 장면이 여태 생생히 떠오른다. 시골 어딘가에 있는 통나무 집. 식탁 하나, 선반장 하나, 식기장 하나. 어쩌면 포치가 있었을 테고, 주변은 아마 옥수수밭이었을 것이다. 어쩌면 배로 일당이 훔친 힘센 차들 중 한대가 옆에 세워져 있었을지도 모른다. 흑인 가족의 공간에 들어온 백인들. 그것은 영 씨가 나를 맞아들인 건물과 동네에서 내 처지이기도 했다. 그런데 애초에 우리 동네는 필모어 지구에서 도시 재생을 명목으로 사람들을 쫓아내기 시작했을 때―그 시절에는 그 일을 깜둥이 제거 Negro removal 라고 불렀다 ―흑인 주민들이 옮겨와서 형성한 동네였다. 남부를 떠나 도시로

왔던 바로 그 흑인 가족들이 다시 밀려나서, 도시 서쪽 끝의 웨스턴어디션이라는 나대지裸垈地로 밀려나서 형성한 동네였다.

사람들은 수많은 방식으로 강제로 사라지고, 뿌리 뽑히고, 지워진다. 이 이야기는 네 이야기가 아니라는 말을 듣고, 이 장소는 네 장소가 아니라는 말을 듣는다. 그런 일은 곳곳에 지층처럼 쌓여 있다. 샌프란시스코 반도의 올로니 부족은 스페인인이 쳐들어오기 전에 이미 수천년 동안 그곳에서 살았지만, 스페인은 서해안 전체를 자기 땅으로 선언했다. 그다음에 그 땅은 신생 독립국 멕시코의 인구 밀도 낮은 변경이 되었다가, 미합중국이 현재의 캘리포니아를 비롯한 남서부를 차지하면서 미국 땅이 되었는데, 그러자 그곳에 살던 멕시코 사람들은 졸지에 넓은 목장을 빼앗기고는 하층 계급이나 침입자, 혹은 둘 다로 취급받게 되었다. 아직도 그들의 성인聖人과 목축업자들의 이름이 곳곳에 붙어 있는데도.

우리 동네의 북쪽과 서쪽은 19세기에 널찍한 묘지였지만, 20세기 초에 수만구의 주검이 그곳에서 퇴거당했다. 땅을 좀더 수지 맞는 용도로 쓰기 위해서였다. 유골은 남쪽으로 도시 몇개쯤 떨어진 지점에 마련된 공동묘지에 한데 쌓였고, 비석은 건축 재료나 매립 재료로 쓰였다. 우리 동네 남쪽의 공원에는 그 조각난 비석들로 안을 댄 도랑이 있었다. 어떤 조각은 아직 글씨도 읽을 수 있었다. 한편 우리 동네에서 동쪽으로 조금만 걸어가면 저팬타운이 나왔다. 하지만 전쟁 중에 그곳에 살던 일본계 주민은 거의 모두 수용소에 억류되었고, 그들이 비우고 떠난 집에는 조선소나 다른 전시의 일자리를 찾아온 흑인 노동자 가족들이 살게 되었다. 내가 이런 사실을 안 것은 한참 뒤였지만, 아무튼 내가 도착한 동네는 이런 과거를 간직한 곳이었다.

내가 처음 그 건물을 방문하고 영 씨를 만난 것은 로널드 레이건Ronald Reagan이 대통령으로 취임한 지 닷새가 되는 날이었다. 경제적 평등의 절정에 달했던 미국은 그 방향을 뒤집고, 흑인의 발전을 저지하고, 부를 다시 소수에게 집중시키고, 수많은 사람이 일어서도록 도왔던 복지 프로그램을 해체하고, 노숙인을 대량 발생시키려는 사람에게 투표했다. 크랙*이 곧 샌프란시스코를 비롯한 대도시에, 우리 동네와 우리 블록에 나타날 터였다. 그즈음 나도 코카인이 일으키는 유능감과 거창한 운명의 감각을 살짝 경험해보았다. 그때 든 생각은 이 약이 그런 시대적 방향 전환이 불러온 절망과 황폐에 대한 대항으로서 유혹적인 게 아닐까, 사람들은 자신을 막아 세우려고 지어진 벽에 부딪혔을 때 이 약을 먹는 게 아닐까 하는 거였다. 사회적 장벽이 아닌 다른 벽도 있었다. 감옥 벽이었다. 동네 남자들 중 일부는 이후 그 벽 너머로 사라졌고, 나머지 중 일부는 무덤으로 사라졌다. 웨스턴어디션은 원래 흑인 동네였지만 부동산 중개인 같은 이들이 곳곳의 이름을 바꾸고 동네의 정체성을 조금씩 깎아내는 방법으로 공간을 바꾸었고, 흑인 주민들

* Crack. 돌멩이처럼 굳힌 고형 코카인으로—그래서 록(rock)이라고도 한다—태워서 연기를 흡입하며 싸고 중독성이 높다. 1980년대 미국 흑인 사회에 널리 퍼졌다.

은 비싼 엘리트 주거지가 되어가는 도심의 동네로부터 차츰 밀려났다. (훗날 나는 젠트리피케이션이라는 현상을 알게 되었다. 그 시절에 백인인 내가 그곳에 삶으로써 그 동네를 여유 있는 백인들의 구미에 맞는 공간으로 바꾸는 데 일조했으리라는 사실도 알게 되었다. 하지만 그때는 상황이 어떻게 바뀔지, 젠트리피케이션이 어떻게 작용하는지 몰랐다.)

19세기 말과 20세기 초에 지어진 아름다운 목조 건물들에는 그 시대 고유의 풍성한 장식이 가득했다. 퇴창, 기둥, 선반으로 깎은 난간, 식물 문양이 많았던 장식용 몰딩, 비늘 모양 지붕널, 아치나 작은 탑이나 심지어 양파 모양 돔을 얹은 포치. 생물을 본뜬 곡선과 별난 세공이 많아서, 건물들은 꼭 유기물처럼 보였다. 지어진 게 아니라 길러진 것처럼 보였다. 언젠가 뮤어우즈 국립공원의 산림 관리인이 내게 그런 건물을 보면 그것을 짓기 위해서 베어진 커다란 삼나무들이 떠오른다고 말한 적이 있었다. 그렇다면, 서해안에 자라는 그 큰 나무들도 우리 동네에 유령으로 존재했던 셈이다.

원래의 건물들은 재료도 세공 기술도 훌륭했다. 그런데 전후에 백인 이탈white flight이 벌어지면서 그 인구 집단이 교외로 나가자 이제 딴 동네에 사는 집주인들이 빈민가로 여기게 된 이런 동네에는 다른 인구 집단들이—비백인, 이주자, 가난한 사람들이—살게 되었고, 이들은 건물의 장식을 떼어내거나, 나무판에 회반죽이나 합성 외장재를 덮거나, 심지어 집 한채를 여러채로 잘게 쪼갰다. 그럴 때는 헐한 재료와 기술이 쓰이기 마련이었고, 그런 건물은 계속 방치되어 더 허름해지고 위험해졌다.

1950년대와 1960년대에 사람들은 이른바 **도심 쇠퇴**blight 현상을 핑계로 우리 동네 동쪽의 많은 건물을 허물었다. 도시의 살갗에는 상처와 같은 공터들이 남았다. 어떤 공터에는 칙칙한 임대주택 단지가 세워졌지만, 너무나 소외되고 갑갑한 설계였던 탓에 더러는 지어진 지 10~20년 만에 도로 허물어졌다. 틸 씨가 한때 활기찬 문화 지구였다고 회상했던 필모어 지구의 건물 터들은 1980년대에도 대부분 철책 너머 빈터로 남아 있었다. 장소들이 살해되었고, 한번 살해된 장소는 다시는 온전히 살아나지 못했다.

내 사진가 친구 마크 클렛Mark Klett이 즐겨 하는 말마따나, 변화는 시간의 척도다. 시간이 흐르자, 작은 것들이 바뀌었다. 내가 이사했을 때, 우리 건물에서 서쪽으로 한 블록 간 곳 모퉁이에는 코닥 즉석사진 부스가 있었다. 필름으로 사진을 찍던 시절이었다. 길 건너편 주류 판매점 옆 모퉁이에는 유리로 된 전화 부스가 있었다. 부스는 나중에 주방용 후드처럼 생긴 덮개를 이고 판자벽에 설치된 공중전화로 바뀌었다가 더 나중에 휴대전화가 퍼지자 아예 사라졌다.

과거의 질감을 현재에 잘 전달하기란 어려운 일이다. 이를테면 그 시절에 도시를 쏘다니던 사람의 고독감을 어떻게 전달할 수 있을까. 그는 버스나 택시가 지나가기를 기다릴 수 있었다. 아니면 공중전화 부스를 찾아서 외우고 있던 번호로, 혹은 교환원에게 물어서, 혹은 휴지처럼 얇고 구깃구깃해진 전화번호부를 뒤져서—

그야 물론 금속 줄에 대롱대롱 매달린 까만 케이스에 든 전화번호부가 있었다면 말이지만—콜택시를 부르거나 친구 집에 전화할 수도 있었다. 인터넷 덕분에 침대에 누운 채로도 원하는 물건을 살 수 있게 되기 전에, 체인점은 적고 다양성은 많았던 시절에, 원하는 물건을 사려면 상점을 여러군데 들러야 했다. 사람들은 예측 불가능성에 따르는 놀라움과 좌절을 겪었고 그것을 더 잘 견뎠다. 왜냐하면, 이 역시 지나고 나서야 깨달은 바로, 그 시절은 시간이 폭포를 만나서 우리 모두를 싣고 급류로 떨어지기 전이었던지라 꼭 초원을 흐르는 강물처럼 느릿느릿 흘렀기 때문이다. 오늘날의 디지털 시대는 우리로 하여금 낯선 사람과 접촉하지 않아도 되도록 해주었지만, 그 시절에 우리는 낯선 사람과 다양한 방식으로 만날 준비가 되어 있었다. 지금보다 좀더 예측 불가능한 접촉과 좀더 깊은 고독이 있던 시절이었다.

덜 비쌌던 그 시절에는 곳곳에 별스러운 것이 있었다. 작은 가게는 저마다 다른 주제의 박물관을 겸하곤 했다. 캐스트로 지구 근처의 한 세탁소에는 오래된 다리미들이 예술적으로 진열되어 있었다. 동네의 옛 모습을 보여주는 오래된 사진을 붙여둔 가게도 많았다. 미션 지구의 어느 구멍가게에는 과자들 옆 리놀륨 바닥에 지름 수십 센티미터의 고무줄 밴드 뭉치가 놓여 있었다. 노스비치의 포스트카드 팰리스라는 가게는 옛날 엽서만 파는 곳이었다. 대개 이미 우표가 붙어 있고, 오래전에 죽은 사람이 오래전에 죽은 다른 사람에게 보낸 알쏭달쏭하거나 쾌활한 메시지가 옛 시절 특유의 자신만만한 손 글씨로 적힌 엽서였다. 나는 밤에 펑크록 공연장을 나와서 그 가게에 들르곤 했고, 그때마다 대개 흑백으로 찍은 산길이나 예배당이나 동굴의 모습이 담긴 엽서를 몇장씩 샀다. 그중 수십장을 지금도 갖고 있다.

그 시절의 도시는 낡고 쭈글쭈글하고 그 틈에 먼지와 보물이 끼어 있는 무언가로 느껴졌다. 그랬던 도시가 차츰 반반하고 깨끗하게 변했고, 살던 사람 중 일부도 그 과정에서 먼지처럼 쓸려 나갔다. 고물상이 고급 피자집이 되었고, 상가 교회가 헤어살롱이 되었고, 진보적 성향의 책을 팔던 서점은 고급 안경점이 되었다. 그밖의 많은 곳은 초밥집이 되었다. 장소는 갈수록 단조로워졌고, 체인점과 자동차가 점점 많아졌고, 전봇대에 겹겹이 붙은 전단지가 없어졌다. 몇대째 하던 약국들도, 신자들이 딴 동네로 이사 가든 말든 한결같이 예배를 여는 사제가 있던 오래된 예배당 같은 곳들도 사라졌다.

우리 집에서 서쪽으로 두 블록 떨어진 곳에 있던 스컬리 아울드럭 스토어에는 진짜 런치 카운터가 있었다. 남부 사람들이 인종차별에 항의하고자 점거했던 런치 카운터와 똑같이 생긴 것이었다. 어느 날 그 카운터가 사라졌고, 그다음 가게가 사라졌고, 그다음 2000년대에는 의무 가입 노조 식료품점과 주류 판매점과 정육점과 빵집이 있던 자리 전체가 불도저에 싹 밀리더니 아래층에 대형 체인 슈퍼마켓이 있고 위층에 아파트가 있는 주상복합이 들어섰다. 물론, 과거에 육체노동과 제조업의 중심지였던 도시에서 전후에 그런 산업이 죽는 것은 흔한 일이다. 하지만 만약 그 폐허에서 정보, 금융, 관광 중심의 대도시가 새로이 솟아난 경우에는 사람들이 그 죽음을 잘 알아차리지 못했는데, 1980년대의 샌프란시스코가 딱 그런, 그것도 극적인 사례였다. 그 시절에 실리콘밸리는 이주노동자들이 청정실에서 실제로 실리콘 칩을 생산하면서 주변에 독성 폐기물을 투기하던 곳이었다. 그러나 그런 일자리는 차츰 해외로 이전되었고, 그 대신 테크 기업들이 우후죽순 나타났으며, 한때 느긋한 주변부이자 가끔 예외적 존재였던 지역이 세계적으로 강력한 중심지로 바뀌었다.

변화는 시간의 척도다. 나는 우리가 변화를 보려면 그 변화보다 느려야 한다는 사실을 깨달았다. 그리고 내가 한곳에서 사반세기를 산 덕분에 변화를 볼 수 있었다는 사실을 깨달았다. 처음부터 볼 수 있었던 것은 아니었다. 서서히 그렇게 되었다. 내가 계속 머무른 건물에 다른 사람들이 왔다가 떠났다. 잠시 머물다 떠난 그들도 자신은 안정된 동네를 거쳐간다고 생각했겠지만, 사실은 그들 자신이 동네를 변화시킨 요소였다. 공간을 휩쓸고 지나가면서 그곳을 흑인이 점점 더 적고 중산층이 점점 더 많은 동네로 바꿔놓은 물결의 일부였다. 이후에 새로 온 사람들이 사는 공간은 그들이 돈으로 구한 장소일 뿐, 예전처럼 모두에게 소속된 장소는 아니었다. 동네는 그렇게 점점 덜 동네다워졌고, 활력은 사라졌다.

3.

내가 살던 건물은 그보다 좀더 위엄 있는 빅토리아 양식의 목조 건물들 틈에 낀 1920년대 회반죽 건물이었다. 하지만 나름의 운치와 매력이 있었다. 내 집에는 좁은 공간을 넓게 느끼도록 고안된 장치들이 설치되어 있어서 재미있었다. 폭 좁은 다리미판은 접어서 벽에 넣을 수 있었다. 역시 벽에 접어넣을 수 있는 머피 침대도 있었다. 하지만 그것을 펼치면 방이 꽉 차다시피 하는지라, 그 대신 널찍한 옷장 용도로 마련된 공간으로 침대를 옮겨서 아예 펼쳐두고 살았다. 침대의 머리맡 벽에 창이 나 있었고 옆쪽 벽에 폭 넓은 문이 있었고 발치에도 문이 있었으니, 옷장치고는 상당히 열린 공간이었다. 그래도 그것은 옷장이었다. 내가 25년을 잔 옷장이었다.

가난은 가끔 과거를 보전하는 역할을 한다. 내 집은 처음 지어진 뒤로 변한 데가 거의 없는 공간이었다. 황금색 마룻널은 원래의 것이었고, 씩씩 김을 내뿜는 라디에이터도, 건물 뒤쪽 계단에 난 홈통으로 쓰레기를 버리면 두층 아래의 대형 쓰레기통으로 쓰레기가 곤두박질치는 활송 장치도 그랬다. 부엌의 붙박이 사이드보드와 키가 천장까지 닿는 유리문 찬장 맞은편에, 그러니까 싱크대 옆에 설치되어 있었으나 이미 오래전부터 쓰이지 않은 초창기 모델의 소형 냉장고도 마찬가지였다.

부엌을 장악한 것은 근사하고 오래된 웨지우드 스토브였다.

우윳빛 에나멜 몸체에 검은 테두리가 둘러져 있었고, 거기에 붙은 까만 연통이 직각을 그리며 벽에 이어져 있었다. 내가 살 때는 점화용 불꽃이 아예 켜지지 않아서, 나는 술집이나 식당에서 챙겨온 종이 성냥을 모아두었다. 그런 장소에서 흡연이 허락되던 시절이었다. 이전에 음식을 보관할 수도 조리할 수도 없는 장기 체류식 호텔에서 살았던지라, 요리할 수 있고 냉장고를 혼자 쓸 수 있다는 것이 사치로 느껴졌다.

나는 가난했다. 길에 버려진 가구를 집어왔고, 중고품 가게에서 옷을 샀고, 재고 정리 세일에서 살림살이를 구했다. 오래된 물건을 귀하게 여기던 시절이었거니와 미적으로도 내 마음에 드는 방식이었다. 내 물건이 대부분 나보다 나이가 많다는 사실이 좋았다. 물건들은 하나하나가 과거에 내린 닻이었다. 나는 시간, 역사, 필멸성, 깊이, 질감을 느끼기를 열망했다. 당신이 도시의 이민자 가정 출신이라서 내게 계보도 이야기도 물건도 거의 물려주지 않은 부모와 함께 베이에어리어 교외의 신생 주택 단지에 살 때는 내가 몰랐던 것들이었다. 나중에 내가 작가로서 한 일 중 하나는 미 서부의 여러 장소에게 그동안 잊히고 사라졌던 과거를 되찾아주는 일이었다.

캐스트로 지구에서 열린 시위에 참가하러 가던 길에, 벨벳으로 감싸고 못대가리를 박아 장식한 빅토리아풍 작은 소파가 떨이 세일에 나와 있는 것을 보았다. 소파를 10달러에 내게 판 게이 남자들은 친절하게도 시위가 끝난 뒤에 소파를 우리 집으로 가져와서 3층까지 올려주었다. 속에 충전재로 든 오래된 말털을 똥처럼 바닥에 떨어뜨리던 소파는 마치 늙어서 실금이 온 반려동물 같았다. 나는 작은 기념품, 장식품, 공예품을 모았다. 집은 점차 괴상한 자연사 박물관으로 변해갔다. 희한한 형태의 이끼 덮인 나뭇가지, 새 둥지와 새알 조각, 뿔, 돌, 뼈, 시든 장미, 네바다 동부에서 떼로 이주하는 노랑나비가 담긴 작은 병, 그리고 남동생이 준 것으로 지금도 내 집에 걸려 있는 수사슴의 뿔 달린 해골.

나는 한창 가난을 통과하는 중이었다. 경제적 여유는 나중에야 서서히 생길 터였다. 가난에서도 나는 새 이방인이었지만, 그 속에서 적잖은 시간을 보내고 났더니 그것이 어떻게 작동하고 어떤 영향을 미치는지를 조금이나마 알 수 있었다. 어떻게 보면, 정신적 가난으로서의 가난은 내가 태어난 때부터 죽 겪은 것이었다. 내 부모는 대공황 시절과 유년기에 겪었던 부족 때문에 깊은 결핍감을 몸에 새긴 사람들이었고, 훗날 자신들이 확보한 중산층의 안락을 남과 나누려는 마음이 없었다. 내게는 만약에 내가 끔찍한 일에 발목이 잡히더라도 부모가 나를 구해주리라는 믿음이 없었다. 정말로 그런지 확인해보고자 시험 삼아 망해볼 마음은 추호도 없었으므로, 내 가난은 쉽게 가난을 선택한 것처럼 원한다면 쉽게 벗어날 수도 있는 다른 많은 백인 청년의 가난과는 좀 달랐다. 결국에는 나도 가난을 벗어났다. 하지만 천천히 내 힘으로 벗어났다. 또 비록 나중에서야 제대로 깨우친 사실이지만, 내 피부색과 출신이 내게 유리하게 작용했기 때문에 그럴 수 있었다. 그런 속성 덕분에 나 자신도 남들도 나를 공부와 화이트칼라 노동에 적합한 사람으로 간주했던 것이다.

나는 서점에 서서 책을 읽었다. 도서관에서 빌려 읽었다. 최저가로 나오는 중고 책을 찾아서 몇달 혹은 몇년을 뒤졌다. 음악은 라디오로 들었다. 아니면 친구 집에 갔을 때 친구가 가진 음반을 카세트테이프에 녹음해 왔다. 나는 물건을 탐냈다. 물건이 보여주는 가능성에 자극받고 괴로워하고 속상해했다. 그 가능성이란 가령 만약 내가 이 부츠나 저 셔츠를 가진다면 내가 되어야 하는 사람 혹은 되고자 하는 사람이 될 수 있으리라는 생각, 내 안의 공허는 물건으로 채울 수 있는 구멍이라는 생각, 내가 가진 것은 내가 원하는 것에 비하면 초라하다는 생각, 내 갈망은 필수품 이상의 것을 소유함으로써 치료될 수 있으리라는 생각이었다.

나는 언제나 더 많이 원했고, 다른 것을 원했다. 만약에 원하던 것을 갖게 되면, 또다른 것을 원했다. 더 원할 만한 것은 언제나 더 있었다. 나는 갈망에 갉아먹혔다. 간절히 갖고 싶다는 욕구는 나를 날카롭게 후벼팠고, 그렇게 갈망하는 과정이 정작 갈망의 대상이 된 사람이나 장소나 사물보다 훨씬 더 많은 시간과 생각을 차지하곤 했다. 머릿속 대상이 실제 대상보다 더 큰 힘을 지녔다고 말할 수도 있겠다. 일단 그 무엇을 갖게 되면 갈망은 잦아들었지만—그 전에 그토록 생생했던 것은 갈망 그 자체였다—그러다가도 이내 되살아나서 다음 대상을 향해 입을 벌리고 손을 뻗었다. 연인이나 남자친구에 대한 갈망도 마찬가지였다. 그 갈망을 계속 살려두는 것은 불확실성이었다(반면에 좀더 믿음직하고 착한 남자를 만나면, 갈망은 우리가 흔히 사랑이라고 부르는 다른 형태의 애착으로 변했다).

그리고 내가 무엇보다도 원한 것은 나 자신의 변화가 아니라 내 처지의 변화였다. 내가 어디로 가고 싶은지는 아직 확실히 알지 못했지만, 떠나온 곳으로부터 더 멀어지고 싶다는 사실만큼은 똑똑히 알았다. 어쩌면 그것은 갈망의 문제라기보다는 그 반대, 즉 무언가를 싫어하고 벗어나고 싶어하는 문제였다. 내게 걷기가 그토록 중요한 일이었던 것은 이 때문이었을지도 모른다. 걸으면 아무튼 어디로든 가는 것처럼 느껴졌으니까.

살아볼 만한 삶은 이런 모습이 아닐까 하는 꿈을 어려서부터 하나 품고 있기는 했다. 10대에 아나이스 닌Anaïs Nin의 일기를 읽었을 때, 그가 회고한 전간기戰間期 파리 생활을 통해서 깊고 탐구적인 대화를 품을 수 있는 공간, 서로 얽히며 영향을 주고받는 삶들, 열정적인 우정에 감싸인 온기를 상상해볼 수 있었다. 오랜 뒤에 크롬강 다리와 리놀륨 상판으로 된 내 식탁에서 친구들과 둘러앉아 저녁을 먹은 후, 손님 중 한명이었던 진보적 역사학자 록산 던바오티즈Roxanne Dunbar-Ortiz와 나는 우리가 외로운 젊은 시절에 갈구했던 것이 바로 이런 자리였다는 데에 입을 모았다. (역시 오랜 뒤에, 나는 닌이 일기를 출간할 때 은행가 남편의 존재를 일부러 누락시킴으로써 자신을 실제보다 더 곤궁한 보헤미안이었던 양 보이게 만들었다는 사실을 알고 실망했다.)

스토브 옆에는 폭 넓은 싱크대가 두개 있었다. 하나는 평범한 설거지용 싱크대였고 그 오른편은 더 깊은 세탁용 싱크대였다. 나는 집에 딸려 있던 낡은 법랑 철제 접시 건조대로 세탁용 싱크대를 덮어두었다. 쟁반에 덮여 눅눅하고 컴컴하고 깊은 싱크대는 곧잘 악취를 풍겨서 이따금 뚜껑을 열고 속을 박박 닦아줘야 했다. 예전에는 여자들이 그 싱크대에서 손으로 빨래를 했다. 내가 살기 시작한 무렵만 해도, 타르로 칠한 지붕이 갈라져서 생긴 돌멩이를 뽀드득뽀드득 밟으면서 꼭대기 층 계단 맨 위까지 올라가면, 편평한 지붕에서 빨래를 널어 말리는 데 쓰는 나무 우리 같은 것이 있었다.

부엌 바닥에 원래 깔려 있던 노란색과 녹색의 리놀륨은 하도 낡아서 거칠어지고 갈라졌다. 나는 그것을 도저히 깨끗하게 관리할 엄두가 안 나서 그 위에 까만색 페인트를 칠한 뒤 페인트가 닳으면 거듭 덧칠했다. 하지만 화창한 아침이면 부엌으로 빛이 들어왔고, 큰 방의 동향 퇴창으로도 빛이 들었으며, 남향 퇴창으로는 겨울에도 하루 종일 빛이 들었다. 이 남향 창으로는 풀턴가의 가로등이 내다보였다. 가끔 나는 그 창에 앉아서 안개가 마치 거대한 환영의 회전초처럼 가로등 불빛 밑을 데굴데굴 구르는 모습, 바람이 그것을 원래 생겨났던 찬 바다로부터 도시로 밀어오는 모습을 홀린 듯 지켜보았다.

아니면 침대에 누워서 밤의 침묵 속에 멀리서 무적(霧笛)이 울리는 걸 들었다. 밤중에 깨면, 그곳은 도시 한가운데인 데다가 도심으로 여겨지는 장소였는데도 종종 무적 소리가 들렸다. 그 소리는 나를 저 멀리 너머로, 바다로, 하늘로, 안개로 데려갔다. 나는 그 소리를 자주 들었다. 이제 회상해보니 그 소리는 깬 것도 아니고 잠든 것도 아니었던 한밤중의 상태, 몸은 잠의 거대한 중력 탓에 한곳에 붙박여 있지만 정신은 자유롭게 돌아다니던 상태와 상관관계가 있었던 것만 같다. 그 소리는 내가 길 잃은 배인 양 나를 불렀다. 하지만 나를 집으로 불러들이기 위해서가 아니었다. 내게 바다와 그 위 하늘을 상기시키기 위해서, 내가 비록 옷장 속에 있지만 그것들과 이어져 있다는 사실을 상기시키기 위해서였다.

나는 그 집에서 아주 오래 살았다. 그래서 작은 집과 나는 점차 서로에게 작아지게 되었다. 처음에는 집 안에 거의 아무것도 없었고 그래서 넓게 느껴졌지만, 마지막에는 책이며 침대 밑에 처박아둔 종이 상자가 어찌나 많았는지 비좁게 느껴졌다. 기억 속에서 집은 앵무조개의 진줏빛 껍데기처럼 윤기 났던 것 같다. 나는 유난히 아름다운 그 은신처에 기어들어간 소라게였고, 소라게가 으레 그러듯이 결국에는 집보다 몸이 커졌다.

떠난 지 12년이 되었지만 여전히 그 집이 구석구석 눈에 선하다. 아직도 가끔 지금 사는 집의 약장이 아니라 그 집의 약장으로 손을 뻗는다. 다시 그 동네를 걷다가 택시를 탈 일이 있었을 때 반사적으로 라이언가의 그 주소를 댔고, 그제서야 내가 그곳에 살지 않은 지 오래되었다는 사실을 깨닫고 그다음 집 주소를 댔고, 그러고서야 마침내 지금 내가 사는 집, 그 집처럼 내 영혼에 깊게 새겨질 일은 결코 없을 이 집의 주소를 댔다. 그 집에 살 때, 어린 시절

살았던 집 앞의 길을 꿈에서 자주 보았다. 우리 집을 지나자마자 시골길로 바뀌었다가 말 목장에서 끝나는 길, 가시 철책을 슬쩍 빠져나가서 수많은 모험을 떠나곤 했던 길을. 그런데 요즘은 꿈에서 라이언가의 작은 집을 본다. 예전에 꿈에서 보았던 그 길처럼, 이제는 그 집이 내 시원始原의 장소다.

그곳이 아직 내 집이었을 때, 그 집 속에서 다른 방이나 다른 문을 발견하는 꿈도 여러번 꿨다. 어떤 면에서는 그 집이 나였고 내가 그 집이었으니, 그때 발견한 것은 당연히 내 안의 다른 나였다. 꿈에서 어린 시절 집을 볼 때는 늘 내가 그곳에 갇힌 상황이었던 데 비해, 이 집은 나를 가두기는커녕 내게 다른 가능성들을 열어주었다. 꿈에서 집은 더 컸고, 방이 더 많았고, 현실에는 없는 벽난로며 숨은 공간이며 아름다움이 있었다. 한번은 뒷문을 열었더니 현실에 있던 칙칙한 잡동사니가 아니라 환히 빛나는 들판이 펼쳐졌다.

부엌 벽에는 오래된 갈색 벽돌 무늬 비닐 벽지가 발라져 있었다. 스토브 뒷벽의 흰 페인트칠 아래로 그 벽지의 이음매가 비쳐 보이기에, 어느 날 나는 벽지를 떼어냈다. 꼭 상처에서 반창고를 떼어내는 것 같았다. 벽지는 널찍하게 벗겨지면서 밑에 있던 다른 벽지를 드러냈다. 밑에 있는 것은 더 오래되고 더 아름다운 벽지, 담쟁이덩굴 격자무늬가 그려진 벽지였다. 연한 갈색 무늬를 본 순간, 나보다 앞서서 그 집에 살았던 사람들의 존재가 생생하게 느껴졌다. 더 많은 유령들, 다른 시대들, 전쟁 전에 이 동네가 지금과는 다른 세상에서 다른 사람들이 사는 다른 장소였던 시대들이.

그 뒤에 나는 꿈에서 똑같은 일을 했다. 다만 꿈에서는 벗겨 낸 벽지 밑에 신문지와 잡지와 천 조각을 빈틈없이 바른 콜라주가 드러났다. 주로 꽃무늬였고 모두 발그레한 장밋빛이었던 콜라주는 감미로우면서도 이상한, 조각들의 정원이었다. 꿈에서 나는 그것이 이전에 이곳에 살았던 다른 여성, 만들기에 소질이 있었던 나이 든 흑인 여성의 추억이 담긴 콜라주임을 알아차렸다.

우리 건물은 도시 중심에서 가까웠다. 돌아보면 그곳은 나침반 회전 바늘의 기준점이 되는 축이자 사방으로 열린 장소였다. 내가 그곳을 집으로 만든 것이 아니었다. 내가 그 동네 사람들을 지켜보고 가끔 어울렸을 때, 수천 킬로미터를 걸어서 도시 곳곳을 쏘다녔을 때, 그곳이 나를 만들었다. 나는 익숙한 길을 걸어서 영화관이나 서점이나 식료품점이나 일터로 갔고, 가끔은 무언가를 발견하기 위해서 언덕을 올랐고, 가끔은 번잡하고 시끄러운 도심을 잠시 벗어나려고 걸었다. 그렇게 걸어서 오션비치에 다다르면, 그 바닷가에서 수많은 이야기가 끝을 맞았으며 한편 드넓은 태평양 너머에서는 다른 이야기들이 시작되었다는 사실을 떠올렸다.

광대한 하늘, 바다, 먼 수평선, 창공을 맴도는 야생 새들에 견주면 내 근심과 고뇌가 하찮아진다는 점에서, 출렁이는 바다와 긴 백사장은 또다른 집이자 피난처였다. 그 작은 집도 마찬가지였다. 그 집은 내 피난처였고, 인큐베이터였고, 껍데기였고, 닻이었고, 출발대였으며, 낯선 이가 준 선물이었다.

전쟁하는

삶

1.

그 집으로 이사한 지 얼마 지나지 않았을 때, 한 친구가 내게
책상을 주었다. 여성용 작은 책상이랄까 화장대랄까 하는 물건으
로, 이 글도 그 책상에서 쓰고 있다. 이 앙증맞은 빅토리아 양식 가
구에는 좁은 서랍이 양옆에 두개씩 네개 달렸고, 앉은 이의 다리
가 들어가는 공간 위에 더 폭 넓은 중앙 서랍이 달렸고, 다양한 장
식들이 달렸다. 장부촉으로 이은 다리에는 무릎 같은 옹이가 나 있
고, 그 밖에도 옹이 같은 장식들이 더 있고, 서랍 아래쪽에는 부채
꼴 장식이 있고, 서랍 손잡이는 술 혹은 눈물방울처럼 생겼다.

다리는 앞쪽에 두쌍, 뒤쪽에 두쌍이 책상 양옆 서랍들 밑에

붙어 있다. 장식은 요란해도 이 오래된 책상은 기본적으로 튼튼하다. 꼭 수십년 동안 수많은 물건을 등에 지고 살아온 다리 여덟개짜리 짐승, 혹은 책상 상판이라는 멍에로 나란히 매인 두마리 짐승 같다. 책상은 나와 함께 세번 이사했다. 그동안 내가 이 위에서 쓴 단어가 수백만개는 될 것이다. 스무권이 넘는 책, 리뷰, 에세이, 연애편지, 친구 티나와 거의 매일 편지를 주고받던 때 쓴 수천통의 이메일, 다른 수십만통의 이메일, 내 부모의 것을 포함하여 몇편의 추도사와 부고. 이 책상에서 나는 처음에는 학생으로서 다음에는 선생으로서 숙제를 했다. 책상은 세상으로 난 문이자 내가 바깥으로 도약하거나 내면으로 잠수할 때 딛는 단상이었다.

내게 책상을 주기 1년쯤 전, 친구는 헤어진 남자친구가 자신을 떠난 벌이라며 휘두른 칼에 열다섯군데를 찔렸다. 친구는 과다출혈로 거의 죽다 살았다. 응급 수혈을 받았다. 전신에 긴 흉터가 남았다. 그때 나는 그 상처를 덤덤히 보았다. 감정을 느낄 능력이 억눌려져 있던 탓이었다. 아마도 내가 가정폭력에 이골이 났기 때문에, 그리고 그런 일은 우리가 담담히 받아들이고 대수롭지 않게 여겨야 하는 일이라고 느꼈기 때문에 그랬을 것이다. 그런 폭력을 묘사할 언어나 그 말을 들어줄 청중을 가진 사람이 우리 중에 거의 없던 시절이었다.

친구는 목숨을 건졌다. 그리고 당시 여느 피해자들처럼 그 일로 비난받았다. 살인미수자는 법적 처분을 전혀 받지 않았다. 친구는 일이 벌어진 곳으로부터 멀리 이사했다. 그 뒤에 퇴거당한 어느 비혼모를 위해서 일했는데, 그이가 급료 대신 친구에게 준 것이 이 책상이었고, 그것을 친구가 내게 주었다. 친구는 새 인생을 살아나갔고, 우리는 몇년 동안 연락이 끊겼고, 그러다 다시 연락이 되었을 때, 친구는 내게 옛일을 소상히 들려주었다. 누구든 들으면 심장이 타오르고 세상이 얼어붙을 만한 이야기였다.

누군가 친구의 입을 막으려고 했다. 그 뒤에 친구는 내게 목소리를 낼 단상을 주었다. 이제 생각해보니, 내가 지금까지 쓴 모든 글은 젊은 여성의 존재를 지우려는 시도에 대한 균형추가 아니었을까 싶다. 그 모든 글이 말 그대로 이 자리에서, 나의 기반인 이 책상에서 씌어졌다.

이 글을 쓰려고 바로 그 책상에 앉아서, 우리 도시의 공공 도서관이 소장한 우리 도시의 사진들을 훑어볼 수 있는 온라인 자료실에 접속했다. 내가 살았던 동네의 옛 모습을 떠올릴 수 있을까 싶어서였다. 내가 살았던 거리가 나온 사진들 중 네번째 사진은 우리 집에서 한 블록 반 떨어져 있던 집을 찍은 1958년 6월 18일 사진으로, 이런 설명이 붙어 있다. "오늘 22세 여성 데이나 루이스Dana Lewis의 시신이 검은색 브래지어를 제외하고 알몸으로 발견된 라이언가 438번지 옆 골목길을 행인이 호기심에서 들여다보고 있다. 초동 수사 결과, 경찰은 피해자의 목에 난 멍으로 보아 여자가 밧줄에 교살당했을 가능성이 있다고 밝혔다." 여자의 죽음은 신문에게도 볼거리였던 게 분명하다. 신문은 자극적인 언어로 여자를 묘사했고, 행인을 가리켜서는 시신을 보고 속상해하는 사람이 아니라 호기심을 느낀 사람이라고 묘사했다.

　피해자는 코니 서블렛Connie Sublette이라는 이름으로도 알려진 여자였다. 찾아보니 당시 신문들은 그의 죽음에 지대한 관심을 보였다. 대체로 논조는 그가 섹스하고 술 마시는 젊은 보헤미안 여성이었으니 그 일에 스스로 책임이 있다는 투였다. 한 기사는 제목이 「선원, 우발 살인을 자백하다」였다. 또다른 기사에는 「살인으로 막내린 플레이걸 피해자의 비천한 삶」이라는 표현이 있었는데, 이때 **비천하다**는 말은 여자가 섹스와 모험과 슬픔을 아는 사람이었다는 뜻인 듯하고 **플레이걸**이라는 말은 그가 그러니까 죽어도 싸다는 뜻인 듯하다. 여자의 나이는 스무살이라고도 했고 스물네살이라고도 했다. 데이나 루이스 혹은 코니 서블렛의 전 남편이 라이언가 426번지에 산다고 했고, 여자는 뮤지션이었던 남자친구가 파티에서 실족사한 뒤 위로를 구하려고 그 집을 찾아갔다고 했다.

　앨 서블렛Al Sublette은 집에 없었거나 대답을 하지 않았다. 그래서 여자는 그 집 현관 계단에 앉아서 울었다. 그러자 집주인이 나와서 여자에게 꺼지라고 말했다. 이때 한 선원이, 그 자신의 설명에 따르자면, 여자에게 택시를 태워주겠다고 제안하고는 그러는 대신 여자를 죽였다. 신문들은 살인이 우발적이었으며 여자가 비록 상실의 충격에 빠진 상태였음에도 골목길에서 자신과 섹스하기로 동의했다는 남자의 말을 곧이곧대로 믿은 듯했다. 「비트족 여성, 사랑을 찾던 선원에게 살해당해」라는 기사 제목을 보면, 사람을 목 졸라 죽이는 일이 사랑을 찾는 데에 으레 따르는 과정이란 말인가 싶다. 전 남편은 여자를 "낭만적이고 늘 몸이 달아 있던 여자였죠"라고 묘사했다. 작가 앨런 긴즈버그Allen Ginsberg는 코니 서블렛이 아니라 남편 앨의 사진을 찍었고, 1958년 6월 26일에 잭 케루악Jack Kerouac에게 쓴 편지에서도 다른 코멘트 없이 여자의 죽음만을 언급했다. 사람들은 여자를 알았지만 애도하지는 않았다.

나는 라이언가 438번지에서 벌어졌던 일은 몰랐다. 하지만 시인이자 회고록 작가인 마야 앤절루Maya Angelou가 사춘기 때, 즉 여덟살에 여러차례 강간당했던 데 대한 반응으로 말을 한마디도 하지 않고 보낸 5년의 시간이 끝난 시점으로부터 오래되지 않은 때에 그곳으로부터 북동쪽으로 멀지 않은 지점에서 살았다는 사실은 알았다. 내 집에서 다른 방향으로 몇 블록 가면 있는 골든게이트가 1827번지의 집에 대해서도 알았다. 그 집이 1974년 초에 열일곱살의 신문사 상속인 패티 허스트Patty Hearst가 혁명 단체를 자임하며 망상에 빠져 있던 소규모 집단 공생해방군에게 납치된 뒤 30갤런114리터들이 쓰레기통에 담겨서 실려간 곳이었다는 사실을. 허스트는 그곳과 그 전에 머물렀던 곳에서 눈이 가려진 채 지냈으며 납치범 중 두명에게 강간당했다고 진술했다. 이 두가지 이야기는 뉴스로 보도되었다. 하지만 나머지 이야기들은 대부분 보도되지 않았고, 보도되더라도 뒤쪽에 단신으로 실렸다.

내가 목격한 이야기도 있었다. 어느 날 밤늦게 창을 내다보았더니, 웬 큰 칼을 든 남자가 길 건너편 주류 판매점 입구로 어느 여자를 몰아넣고 있었다. 경찰차가 조용히 그리로 다가갔고, 경찰관들이 칼 든 남자를 놀래자, 남자는 흉기를 슬며시 땅에 떨어뜨리고 는 칼날이 콘크리트에 부딪혀 쟁강거리는 와중에 말했다. "괜찮습니다. 내 여자친구예요."

작가 윌리엄 드부이스William deBuys는 어느 책의 첫 문장을 이렇게 썼다. "어느 한 사물, 한 현상이나 핵심을 더없이 명료하고 온전하게 봄으로써 그 이해의 빛으로 삶 전체를 밝힐 수 있을지도 모른다는 가능성, 그 속에는 일종의 희망이 깃들어 있다." 그다음 그는 자신이 글을 쓰는 소나무 책상에서 시작하여 맨 먼저 그 나뭇결과 색을 묘사하고, 그다음에는 나무들과 숲에 대해서 말하고, 그다음에는 사랑과 상실과 공간의 에피파니에 대해서 말하는 식으로 이야기를 이어갔다. 사랑스러운 여정이다. 나 또한 내 할머니들이 태어나기도 전에 잘린 나무들로 만들어졌을 내 책상에서 시작하여 그로부터 만나게 될 숲을 상상할 수 있고, 기왕이면 내 책상으로부터 내 젠더가 겪는 폭력보다는 그 숲을 떠올리고 싶다.

하지만 내가 앉아 있는 책상은 남자에게 살해당할 뻔했던 여성으로부터 받은 것이다. 그러니 지금은 나와 같은 이들이 죽거나 침묵하기를 바라는 사람이 많은 사회에서 자라는 것이 내게 어떤 의미였는가, 내가 어떻게 목소리를 갖게 되었고 어떻게 그 목소리를—홀로 책상에 앉아서 손가락으로 묵묵히 말할 때 가장 유창해지는 목소리를—써서 이전에 말해지지 않았던 이야기들을 말하려고 애쓰게 되었는가 하는 이야기를 할 시점인 듯하다.

통상적인 회고록은 대개 극복하는 이야기, 끝내 성공하는 이야기, 개인의 변화와 결심으로 개인의 문제를 해결한 이야기다. 나는 많은 남자가 여자를 특히 젊은 여자를 해치고 싶어했고 지금도 그렇다는 사실, 그 피해를 즐기는 사람이 많거니와 그저 무시하는 사람은 더 많다는 사실로부터 큰 영향을 받았다. 하지만 이 문제에 대한 치료법은 개인적인 일이 아니었다. 내가 내 생각이나 생활을 조정하는 것만으로 이 문제를 용납할 만한 수준으로 바꾸거나 아예 근절할 수 있는 도리는 없었다. 그렇다고 해서 이 문제를 그냥 놓아두고서는 어디로도 나아갈 수 없었다.

이 문제는 내가 몸담은 사회에, 아마도 더 나아가서 세상에 뿌리박은 문제였다. 이 문제로부터 살아남으려면 우선 문제를 이해해야 했고, 궁극적으로는 나 혼자만이 아니라 모두를 위해서 상황을 바꿔야 했다. 그런데 고통의 일부이기도 한 침묵을 깨뜨릴 방법이라면 여러가지가 있었다. 그리고 이야기를 한다는 것, 나와 남들의 이야기를 한다는 것은 그 자체가 저항이었고, 생기를 되찾는 일이었고, 힘을 얻는 일이었다. 그것은 나무들의 숲이 아니라 이야기들의 숲이었고, 글쓰기는 그 숲을 통과할 길을 그리는 일이었다.

2.

그때는 상황이 어디서나 그런 듯했다. 지금도 그런 듯하다. 우리는 여성에게 안전도 자유도 천부의 권리도 없다고 말하는 듯한 모욕과 위협을 겪음으로써 해를 약간 입을 수도 있었고, 강간을 당함으로써 더 많이 입을 수도 있었고, 강간-납치-고문-감금-신체 절단을 당함으로써 그보다 더 많이 입을 수도 있었고, 살인을 당함으로써 그보다 더 많이 입을 수도 있었다. 살인이 아닌 다른 공격 행위에도 늘 죽음의 가능성이 어른거렸다. 우리는 세상에서 약간만 지워질 수도 있었다. 그럼으로써 우리 존재나 자신감이나 자유가 줄어들 수 있었고, 권리가 침해될 수 있었고, 몸을 침범당함으로써 몸이 점점 내 것이 아니게 될 수도 있었다. 혹은 우리가 아예 세상에서 싹 지워질 수도 있었다. 이 모든 일이 충분히 벌어질 수 있는 일로 보였다. 다른 여자들이 여자라서 겪은 최악의 일이 역시 여자인 내게도 다 벌어질 수 있었다. 비록 죽임을 당하지는 않더라도, 내 안의 무언가가 죽었다. 자유와 평등과 자신감의 감각이 죽었다.

최근에 친구 헤더 스미스Heather Smith가 내게 말했듯이, 세상은 젊은 여자들에게 "자신이 살해될 가능성을 늘 그려보게끔" 만든다. 여자는 어릴 때부터 줄곧 이런저런 일을 하지 말라는 훈계를 듣는다. 여기에 가지 마라, 거기서 일하지 마라, 이런 시각에 밖에 나가거나 그런 사람들과 말하거나 이 원피스를 입거나 이 술을 마시거나 모험과 독립과 고독에 참가하지 마라. 죽임을 피할 수 있는 유일한 안전 조치는 여자가 스스로 삼가는 것뿐이라고 했다. 나는 10대 말과 20대 초에 길거리에서, 가끔은 다른 곳에서도 성희롱을 당했다. 사실 **희롱**harassment이라는 표현으로는 그 행위에 담겨 있었던 위협성을 제대로 전달할 수 없지만 말이다.

해병대 출신으로 외상후스트레스장애PTSD에 관한 책을 쓴 작가 데이비드 J. 모리스David J. Morris는 이 장애를 참전 군인보다 강간 피해자가 훨씬 더 흔하게 겪는데도 불구하고 이들의 문제는 훨씬 덜 논의되고 있다고 지적했다. 모리스는 내게 이렇게 적어보냈다. "이 점에 있어서 과학적 사실은 명백합니다. 『뉴잉글랜드 의학 저널』에 따르면, 강간 피해자가 진단 가능한 외상후스트레스장애를 겪을 확률은 전투 피해자의 약 네배입니다. 생각해보세요. 전쟁에 나가서 총에 맞고 폭탄에 날아가는 것보다 강간당하는 것이 정신적으로 네배 더 괴로운 일이라는 겁니다. 게다가 현재 우리 문화에는 피해 여성이 자신의 생존을 용감하고 훌륭한 일로 느끼도록 만드는 분위기가 없기 때문에, 그런 피해가 영구화될 가능성이 더 큽니다."

전쟁에서 우리를 죽이려고 하는 사람은 보통 우리의 적이다. 반면 여성살해femicide에서 우리를 죽이려고 하는 사람은 우리의 남편, 남자친구, 친구, 친구의 친구, 길에서 만난 남자, 일터의 남자, 파티에서 만난 남자, 같은 기숙사의 남자다. 이 글을 쓰는 주에 뉴스로 보도된 살인 사건 가운데 한두 사례만 고르면, 어떤 남자는 리프트●로 차를 불렀다가 임신한 운전자가 오자 칼로 찔러 죽였고, 또 어떤 남자는 자신이 부모에게 쫓겨났을 때 받아주었던 젊은

● 우버와 비슷한 차량 공유 및 호출 서비스.

여자를 총으로 쏴 죽였다. 모리스에 따르면, 외상후스트레스장애는 "자신의 가장 끔찍한 기억에 휘둘리며 살아가는 것"이다. 모리스는 또 전쟁이 사람들로 하여금 공격과 부상과 죽음을 두려워하며 살게 하는 환경인데다가 꼭 우리 자신이 아니라도 주변인들이 그런 고통을 겪을 수 있다는 점에서, 설령 우리 자신은 육체적으로 온전하더라도 그런 환경으로 인한 트라우마를 똑같이 겪을 수 있다고 말한다. 게다가 그런 두려움은 원인이 되는 사건이 끝난 뒤에도 오랫동안 우리를 따라다닌다고 한다. 젠더폭력의 트라우마를 논할 때, 사람들은 그것이 단 한번의 끔찍하고 예외적인 사건이나 관계였던 것처럼 묘사한다. 마치 별안간 물에 빠지기라도 한 것처럼 묘사한다. 하지만 사실은 우리가 평생 물속을 헤엄쳐왔다면 어떨까? 뭍이라고는 눈 씻고 봐도 없었다면 어떨까?

많디많은 여성이 영화에서, 노래에서, 소설에서, 세상에서 살해되었다. 그 죽음 하나하나가 내게는 작은 상처, 작은 짐, 피해자가 나일 수도 있었다고 말하는 작은 메시지였다. 언젠가 만났던 어느 불교 성자는 신자들이 준 동전을 모두 옷에 매달고 다녔다. 동전들은 그의 짐이 되었다. 작은 동전이 하나둘 더해져서, 결국 그는 수백 킬로그램의 쨍그랑거리는 번뇌를 끌고 다니게 되었다. 우리도 그랬다. 우리도 그런 무서운 이야기들을 보이지 않는 추나 족쇄처럼 걸치고 어디든 끌고 다녔다. 그것들이 쨍그랑거리는 소리는 우리에게 "그게 너일 수도 있었어" 하고 늘 말해주었다. 그즈음 나는 평생 유일하게 가졌던 텔레비전을 내다 버렸다. 외할머니의 양

로원에서 가져온 작은 흑백 텔레비전이었다. 어느 날 밤에 다이얼을 돌리다가 모든 채널에서 젊은 여자가 살해되는 장면이 나오는 것을 본 뒤로 얼마 지나지 않아서였다. 그것은 나일 수도 있었다.

　나는 궁지에 몰린 것 같았다. 사냥감이 된 기분이었다. 여자는 나이가 많든 적든 늘 공격당했는데, 그들의 행동 때문이 아니라 마침 그들 가까이 있던 웬 남자가 그들을… **벌하고**punish 싶어했기 때문이라는 표현이 맨 먼저 떠오르지만, 그렇다면 대체 무엇에 대한 벌인가 하는 의문이 남는다. 그것은 그들이 그들이라서가 아니라 여자라서였다. 우리가 여자라서. 하지만 좀더 정확히 말하자면, 사실은 그가 그래서였다. 그가 자신에게 여자를 해칠 권리가 있다고 믿고 그러기를 욕망한 남자라서. 그가 자신의 힘이 여자의 무력함만큼이나 무한하다는 사실을 과시하고 싶어했기 때문에. 한편 그 시절의 예술은 아름다운 여자나 젊은 여자나 둘 다에 해당하는 여자가 고문당하고 죽임당하는 모습을 늘 에로틱하고 흥분되고 만족스러운 일인 것처럼 묘사했다. 정치인들과 언론이 폭력 범죄를 예외적인 인간이나 저지르는 행위로 단언하든 말든, 앨프리드 히치콕Alfred Hitchcock, 브라이언 드팔마Brian De Palma, 데이비드 린치David Lynch, 쿠엔틴 타란티노Quentin Tarantino, 라르스 폰 트리에Lars von Trier 등은 자신의 영화에 그런 욕망을 소중히 담아냈다. 그 밖에도 많은 호러 영화가 그랬다. 다른 수많은 영화와 소설이 그랬다. 그다음에는 비디오게임과 그래픽노블이 그랬다. 살인을 선정적으로 묘사하거나 여성의 시체를 내보이는 장면이 표준적인 플롯 장치이자 미학적 오브제가 될 지경이었다. 여자의 소멸은 곧 남자의 실현이었다. 당시 현실에서도 여성이 성범죄를 당하다가 끝내 살해된 일이 빈번히 발생했던 걸 보면, 그런 예술이 대상으로 삼는 청중에게는 그런 짓이 정말 에로틱하게 느껴지는 모양이었다. 폭행과 강간에 대한 공포는 곧 폭력적 죽음에 대한 공포였다.

그런 상황에서 나와 여자들은 느꼈다. 걸작으로 칭송되고 고전으로 치켜세워지는 작품을 비롯하여 많은 예술 작품이 우리를 위한 것이 아니구나. 이따금 남자 주인공이 여자를, 특히 젊고 아름다운 백인 여자를 딴 남자들로부터 보호하는 이야기도 있었다. 남자의 힘이 보호자의 모습으로 드러난 것이었지만, 그렇게 따지자면 파괴자도 그 점은 마찬가지였고, 어느 쪽이든 남자가 여자의 운명을 좌우하기는 매한가지였다. 남자는 자신의 소유인 여자를 보호하거나 파괴하거나 하는 것이었다. 어떤 경우에는 여자를 보호하는 데 실패한 남자의 슬픔이나 그가 딴 남자들에게 행하는 복수가 줄거리였다. 주인공 남자가 직접 여자를 파괴하는 이야기일 때도 있었다. 좌우간 이야기는 늘 그에 관한 것이었다.[•]

• 주변부 남자들은 성폭력을 저질렀을 때—특히 백인 여자에게 저질렀을 때—반드시 처벌받는 데 비해 특권과 힘이 있는 남자들은 처벌받지 않는다는 사실은 상대가치의 위계를 강화시킨다. 이때 보호받는 대상은 여자가 아니라 여자에 대해 소유권을 갖고 있는 사람이다(이 사실은 강간을 딴 남자의 재산에 대한 침해나 손괴로 간주했던 옛 법, 그리고 남편에게 아내를 강간할 권리를 인정해준 데다가 백인 남자가 유색인 여자를 강간한 경우에는 거의 절대로 처벌하지 않았던 옛 법에서—미국에서는 1980년대까지 이런 상황이 지속되었다—노골적으로 드러났다)—원주.

여자는 사실 시체가 되기 전부터 죽어 있었다. 여자는 곁치레였고, 딸린 것이었고, 액세서리였다. 만화에서는 남자에게 초점을 맞춘 이야기에서 여자의 폭력적 죽음을 플롯 장치로 쓰는 경우가 어찌나 흔했던지, 그처럼 소름 끼치는 결말을 맞은 여성 등장인물의 사례를 산더미처럼 모아 보여주는 웹사이트 '냉장고 속 여자들'Women in Refridgerators이 1999년에 생긴 뒤로 여자들은 아예 그런 상황을 뜻하는 용어 **'프리징'**fridging, 냉장고에 넣기을 만들어냈다. 한편 비디오게임에 만연한 여성혐오를 비판한 젊은 여성들은 신상 털기, 살해 협박, 강간 협박에 지긋지긋하게 시달렸다. 어떤 이는 살벌하고 자세한 위해의 협박을 받다 못해서 집을 떠나거나 극도의 안전책을 마련해야 했다. 즉 사라져야 했다. 온라인으로 일거수일투족 감시당하고 협박당하고 희롱당하는 일로부터 여성 사용자를 보호하는 일은 페미니스트 사이버 보안 전문가들의 중요한 과제가 되었다.

내가 이 글을 쓰는 지금, 텔레비전에서는 여성이 끔찍하게 고문-살인-절단당하는 사건을 다루는 드라마 시리즈가 두편이나 새로 선보였다. 한편은 1947년 로스앤젤레스에서 스물두살의 엘리자베스 쇼트Elizabeth Short가 고문 및 살해당했던 사건을—'블랙 달리아 살인 사건'이라는 터무니없이 우아한 이름으로 알려져 있다—에둘러 다룬다. 또다른 드라마는 1970년대 연속 고문범이자 강간범이자 살인범이었던 테드 번디Ted Bundy를 다루는데, 잘생긴 젊은 스타 배우가 그를 연기한다. 이것이 번디에 관한 첫 드라마도 아니다. 로스앤젤레스에서 쇼트가 살해된 사건에 대해서는 출판계에 독자적 하위 장르가 형성되었다고 해도 좋을 만큼 많은 책이 지금까지 쏟아졌다. 지방시는 '달리아 누아르'라는 향수를 출시하면서 "치명적인 꽃"이라는 문구로 광고한 적 있는데, 그때 나는 '여자들이 훼손된 시체 냄새를 풍기고 싶어해야 한다는 뜻인가' 하고 의아했다. 하지만 그러고 보면 옛 발라드이야기시에도 강간, 살인, 극악한 신체적 위해의 이야기가 가득했다. 조니 캐시Johnny Cash에서 롤링스톤스Rolling Stones에서 에미넘Eminem까지 팝송도 마찬가지였다.

앞선 세대의 페미니스트들은 강간이 힘의 문제이지 성적 쾌락의 문제가 아니라고 주장했다. 하지만 분명 세상에는 자신의 힘과 여자의 무력함을 상상할 수 있는 가장 에로틱한 일로 여기는 남자들이 있다. 여자들 중에서도 소수는 그렇다. 그래서 우리는 자신이 무력하고 위험한 상황에 처한 것을 에로틱한 것으로 착각하고, 그에 따르는 자아 감각과 서사를 받아들여야 할지 물리쳐야 할지 고민한다. 2018년에 재클린 로즈Jacqueline Rose는 이렇게 썼다. "성희롱은 대단히 남성적인 수행 행동이다. 남자는 그 행동을 통해서 대상에게 힘을 가진 쪽은 자신이라고 알리고 싶어하고—이것은 사실이다—나아가 그의 힘과 섹슈얼리티는 하나이자 같은 것이라고 알리고 싶어한다."

*

사람들은 내가 겪은 여러 사건을 각각 독립적이고 비정상적인 일로 간주했다. 하지만 그런 사건은 한둘이 아니었다. 또 그것은 그 시절의 분위기에 반하거나 벗어난 현상이 아니라 그 시절의 분위기에서 비롯한 현상이었다. 내가 그런 일을 겪었다고 말하면 사람들은 보통 불편해했고, 대부분은 내 잘못을 지적하는 것으로 반응했다. 어떤 남자들은 심지어 "나는 누가 성희롱을 좀 해줬으면 좋겠는데" 하고 말했다. 그 일을 매력적인 타인이 기분 좋게 유혹하는 일로만 상상할 줄 알기 때문이었다. 내가 겪는 일을 제대로 인식하는 정도로나마 도와준 사람은 없었고, 내게도 안전하고 자유로울 권리가 있다는 데 동의하는 사람도 없었다.

　　그것은 일종의 집단적 가스라이팅이었다. 주변 사람 누구도 전쟁으로 인식하지 않는 전쟁을 치르며 사는 것은… '미칠 노릇이었다' 하고 말할까 하는 생각이 잠시 들었지만, 그 표현은 쓰고 싶지 않다. 사람들이 여자의 증언 능력과 여자가 증언하는 현실을 깎아내릴 의도로 그를 미친 여자로 몰아붙이는 경우가 하도 많으니까. 게다가 이 경우에 미치겠다는 말은 견디기 힘든 괴로움을 완곡하게 표현한 말일 때가 많다. 그런 뜻이라면 나는 미칠 것 같지 않았다. 다만 참기 힘들 만큼 불안했고, 골몰했고, 분개했고, 지쳤다.

　　선택지는 둘 중 하나였다. 자유를 미리 포기하거나, 아니면 상상할 수 있는 한 가장 끔찍한 방식으로 그것을 잃을 위험을 감수하거나. 사람을 진짜 미치게 하는 일이 무엇인가 하면, 그가 겪은 일이 실제로는 벌어지지 않았다는 소리를 듣는 것, 그를 옥죈 상황이 현실이 아니라는 소리를 듣는 것, 그것은 그의 상상에 불과하다는 소리를 듣는 것, 그런 문제로 괴로워하면 지는 것이고 입 다물거나 아는 사실을 알지 않기로 선택해야만 이기는 것이라는 소리를 듣는 것이다. 이 난감한 궁지에서 어떤 사람은 실패와 위험을 선택함으로써 반항자가 되지만, 어떤 사람은 순응을 선택함으로써 죄수가 된다.

1980년대에도 페미니즘 운동은 한창이었다. 그 시절의 페미니즘은 여성에 대한 폭력을 목청껏 고발했고, 그에 대항하는 의미로 '밤을 되찾자'Take Back the Night 행진을 벌이기도 했다. 하지만 당시 나는 그 영향권에서 벗어나 있었다. 나는 어렸고, 대체로 더 높은 연배의 여성들이 속한 듯 보였던 그 문화와는 다른 문화에 빠져 있었다. 그 여성들의 언어를 아직 배우지 못했고, 그들은 멀리 있었다. 간격은 서서히 좁혀질 터였지만, 내가 이런 폭력들을 다 겪으면서 홀로 페미니스트가 된 뒤에야 그럴 터였다. 1985년에 어느 펑크록 잡지에 실었던 표지 기사에서 나는 여성에 대한 폭력을 말했다. 1990년대에 쓴 예술비평과 산문에서도 말했다. 걷기의 역사를 말한 2000년 책의 한 장에서는 여자가 바깥세상을 걸을 때 어떤 장애물을 만나는지를 자세히 열거했다.

내가 당한 부당한 일을 남들이 인식하지 못한다고 느낄 때의 분한 기분을 나는 안다. 피해자가 그 트라우마 때문에 자신에게는 결코 끝나지 않은 이야기를 강박적으로 늘어놓는 이야기꾼이 되기 쉽다는 것도 안다. 누군가 그의 말을 듣고 믿음으로써 저주를 풀어줄 때까지, 그는 그 이야기를 계속 말한다. 나도 가끔은 그렇듯 직접 체험한 일을 말하는 이야기꾼이었지만, 다른 여성들이 겪는 폭력에 대해서 내가 느낀 감정도 나의 체험이었다.

성희롱이 내게도 직접적인 골칫거리였던 시절에, 사람들은 내게 말했다. 더 부유한 동네로 이사하라고(하지만 내가 겪은 가장 악질적인 성희롱 중 몇가지는 그런 동네에서 겪었다), 차를 사라고, 쓰려야 쓸 돈이 없었건만 아무튼 돈을 써서 택시를 타라고, 머리카락을 짧게 자르라고, 옷을 남자처럼 입거나 남자와 늘 붙어 다니라고, 혼자서는 아무 데도 가지 말라고, 총을 구하라고, 무술을 배우라고, 현실에 적응하라고. 사람들은 그런 현실을 자연스러운 것 혹은 날씨처럼 불가피한 것으로 여겼다. 하지만 그것은 날씨가 아니었다. 자연스러운 것이 아니었다. 불가피하고 불변하는 것이 아니었다. 그것은 문화였다. 특정 사람들의 행동을 용인하고, 못 본 척하고, 성애화하여 해석하고, 봐주고, 무시하고, 묵살하고, 경시하는 사회 구조였다. 내가 볼 때 적절한 대응책은 문화와 상황을 바꾸는 것뿐이었다. 지금도 마찬가지다.

자기 운명이 자기 것이 아니고, 자기 몸이 자기 것이 아니고, 자기 삶이 자기 것이 아닌 순간에 처한 여성은 어쩌면 나일 수도 있었다. 나는 한동안 그 아슬아슬한 상황에서 쫓기듯이 살았다. 그 탓에 정신 구조가 달라졌는데, 이 변화는 영영 되돌릴 수 없을 것이다. 어쩌면 그런 폭력의 핵심은 피해자에게 그가 완벽하게 자유로운 날은 영영 오지 않으리라는 사실을 계속 상기하게끔 하는 것인지도 모른다. 그런 폭력은 주로 어린 여자들에게 마치 누구나 겪는 통과의례인 양 가해지는데, 일단 그것을 경험한 여자는 폭력의 주된 표적이라는 처지에서 벗어난 뒤에도 여전히 자신이 취약하다고 생각하게 된다. 한 여자의 죽음은 다른 모든 여자들에게 보내는 메시지였다. 그 시절에 나는 여자들이 전쟁으로 선언되지 않은 전쟁을 겪으며 산다는 사실을 발견한 충격과 두려움을 안은 채 일단 살아남는 데 전념했지만, 언젠가는 이 전쟁이 전쟁으로 선언되기를 바랐고 가끔은 능력이 닿는 대로 스스로 그렇게 선언했다.

대중매체에서나 점잖은 대화에서, 사람들은 살인범이나 강간범이 보통 남자들과는 다른 주변부 남자인 것처럼 말했다. 하지만 그 무렵에 샌프란시스코에서 북쪽으로 채 50킬로미터 떨어지지 않은 곳에서—한때 내가 살았던 교외 주택 단지였다—은행 부사장인 백인 남자가 자기 아내와 딸들이 걸스카우트 캠프에 간 틈을 타서 10대 성 노동자를 목 졸라 죽인 일이 있었다. 나이트 스토커, (내가 종종 하이킹하던 산길에서 여성 하이커들을 강간하고 살해하여) 트레일사이드 살인마라고 불렸던 중년 백인 남자, 필로 케이스 강간범, 뷰티 퀸 살인마, 그린리버 살인마, 스키 마스크 강간범, 그 밖에도 별명은 없지만 미국 서해안 곳곳에서 범행을 저지르는 남자들이 활개 치던 시대였다.

이 책의 이야기가 시작된 때로부터 2~3년 전, 샌프란시스코 근처에서 가출한 열다섯살 여자아이가 웬 남자에게 납치와 강간을 당한 뒤 두 팔뚝마저 잘린 일이 있었다. 범인은 아이를 도랑에 내버리면서 아이가 피 흘리다 죽을 것이라고 생각했다. 하지만 아이는 살아남아서 자신이 겪은 일을 증언했고, 이후 평범한 삶을 꾸려나갔다. 범인은 출소한 뒤에도 여자를 죽였다. 내게 책상을 주었던 친구와 나는 뉴스를 듣고서 둘 다 머릿속에서 이 이야기를 떨치지 못했다. 나중에 나는 셰익스피어Shakespeare의 『타이터스 앤드로니커스』Titus Andronicus를 읽다가 이 이야기를 또 만났다. 책 속에서 라비니아는 강간을 당하고, 두 손이 잘리고, 고발을 막으려는 범인의 의도에 따라 혀까지 잘리지만, 그래도 결국 자신을 유린한 범인의 정체를 사람들에게 알리는 데 성공한다. 그리스 신화에도 비슷한 이야기가 있다. 필로멜라의 형부가 필로멜라를 강간한 뒤 고발마저 막으려고 혀를 도려냈다는 이야기다.

내가 어려서부터 듣고 읽은 이야기에는 여성이 일격의 잔인한 공격에 당하는 이야기가 많았다. 하지만 내 경우에는 그런 폭력이 어디에나 있다는 점이 진정한 공포의 근원이었다. 그 시절에 나는 내 육체의 임박한 미래가 고통스럽고 섬뜩할 것이라는 두려움을 품고 살았다. 세상에는 나를 집어삼켜서 감쪽같이 사라지게 만들려는 분노의 입이 존재하는 것 같았다. 더구나 그 입은 거의 어디서나 쩍 벌어질 수 있는 것 같았다.

3.

　그 전이라고 해서 안전한 적은 없었지만, 그 집에 살았던 시절에 내가 유난히 공포를 느꼈던 것은 이제야 비로소 안전할지도 모른다고 기대했던 탓이 있을 것이다. 남성의 폭력은 내가 자란 집에만 국한된 것일 테니까 이제는 잠시나마 뒤로할 수 있다고 생각했던 것이다. 언젠가 글에서도 썼는데, 나는 집 말고 모든 곳이 안전한, 안팎이 뒤집힌 세상에서 자랐다. 시골에 맞닿은 주택 단지에서 자란 내게는 집 말고 모든 곳이 안전해 보였다. 문밖을 나서면 바로 도시도 산도 있었다. 나는 늘 집을 빠져나가서 그런 곳을 쏘다녔다. 나이가 한 자릿수였을 때부터 집을 떠나기를 열망했고, 구체적으로 계획을 세웠다. 달아나기 위해서 필요한 준비물을 생각해보았다. 일단 그 집을 떠난 뒤로는 내 집 안에서 위험하다고 느낀 일은 거의 없었지만, 그러자 이제는 거꾸로 세상에서 안전한 곳이 집뿐인 듯했다.

　내가 열두살이나 열세살이나 열네살이나 열다섯살이었을 때, 그다지 가깝지 않은 친척이나 지인 중에서 성인 남성이 나에게 추근거리거나 섹스를 강권한 일이 자주 있었다. 집 밖으로 나가면, 길거리 성희롱을 당했다. 세상의 부재 중에는 너무 심하게 부재한 나머지 그것이 부재한다는 앎마저 부재한 것이 있다. 빠진 것의 목록에서도 빠진 것이 있는 것이다. 내가 남자들에게 **아뇨, 나는 관심 없어요, 날 내버려두세요** 하고 말할 수 있었을지도 모르는 목소리가 그런 경우였다. 그것이 부재했다는 사실을 나는 최근에야 깨달았다.

우리는 종종 누군가가 침묵당했다는 표현을 쓴다. 그런데 이것은 누군가가 말하려고 시도했다는 것을 전제로 한 말이다. 내 경우에는 침묵당한 것이 아니었다. 내 말이 저지된 일은 없었다. 내 말은 아예 시작되지 않았다. 혹은 어떻게 저지되었는지 기억나지 않을 만큼 일찌감치 저지되었다. 그때 내 머릿속에는 강요하는 남자들에게 내가 뭐라고 말할 수 있다는 생각조차 들지 않았다. 내가 주장을 말할 수 있다는 생각, 상대에게 내 주장을 존중할 의무가 있고 실제로 그럴 의향이 있을지도 모른다는 생각, 내 말이 사태를 악화시키는 게 아니라 다른 방향으로 영향을 미칠 수 있다는 생각조차 떠오르지 않았다.

그래서 나는 슬쩍 빠져나가거나 사라지거나 도망치는 법, 긴장된 상황을 모면하는 법, 원치 않는 포옹과 키스와 손길을 피하는 법, 버스에서 옆자리 남자의 다리가 내 좌석으로 넘어오는 동안 내가 차지한 공간을 점점 더 줄이는 법, 서서히 손 떼거나 갑자기 증발하는 법을 익혔다. 존재하는 것은 너무 위험한 일이었기에, 존재하지 않는 법을 익혔다. 일단 그 전략이 몸에 배니, 정작 내가 누군가에게 다가가고 싶어도 버릇을 떨치기가 어려웠다. 십수년을 회피하며 살아온 뒤에 어떻게 갑자기 누군가에게 마음과 두 팔을 활짝 열고 다가갈 수 있겠는가? 오래 위협을 겪으며 살아온 탓에 이제 회피하기를 멈추고 상대를 진득하게 믿고 관계를 맺기가 어려워졌지만, 그렇다고 해서 계속 달아나는 것도 어려웠다. 가끔은 이러다가 내가 때 이르게 관에 드러누운 사람처럼 혼자 집에만 틀어박혀 있게 되는 것 아닐까 걱정스러웠다.

나의 자유는 걷기였다. 걷기는 나의 즐거움, 비용을 감당할 수 있는 교통수단, 장소를 이해하는 방법, 세상에 존재하는 방법, 내 삶과 글을 통해서 생각하는 방법, 내가 선 위치를 아는 방법이었다. 안전하지 않으니까 걷기를 그만두어야 할지도 모른다는 현실은 결코 받아들일 수 없는 것이었지만, 나 대신 다른 사람들이 흔쾌히 받아들이는 것 같았다. 사람들은 아무렇지도 않게 권했다. 죄수가 되라고. 자유롭게 다닐 수 없다는 사실을 받아들이고 은둔자처럼 처박혀 있으라고. 내가 늘 어딘가로 가고 싶어서 안달했던 것은 한편으로는 내 삶을 만들고 싶고 다른 존재로 변하고 싶고 무언가를 해내고 싶다는 추상적 욕구의 발현이었지만, 움직인다는 구체적 행위 자체가 그 열정의 표현이자 압박의 배출구가 되어주기도 했다. 나는 걷기를 포기할 마음이 결코 없었다. 걷기는 내가 생각하는 수단, 발견하는 수단, 나 자신이 되는 수단이었다. 걷기를 포기한다는 것은 그 모두를 포기한다는 뜻이었다.

어느 날 우리 동네 동쪽의 작은 공원을 걸어갈 때, 길 가던 일면식도 없는 남자가 걸음도 멈추지 않고 내 얼굴에 정면으로 침을 뱉었다. 주변에 사람들이 있었지만 나는 혼자였다. 귀갓길 버스에서 괴롭힘을 당한 적도 한두번이 아니었다. 그때 다른 사람들은 모두 아무 일 없는 척했다. 그들도 난동 부리는 남자가 겁나서 그랬을 수도 있고, 그 시절에는 사람들이 그런 일을 자신과 무관한 일로 여기거나 여자의 탓으로 돌리는 경우가 많아서 그랬을 수도 있다. 남자들은 내게 대화를 트자고 제안하고 요구하고 노력했고, 노력은 금세 분노로 변했다. 나는 상대의 화를 돋우지 않는 방식으로 아뇨 나는 관심 없어요 하고 말하는 방법을 몰랐으므로, 달리 할 말이 없었다. 말이 내게 해줄 수 있는 일이 없었으니, 내게는 말이 없었다.

나는 보통 눈을 깔고, 아무 말도 않고, 눈맞춤을 피하고, 최대한 그 자리에 없는 듯이, 나서지 않고, 미미한—눈에 띄지 않을뿐더러 소리도 내지 않는—존재가 되려고 애썼다. 상대의 격앙이 무서워서였다. 내 눈조차 경계를 공손히 지키는 법을 배웠다. 나는 최대한 나를 지우려고 애썼다. 나로 존재하는 것은 표적이 되는 것이었기 때문이다. 그러면 남자들은 이제 나의 침묵과 대화를 나누었다. 가끔 언성 높인 말다툼을 나누기도 했는데, 그 내용은 내가 그들에게 대화, 순종, 공손, 성적 서비스를 빚지고 있다는 것이었다. 하지만 언젠가 내가 쫓아오던 남자에게—행색이 멀끔한 백인 남자였다—그가 쓰는 것과 똑같이 비속한 언어로 대거리하자, 그는 진심으로 충격을 받고 나를 죽이겠다고 을러댔다. 대낮이었고 관광 지구였으니까 그가 정말로 나를 죽이진 않았겠지만, 아무튼 그것은 내가 입을 열면 어떻게 되는지를 알려주는 무서운 경험이었다.

얄궂게도 그런 남자들은 자신의 욕망이 결국 충족되지 않을 테고 내가 퇴짜 놓을 게 분명하다는 사실을 모르지 않았고, 그래서 미리 적개심과 분노를 느끼는 듯했다. 그들이 건네는 음란하면서도 상대를 깔보는 말에서는 그래서 욕망과 분노가 동시에 드러났다. 그들의 언어는 그들에게는 그렇게 말할 권리가 있고 내게는 모욕을 피할 힘이 없다는 사실을 과시하는 것이었다. 그들의 분노는 내가 낯선 사람에게 순종하는 것이 당연하다고 말하는 셈이었고, 모든 여자는 모든 남자에게 속한다고 말하는 셈이었고, 나를 제외한 모두가 아무나 나를 소유할 수 있다고 말하는 셈이었다. 말, 그것은 그들에게는 지나치게 많고 내게는 없는 것이었다. 이후에는 내가 평생 말을 위해서 말로써 살게 되었지만, 그때는 그랬다.

설령 내가 사람들에게 말을 한들, 내 말은 소용이 없는 듯했다. 어느 늦은 밤, 운동복 밑으로 근육이 울뚝불뚝한 남자가 나를 따라 버스에서 내린 뒤—평소에 타던 버스가 아니라 옆 동네를 지나가는, 그 시간에 더 자주 다니지만 집에서는 좀더 먼 곳에서 내려야 하는 버스였다—몇 블록을 쫓아왔다. 집에 거의 다 왔을 때 유니폼을 입은 경비원이 눈에 띄었다. 나는 그에게 도와달라고 말했다. 그런 것도 경비원의 일이라고 생각했다. 경비원은 나보다 더 천천히 뒤를 돌아보았고—그러는 동안 나를 따라온 남자는 울타리 뒤에 숨었다—내가 헛것을 본 거라고 말한 뒤에 떠났다. 스토커는 다시 나타났다. 다행히 나는 무사히 집에 도착했다.

또다른 밤에는 또 그 버스를 타고 왔다가 또 그 길에서 강도를 당했다. 키 크고 젊은 남자들이 나를 둘러쌌고, 그중 한명이 내

두 팔을 틀어쥐었다. 나는 지나가는 차들에게 소리쳤다. 단 한대도 서지 않았다. 나는 그동안 품었던 최악의 공포가 현실이 되리라고 생각했다. 결국에는 보도사진 수업에 제출할 네거티브, 사진, 다른 숙제가 몽땅 든 책가방을 빼앗겼다. 사진 교수는 내 말을 믿지 않는 듯했다. 과제를 급조해서 제출해야 했던 나는 도둑맞은 숙제보다 못한 것을 냈고, 나쁜 성적을 받았다. 나는 저널리스트가 되려고 공부하는 사람이었다. 그런데도 보도 능력을 의심받았던 것이다. 내 말은 실패했다. 또 실패했다. 다음에 또 그런 공격을 당했을 때는 내가 그날 왜 어리바리한지 설명하기 위해서 당시 상사에게 —나이 지긋한 아동정신과 의사였다— 겪은 일을 자세히 말했는데, 그가 그 사건에 대해서 에로틱한 흥분을 느낀다는 사실만 깨달았다. 하마터면 살해될 뻔했던 내 친구도 이후에 주변 남자들에게 말했을 때 그런 반응을 접했다고 했다.

사람들은 내게 그런 일은 내 상상이라고, 혹은 과장이라고, 내 말은 믿을 만하지 않다고 말했다. 이렇듯 나를 표현하는 능력과 세상을 해석하는 능력을 불신받는 것은 내가 존재할 공간을, 자신감을, 세상에 나를 위한 장소가 있을 테고 내게도 남들이 들어볼 만한 말이 있으리라는 희망을 갉아먹는 요소였다. 아무도 나를 믿지 않을 때는 나도 나를 믿기가 어렵다. 그래도 끝내 자신을 믿는다면, 그것은 다른 모두와 대립하겠다는 뜻이다. 둘 중 어느 쪽을 택하든 나는 미칠 것 같을 테고, 미쳤다는 소리를 들을 것이다. 게다가 누구에게나 그럴 근성이 있는 것은 아니다. 내 몸이 내 것이 아니고 진실도 내 것이 아니라면, 대체 무엇이 내 것일까?

내가 스물한살인가 스물두살 때였다. 교외인 마린 카운티에서—예의 트레일사이드 살인마와 은행 부사장 출신의 살인자가 범죄를 저지르던 장소였다—게이 친구들이 새해맞이 파티를 연다기에 갔다. 당시 내 남자친구는 그 시각에 공연장에서 조명 일을 해야 했지만 자정 무렵에는 와서 합류하기로 했는데, 결국 그는 성실하게 일하다가 늦었고, 나는 새해를 그와 함께 맞지 못해서 속상했다. 그 시절에 나는 차가 없었다. 다른 사람에게 태워달라고 부탁하기도 싫었다. 자정을 훌쩍 넘겼을 때, 약 1.5킬로미터 떨어진 어머니 집까지 걸어가려고 나섰다. 거기까지만 가면 아무도 깨우지 않고 살그머니 들어가서 소파에서 잘 수 있었다. 어쩌면 어머니가 집에 없는 날이었는지도 모르겠다. 그 점은 정확히 기억나지 않는다. 하지만 그 전에 벌어진 일은 결코 잊을 수 없는 것이었다.

양쪽으로 집들이 늘어선 도로로 나왔을 때, 뒤에서 인기척이 느껴졌다. 뒤돌아보았다. 텁수룩한 수염에 머리를 길게 기른 덩치 큰 남자가 있었다. 나는 빨리 걸었다. 그는 1미터쯤 거리를 두고 나를 따라왔는데 그것은 정상적인 간격이 아니었고, 그 시각에 밖을 걷는 사람은 우리 둘뿐이었다. 주변은 캄캄했다. 집과 집 사이마다 우거진 수풀이 도로에 어두운 그림자를 흘렸다. 가로등 곁을 지날 때마다 남자의 그림자와 내 그림자가 크게 부풀었다가 이내 쪼그라들었고, 차가 곁을 지나갈 때마다 우리의 그림자들이 전조등 불빛을 받아 빙그르르 돌았다.

내가 남자를 의식하자, 그는 낮은 목소리로 주절주절 말하기 시작했다. 자신이 나를 뒤쫓는 게 아니라고 말했고, 나더러 내 자의적 판단을 믿어서는 안 된다고 말했다. 그것은 나 스스로 상황을 판단하고 결정을 내리는 능력을 깎아내리려는 말이었다. 일종의 속성 가스라이팅이었다. 남자는 그 일에 능했고, 새파랗게 젊었던 나는 저의가 담긴 그의 말에 혼란스러웠다. 그는 분명 전에도 그런 짓을 많이 해본 사람이었다. 그가 이전과 이후에 다른 여자들을 해쳤을지도 모른다는 생각은 나중에야 들었다.

젊은 여자들에게서는 자신을 의심하고 조심스럽게 행동하는 태도를 흔히 볼 수 있다. 젊은 여자가 유난히 표적이 되기 쉬운 것은 이 때문이다. 지금이라면 나는 다르게 행동할 것이다. 지나가는 차를 세울 테고, 차도로 뛰어들어갈 테고, 소리를 지를 테고, 남의 집 문을 두드릴 것이다. 위협에 대한 나 자신의 판단을 존중할 테고, 그 상황을 벗어나도록 해줄 법한 행동이라면 뭐든지 취할 것이다. 하지만 그때 나는 어렸다. 우리는 젊은 여자라면 소란을 피우지 말아야 한다고 배웠고, 무엇이 괜찮은 상황인지는 남들이 결정하도록 두어야 한다고 배웠다. 심지어 무엇이 현실인지도 남들이 결정하도록 두어야 한다고 배웠다. 내가 실제로 내게 무슨 일이 일어났는가 혹은 일어나지 않았는가에 대해서 남자들이 내게 일방적으로 말하도록 내버려두지 않게 된 것은 그로부터 오랜 시간이 흐른 뒤였다.

그 어두컴컴한 길에서 나는 마치 그런 일이 내게 일어나지 않은 것처럼 행동했다. 그래도 남자가 나를 따라오는지 확인하고 싶었고, 그래서 길을 건넜는데, 그러자 그는 저주처럼 끈덕지게 따라붙었다. 영원히 그렇게 걸어야 할 것만 같았지만, 내가 교착 상태를 깨지 않으면 그도 그러지 않으리라고 기대하면서 그가 나를 덮치기 전에 목적지에 도착하기를 바랄 뿐이었다. 차들이 옆을 지나갔다. 그림자들이 일렁였다. 다시 길을 건넜다. 그가 다시 따라 건넜다. 다시. 또 다시. 마침내 목적지가 몇 블록 앞으로 다가온 때였다. 세단을 탄 웬 남자가 우리에게 다가와서 차를 세우더니, 조수석으로 몸을 굽혀서 문을 열어주면서 내게 타라고 권했다.

바로 내 등 뒤에서 스토커가 중얼거렸다. "모르는 사람 차에 타는 게 세상에서 제일 위험한 짓이란 걸 몰라요?" 나는 물론 그 말을 무수히 들어왔고, 그래서 망설였다.

그리고 차에 탔다.

운전자가 말했다. "아까 지나쳤는데, 그때는 내가 끼어들 일이 아니라고 생각했어요. 하지만 아무리 봐도 꼭 히치콕 영화의 한 장면 같더라고요. 그래서 돌아왔죠."

그때 남자로부터 나를 구해준 남자가 고맙다. 하지만 애초에 내가 구조가 필요한 히치콕 영화 속에 있지 않았더라면 더 좋았을 것이다.

나는 남자가 나를 쫓아오고, 내게 고함치고, 내 물건을 빼앗고, 내 몸을 움켜쥐는 일을 겪었다. 모르는 남자가 나를 죽이겠다고 협박하는 일을 한번 이상 겪었다. 아는 남자가 위협하는 일도 겪었고, 내가 남자의 마음을 단념시키려고 애쓴 뒤에도 불편할 지경으로 오래 나를 쫓아다니는 일도 몇번 겪었다. 하지만 강간은 겪지 않았다. 그러나 내 친구 중에서는 많은 수가 강간을 겪었고, 직접 겪었든 아니든 모두가 그 위협을 피하는 일에 젊음을 허비했으며, 지금도 세상 대부분의 장소에서 대부분의 여자들이 그러고 있다. 설령 당신이 붙잡히지 않더라도, 그것은 당신을 붙잡는다. 오랫동안 나는 지켜보았다. 신체를 절단당한 성 노동자나 살해된 아이나 고문당한 젊은 여자나 장기간 억류된 여자에 대한 이야기가, 혹은 남편이나 아버지가 죽인 아내나 자식이나 타인에 대한 이야기가 신문 한 귀퉁이에 단신으로 보도되거나 방송에 지나가는 말로만 언급되는 것을. 각각의 사건이 마치 독립적인 사건인 양, 이름 붙여 호명할 가치가 있는 더 큰 현상의 일부가 아닌 양 취급되는 것을. 나는 그 흩어진 점들을 이었다. 그랬더니 하나의 전염병이 보였다. 내가 본 그 현상을 나는 말하고 썼다. 그러면서 그것이 공개적인 대화가 될 때까지 기다렸다. 30년을 기다렸다.

4.

폭력의 위협은 우리 마음속에 터를 잡는다. 두려움과 긴장은 우리 몸속에 깃든다. 공격자들은 우리가 그들을 생각하도록 만든다. 그들이 우리 생각 속으로 침범해 들어오는 것이다. 설령 당신에게는 끔찍한 일이 벌어지지 않아도, 그럴 수도 있다는 가능성과 그 가능성을 끊임없이 일깨우는 사건들이 당신에게도 충격을 가한다. 어떤 여자들은 충격을 마음 한구석에 밀어두고 현실에서 위험을 최소화하는 방향으로 선택하는데, 그러다보면 결국 그들의 존재와 잠재력이 일부나마 눈에 띄지 않게 줄어든다. 그것은 말해지지 않는 일, 말할 수 없는 일이 되어버린다.

나는 내가 무엇을 잃는지를 알았다. 그리고 그 무게에 짓눌렸다. 내가 모든 걸 시작하던 시절이었음에도 그랬다. 삶을 만들기 시작하고, 목소리를 찾기 시작하고, 세상에서 내 자리를 구하려고 애쓰던 시절이었음에도. 결국에는 그 모든 일을 해냈지만, 나중에 종종 농담으로 말했듯이 내가 젊을 때 가장 열심히 몰두했던 취미는 강간을 피하는 것이었다. 그러느라 나는 늘 경계하고 조심했다. 도시와 교외와 자연 속을 누빌 때도, 사람들과 대화들과 관계들 속을 누빌 때도 쉴 새 없이 경로를 바꿨다.

우리가 투명한 물컵에 피를 한방울 떨어뜨려도, 물은 여전히 투명해 보인다. 두방울을 떨어뜨려도, 여섯방울을 떨어뜨려도 그렇다. 하지만 어느 시점에서부턴가 물은 투명하지 않게 된다. 물이 아니게 된다. 그렇다면, 이런 상황이 우리의 의식에 얼마나 많이 침투해야 우리가 변했다고 말할 수 있을까? 머릿속에 피를 한방울 혹은 한 티스푼 혹은 강물만큼 담은 여자들은 그로부터 어떤 영향을 받을까? 매일 한방울씩이라면? 투명한 물이 붉게 변할 때까지 두고만 보는 처지라면? 자신과 비슷한 사람들이 고통스러워하는 모습을 줄기차게 보는 것은 그에게 어떤 영향을 미칠까? 다른 일을 수행할 능력은 말할 것도 없거니와 제대로 생각하는 데 필요한 활력과 평정심과 여유가 많이 훼손되지 않을까? 그런 여력을 되찾는다면, 얼마나 좋을까?

최악의 시기에, 나는 집 안의 불이란 불은 다 켜두고 라디오도 틀어두고 잤다. 경계를 늦추지 않은 척하기 위해서였다. (한번은 영 씨가 내게 가끔 남자들이 와서 내가 어디 사는지 묻는다고 전해주었다. 영 씨는 물론 대답하지 않았다지만, 그 말을 듣고 나는 더 불안해졌다.) 나는 하루도 푹 자지 못했다. 사실은 요즘도 그렇다. 트라우마를 겪은 사람이 흔히 그렇듯이 과민해졌고, 내 집도 늘 과민하게 경계 태세를 갖춘 듯 보이도록 꾸몄다. 몸은 긴장으로 딱딱해졌다. 골든게이트교를 붙든 두꺼운 강철 케이블을 볼 때마다 내 목과 어깨의 근육이 꼭 저렇게 팽팽하고 딱딱하다는 기분이 들었다. 걸핏하면 놀랐고, 누가 갑자기 다가오면 움찔했다. 정확히 표현하자면, 움츠렸다.

내가 이런 이야기를 자세히 쓰는 것은 이것이 특별한 이야기라서가 아니다. 이것이 평범한 이야기라서다. 지금 우리가 사는 세계의 절반에는, 세상의 절반에 해당하는 여자들의 두려움과 고통이, 혹은 그에 대한 부인이 묻혀 있다. 땅에 묻힌 그 이야기들이 빛을 보기 전에는 이 상황이 바뀌지 않을 것이다. 여자들이 일상적으로 겪는 피해가 사라진 세상은 어떨까? 상상이 잘 되지 않지만, 아마도 그곳은 눈부시게 활기찰 것이다. 즐거움과 자신감이 지금보다 흔할 것이다. 세상의 절반에 해당하는 인구를 짓눌러서 그들로 하여금 다른 일을 하기 어렵게, 혹은 아예 불가능하게 만들던 무게가 덜어질 것이다. 내가 지금 이런 이야기를 하는 것은 그런 세상을 말하기 위해서다.

내가 지금 이런 이야기를 하는 것은, 예전에 이 주제를 일반적으로 다뤘을 때는—즉 객관적인 언어로 내 의견을 말하고 현상을 설명했을 때는—이 상황이 여자들에게 어떤 피해를 끼치는지, 정확히 말하자면 내가 어떤 피해를 입었는지는 충분히 말하지 않았기 때문이다. 소하일라 압둘알리Sohaila Abdulali가 강간 생존자로서의 경험을 쓴 책 『강간을 말할 때 우리가 이야기하는 것』쌤앤파커스 2020에는 목소리에 관하여 이런 말이 나온다. "이야기를 매끄러운 하나의 서사로 말하는 방식. 사무적으로, 높낮이는 있되 진정한 감정은 없는 채로 말하는 방식… 우리가 남들에게 아무리 자세히 이야기를 들려주더라도, 그런 방식에는 늘 우리가 견딜 수 없고 남들이 아무도 듣고 싶어하지 않는 세부가 빠져 있다." 나는 걷기에 관한 책에서 이렇게 말했다. "내가 집 밖으로 나가는 순간 내 뜻대로 살고 자유를 누리고 행복을 추구할 권리가 없어진다는 것. 세상에는 생판 남이면서 그저 내 성별 때문에 나를 미워하고 해치려는 사람이 많다는 것. 섹스가 너무 쉽게 폭력으로 변질된다는 것. 남들은 이 문제를 사적인 문제가 아닌 공적인 문제로 보는 경우가 거의 없다는 것. 이런 사실을 깨달은 것은 내 인생에서 가장 처참한 발견이었다." 이 문장조차도 그 시절의 내 머릿속을 제대로 들여다보았다고는 할 수 없다.

위험은 내 생각을 괴롭혔다. 이러저러하게 공격당할지도 모른다는 시나리오가 머릿속에 불쑥불쑥 떠올랐다. 가끔은 싸움에서 이기는 걸 상상함으로써 그런 생각에 대처했는데, 보통 현실의 내가 갖지 못한 호신술을 발휘하여 이기는 상상이었다. 그 시절 중에서도 가장 음울했던 시기에, 나는 상상의 시나리오 속에서 죽임당하지 않기 위해서 거듭 죽였다. 불안 때문에 불현듯 떠오르는 그 달갑잖은 시나리오들은 내가 불안에 시달리는 방식이자 시달리는 와중에도 애써 통제력을 확보하려는 방법이었다. 공격자처럼 생각하게 되는 것은 공격자들이 내게 가할 수 있는 여러 피해 중 하나라는 사실을 그때 깨달았다. 폭력 자체가 내게 스며들었던 것이다.

좀더 여리게 대처하는 방법도 있었다. 안전을 지킬 전략을 궁리하던 끝에 나는 보호복을 상상하기 시작했다. 몸을 충분히 지킬 수 있는 보호복을 상상하다보면 갑옷이 떠오르기 마련이고, 나와 생각이 비슷한 사람이라면 종국에는 철갑까지 완벽하게 갖춘 중세풍 갑옷을 떠올리고 말 것이다. 몇년 동안 나는 갑옷에 집착했다. 박물관에 가서 갑옷을 구경했고, 책에서 정보를 읽었고, 내가 그 속에 든 기분을 상상했고, 그것을 입어보기를 열망했다. 그 시기가 끝나갈 무렵, 내 친구가 뉴욕 예술가 앨리슨 놀스Alison Knowles의 작업실 조수가 되었다. 놀스의 남편 딕 히긴스Dick Higgins는 마침 매사추세츠주 우스터에 히긴스 갑옷 박물관을 세운 부자 집안 출신이었다. 나는 히긴스에게 편지를 썼다. 내가 갑옷을 입어보도록 주선해줄 수 있느냐고 묻는 내용이었다. 이 요청이 고뇌에서 나온 판타지가 아니라 명랑하고 지적이고 흥미로운 실험처럼 보이도록 쓴 것은 물론이다.

결국 나는 갑옷을 만져보지도 못했다. 어차피 그것은 현실적 해법이 아니라 몽상적 해법이었다. 엄밀히 따지자면, 갑옷이란 나와 함께 움직이는 철장일 뿐 아니겠는가? 그래도 만약 갑옷을 입을 수 있었다면, 어떤 면에서는 자유로웠을지도 모른다. 아니, 어쩌면 그 시절에 나는 실제로 갑옷을 입었고 그래서 자유와 옥죄임을 둘 다 느끼면서 살았는지도 모른다. 요즘도 가끔은 그렇지만, 그 시절에 나는 정말로 딱딱하고 빛을 반사하고 안을 보호하는 갑옷 같은 존재였다. 우리는 자칫 그 갑옷의 표면에만 몰두하기 쉽다. 즉 기지와 경계심을 발휘하여 공격에 대비하는 데에만 몰두하기 쉽다. 혹은 스트레스를 과하게 받은 나머지 근육이 딱딱해지고 마음이 속박되는 지경에 이르기 쉽다. 자신에게 부드러운 깊이가 있다는 사실을 잊기 쉽다. 인생의 중요한 일들은 대개 표면이 아니라 더 깊은 곳에서 벌어진다는 사실을 잊기 쉽다. 스스로 갑옷이 되기란 오늘날에도 쉽게 일어나는 일이다. 우리는 죽임당하지 않기 위해서 줄곧 스스로 죽는다.

공중부양도 내가 공격을 곱씹거나 상상할 때 불쑥불쑥 떠오르는 이미지였다. 나는 하늘을 나는 꿈을 자주 꾸었다. 하지만 완벽한 자유를 원한 건 아니었다. 고작 몇 미터라도 좋으니 나를 쫓아오는 사람의 머리 위로, 그가 나를 붙잡을 수 없을 만큼 떠오르는 것을 상상했다. 남이 해칠 수 없도록 단단한 갑옷 같은 몸을 가질 수 없다면, 거꾸로 지상에서 충돌에 휘말리지 않을 만큼 가벼운 몸을 가질 순 없을까?

나는 정말이지 골똘히 상상했고 그래서 지금도 그때의 상상이 손에 잡힐 듯 눈에 선하니, 그 속에서 나는 집 앞 가로등 키만큼 둥실 떠올라서 밤을 밝히는 그 둥근 빛 속에 떠 있고, 그곳에서 공격자들로부터 안전할 뿐 아니라 인간의 육체를 다스리는 물리 법칙들과 규칙들로부터도 안전하며, 어쩌면 지상에서 몸을 가지고 살아가는 필멸의 존재라는 취약성으로부터도, 또한 그 모든 두려움과 미움의 무게로부터도 안전하다.

사라지는
묘기

1.

10대의 어느 날 밤, 내게 책상을 준 친구와 그 친구의 친구와 함께 포크가를 걸었다. 그 거리의 아래쪽, 그러니까 밤늦게까지 여는 술집과 가게가 즐비하여 낡고 유쾌한 건물들이 환히 빛나던 길이 끝나고 차츰 그보다 더 높고 허전한 얼굴로 더 긴 그림자를 던지는 건물들이 나오는 길, 가출한 아이들이 돈으로 아이를 사는 남자들에게 자신을 파는 길 말이다. 캄캄한 거리를 걷는 동안, 나는 어떤 노래의 후렴구를 계속 흥얼거렸다. 그것은 나를 사로잡은 노래, 통 머릿속에서 지울 수 없던 노래, 노래에 담긴 힘이 내 것이 될 수 있을 것만 같던 노래, 그래서 어쩌면 내가 거꾸로 그것을 사로

잡을 수 있을 것만 같던 노래였다. 마치 부적처럼, 내가 욀 수 있는 주문처럼, 내 속에서 불끈 타올라서 나를 누구도 막을 수 없는 존재로 만들어줄 연료처럼.

그 노래는 아방가르드 뮤지션이자 한때 록 가수였고 밴드 벨벳 언더그라운드Velvet Underground의 창설 멤버이기도 했던 존 케일 John Cale의 「용병들(전쟁 준비 완료)」Mercenaries(Ready for War)이었다. 나는 그 음반을 가진 적이 없으니까, 틀림없이 라디오에서 들었을 것이다. 가사를 읽어보면, 그것이 병사들을 한껏 조롱하는 내용임을 알 수 있다. 하지만 노래의 리듬과 가수의 목소리가 들려주는 이야기는 전혀 다르다. 철로처럼 바탕에 깔린 것은 전쟁에 반대한다는 의견이지만, 그 위를 덜컹덜컹 달리는 기차는 폭력적 힘이다. 둘 다를 가진 노래인 것이다. 우레 같은 드럼과 베이스, "전쟁 준비 완료"를 거듭 외치면서 격렬하게 울부짖는 남자 목소리는 그 자체가 힘이었다. 그것은 전쟁에 대한 갈망, 과민하게 달뜬 경계 상태, 무엇에든 준비된 상태, 태도의 갑옷이었다. 나는 전쟁을 원하지 않았다. 하지만 현실에서 하나 혹은 여러개의 전쟁이 벌어지고 있었기에 내가 그것 혹은 그것들에 대비하기를 바랐다. 노래 후렴구에는 "난 평범한 병사일 뿐"이라는 가사도 있었다.

나 자신을 남자로 상상하지는 않았다. 하지만 내 안에서 힘이 솟구쳐서 자신감과 확신처럼 나를 휩쓰는 걸 느꼈던 그런 순간에, 나 자신을 여자로 생각한 것도 아니었다. 나는 억세고, 누구보다 강하고, 누구도 막을 수 없는 존재가 되고 싶었다. 그런데 여자이면서 그런 사람은 본 적이 없었다. 아무튼 나는 그런 순간과 그런 음악에 몰입함으로써 나 자신을 잊었다. 나 자신이 된다는 것은 힘이 없고 힘에 접근할 수 없는 상태, 마음이 열려 있다는 의미에서가 아니라 다치기 쉽다는 의미에서 취약한vulnerable 상태를 뜻했기 때문이다. 그때 내가 생각하기로는 그랬다. 그때의 나뿐 아니라 많은 여자아이나 젊은 여성이 이런 열망을 품는 듯하다. 이것은 남자를 갖고 싶은 갈망인 동시에 스스로 남자가 되고 싶은 열망, 힘과 하나가 되고 싶은 열망, 힘이 있는 곳에 있고 싶은 열망, 힘 있는 존재가 되고 싶은 열망, 힘에 정신적으로 매달리거나 아예 내 몸을 제물로 바침으로써 힘이 내게도 옮아 오기를 바라는 열망이다. 갑옷이 되고 싶지, 그 속에 든 취약한 것이 되고 싶지는 않다는 열망이다.

나는 열다섯살에 펑크록을 사랑하게 되었다. 미국에 그 장르가 처음 등장한 시기였다. 반항과 분노를 말하는 가사, 쿵쾅거리고 질주하는 음악. 펑크록은 내 안의 격정과 폭발적 에너지에 형식과 목소리를 부여해주었다. 처음에, 즉 1970년대 말에 펑크록은 아웃사이더들의 음악이었다. 그것을 듣는 사람들은 대체로 여위고, 이상주의적이고, 실험적인 사람들이었다. 초기의 슬램댄싱은 서로 다치지 않을 정도로만 부딪치고 팅겨나는 일이었다. 그러나 캘리포니아 남부 출신의 건장한 남성 밴드들이 신scene을 장악하면서 연약한 너드들은 우락부락한 이들에게 밀려났다. 신은 하드코어나 스래시로 변형되었다. 공연장과 클럽의 앞줄은 보통 젊고 힘센 남자들, 가끔은 젊고 힘센 여자들이 설치는 검투사의 무대가 되어, 몸을 잘 가누지 못하는 이는 부딪쳐 넘어지고 짓밟혔다. 그래서 그곳 또한 내가 온전히 소속될 수 없는 장소로 변했다.

하지만 한동안은 펑크록이 나를 대신해서 말했고, 내게 말했고, 나를 통해서 말했다. 그래서 10대였던 어느 날 밤에 나는 존 케일의 음반 중에서도 펑크의 영향을 가장 많이 받은 음반에 실려 있던 그 노래를 읊으면서 걸었다. 그때 나는 용감무쌍하고 강한 존재가 되든지 나 자신이 되든지 양자택일해야 한다고 느꼈다. 두 가지가 만날지도 모르는 장소가 그려진 지도는 내게 없었다. 두 가지는 영원히 나란히 달릴 평행선처럼 보였다.

2.

당신은 어디에 서 있는가? 어디에 속하는가? 이것은 보통 정치적 입장이나 가치를 묻는 질문이지만, 때로는 사적인 질문일 수도 있다. 이를테면, 당신은 스스로 딛고 설 곳이 있다고 느끼는가? 당신이라는 존재가 스스로 보기에 정당한가? 뒤로 물러날 필요도 남을 공격할 필요도 없을 만큼? 당신에게는 그곳에 있을 권리, 참여할 권리, 이 세상이나 그 방이나 그 대화나 역사적 기록이나 의사 결정 기구에서 공간을 차지할 권리, 요구와 욕구와 권한을 가질 권리가 있는가? 당신은 남들에게 자신을 해명하거나 사과하거나 변명해야 한다고 느끼는가? 발밑에서 땅이 꺼질까봐, 코앞에서 문이 닫힐까봐 두려운가? 남들로부터 배척당했거나, 지금이라도 모습을 드러내면 배척당할 것이 예상되기 때문에 권리를 주장할 엄두조차 못 내고 있는가? 원하거나 필요한 것을 말했을 때, 당신 스스로도 듣는 사람들도 그것을 공격이나 부담으로 간주하지 않고 받아들이는가?

전쟁을 치르는 병사처럼 진격하지 않고, 그렇다고 해서 퇴각하지도 않는다는 건 어떤 것일까? 자신이 어딘가에 있을 권리가 있다고 느끼는 건 어떤 기분일까? 그런데 그 **어딘가**가 고작해야 자신이 사는 공간뿐이라면? 약간의 공간을 소유한다는 것, 가장 무의식적인 반응과 감정의 가장 깊은 수준에서도 그 공간을 자신의 것으로 느낀다는 건 어떤 것일까? 전쟁을 치르지 않고 산다는 것, 전쟁에 대비할 필요가 없이 산다는 건 어떤 것일까?

이 문제를 결정짓는 한 요인은 사회에서 당신의 위치, 그리고 으레 이런 문제에 영향을 미치기 마련인 인종, 계급, 젠더, 성적 지향 등이다. 또다른 요인은 **자신감**confidence이다. 하지만 사실 자신감이라는 단어는 이 성질을 가리키는 말치고 너무 번지르르하게 들린다. 그보다는 **확신**conviction이나 **신념**faith이 더 나은 표현일 것 같다. 자신의 존재와 권리에 대한 신념. 자신의 견해와 진실에 대한, 자신의 반응과 욕구에 대한 신념. 자신이 선 곳이 자신의 자리라고 믿는 신념. 자신이 중요하다고 믿는 신념. 이 신념들을 빠짐없이 다 가진 사람은 드문 듯하다. 나를 비롯하여 대부분의 사람은 분명 그렇지 않다. 그 드문 사람들은 자신이 누구인지, 어디에 있는지, 언제 어떻게 반응해야 하는지, 남들에게 어떤 빚을 졌고 지지 않았는지를 안다. 그들은 우리 대부분의 사람과는 달리 퇴각도 진격도 하지 않고 그저 자신의 공간에 존재한다. 그 공간은 스스로에 대한 자신감이 지나친 나머지 지나치게 많은 공간을 차지하고 심지어 남들의 공간을 빼앗기까지 하는 사람들이 머무르는 공간과도 또 다르다.

어쩌면 나는 대답보다 질문 속에서 살아가는 사람인지도 모르겠다. 당신의 공간은 어디인가? 당신은 어디에서 환대받는가? 당신에게 주어진 공간은 얼마나 되는가? 당신은 어디에서 저지당하는가? 길거리에서, 아니면 직업에서, 아니면 대화에서? 우리가 세상에서 겪는 갖가지 분투를 제각기 자기 영토를 방어하거나 남의 영토를 합병하려는 영역 다툼이라고 상상해보자. 그렇다면, 각자에게 허락된 공간과 거부된 공간의 차이가—말하고, 참여하고, 돌아다니고, 창조하고, 정의하고, 이길 공간이 얼마나 주어졌는가 하는 차이가—사람들 간의 여러 차이점 중 하나일 것이다.

내가 젊을 때 치렀던 싸움 중 하나는 내 몸이라는 영토가 내 관할인가 아니면 타인—어떤 사람 혹은 누군가 혹은 모든 이들—의 관할인가 하는 문제에 관한 싸움이었다. 그 영토의 국경을 내가 통제할 수 있는가, 그 영토가 적대적 침입을 당할 것인가, 내가 나의 책임자인가 하는 문제에 관한 싸움이었다. 강간이란 어떤 남자의 공간적 권리가, 한발 더 나아가 암묵적으로 모든 남자의 공간적 권리가 어느 여자의 몸 내부까지 미친다고 주장하는 일이 아니겠는가? 여자의 관할권은 여자 자신의 몸이라는 영토조차 온전히 다스리지 못한다는 주장이 아니겠는가? 길거리에서 나를 괴롭혔던 남자들은 나를 다스릴 권리가 자신들에게 있고 나는 그들의 종속국이라고 주장한 셈이었다. 그로부터 살아남으려고 내가 택한 방법은 눈에 띄지 않는 나라, 점점 더 작아지는 나라, 비밀스러운 나라가 되는 것이었다.

그 와중에도 나는 작가가 됨으로써 세상에 모습을 드러내려고 애쓰는 중이었다. 내게 할 말이 있다고 주장하고, 문화라는 대화에 참여할 자격을 얻고, 내 목소리를 찾으려고 애쓰는 중이었다. 그것은 다른 영역에서 다른 경쟁도 벌여야 한다는 뜻이었고, 길거리에서의 위협 때문에 늘 두려움과 긴장에 시달리던 시절을 살아낸 직후에 나는 그런 싸움들도 벌이게 될 터였다. 나는 또 삶을 삶답게 살려고 애썼고, 삶답게 산다는 데에는 사랑도 포함되었으니, 그것은 곧 내가 상대에게 모습을 보이고, 상대의 마음을 끌고, 나도 상대에게 끌려야 한다는 뜻이었다. 가끔은 그 일이 즐거웠다. 가끔은 남자들도, 내 몸도, 나를 드러내는 일도, 사람들 앞에서 시간을 보내는 일도 즐거웠다. 하지만 전쟁은 그 일을 어렵게 만들었다.

대화도 그런 영토다. 누가 공간을 차지할 것인가, 누가 발언을 저지당하거나 괴롭힘에 시달린 나머지 말의 공간을 전혀 확보하지 못한 상태인 침묵으로 빠져들 것인가 하는 질문들이 일어나는 영토다. 최선의 경우에 대화는 즐거운 합작품이다. 생각과 통찰을 만들고 경험을 나누는 일이다. 최악의 경우에 대화는 영역 다툼이다. 그리고 대부분의 여자들은 어떤 식으로든 그 영토에서 밀려난 경험, 혹은 입장 자체가 허락되지 않은 경험, 혹은 참여하기에는 자격이 부족하다고 간주된 경험을 갖고 있다. 이런 문제도 나는 나중에 글로 쓸 터였다.

3.

내가 몸을 갖고 있다는 사실이 문제라고 생각되는 때도 있었다. 몸이 있기 때문에 나는 위험과 잠재적 피해에 노출되었고, 수치심과 결점에 노출되었고, 타인과 어떻게 연결되고 어울릴 것인가 하는 문제에, 그것이 정확히 어떤 의미이든, 노출되었다. 자신의 몸과 움직임과 소속감에 대해서 자신감이 있는 사람들의 기분은 어렴풋이 상상해볼 수 있을 따름이었다. 나와 같은 젠더의 몸을 갖는다는 것은 약점이자 수치인 듯했다. 그때 이 문제에 얼마나 시달렸던지, 요즘도 나는 몸을 방어할 방법을 궁리하고 20대 때 꿈꿨던 갑옷 같은 것을 상상한다.

나는 내 몸이 실패작이라고 확신했다. 키 크고, 마르고, 흰 내 몸은 우리 문화가 여성의 몸을 평가하는 전반적인 잣대에 따르면 최선으로 여겨지는 몸이었다. 하지만 나는 그런 내 몸을 잘못된 점, 실패한 점, 확인된 수치스러움, 잠재된 수치스러움의 집합으로 여겨졌다. 세상은 여성의 몸에게 무릇 이러저러해야 한다는 까다로운 규칙들을 적용한다. 모든 여자는 자신이 그 이상으로부터 얼마나 떨어져 있는지 늘 잴 수 있다. 그 거리가 설령 아주 멀진 않더라도 말이다. 만약 형태 측면에서의 미진함을 해결하더라도, 인체의 기능과 체액이라는 생물학적 현실은 늘 이상적 여성성에 배치되는 것이거니와 온갖 분비물과 농담과 비웃음이 우리에게 늘 그 점을 상기시킨다. 여자는 늘 잘못된 상태에 있는 것인지도 모른다. 그렇다면 여자가 승리할 수 있는 방법은 그런 현실을 만드는 조건들을 거부하는 것뿐일지도 모른다.

세상에 충분히 아름다운 여자란 없다. 세상의 모든 이가 제멋대로 여자를 판단한다. 도리스 레싱Doris Lessing의 회고록 『나의 속마음』Under My Skin에 이런 일화가 나온다. 레싱이 젊었을 때 춤을 추러 갔는데, 웬 낯모르는 중년 남성이 다가와서 레싱에게 당신 몸매는 거의 완벽하지만 한쪽 가슴이 다른 쪽보다 1센티미터 더 높다나 낮다나 하여튼 그렇다고 말했다는 것이다. 남자의 말이 정확히 기억나진 않지만, 좌우간 낯선 남자가 레싱의 몸을 자신의 판단 소관으로 여겼다는 점, 전적으로 그의 상상에 불과한 결점을 사실인 양 발언함으로써 그에게는 그런 판결을 내릴 권리와 능력이 있고 레싱은 그에 따라야 한다는 듯 말했다는 점이 기억에 남았다.

남자들은 늘 내게 무엇을 하거나 무엇이 되라고 말했다. 내가 깡마른 젊은이였을 때 하루는 노스비치에 즐비하던 이탈리아 빵집 중 한곳에서 페이스트리를 사서 먹으면서 걸었는데, 웬 뚱뚱한 중년 남성이 나를 보더니 살찌면 어쩌려고 그런 걸 먹느냐고 나무랐다. 남자들은 내게 웃으라고 말했고, 자기 좋을 빨라고 말했다. 내가 배터리 접촉이 불량한 고물 차를 몰 때, 후드를 열어 배터리 전선을 만지작거리고 있으면 남자들이 어슬렁어슬렁 다가와서 이러저러하게 손봐야 한다고 조언하곤 했다. 그런 남자들의 조언은 늘 틀렸거니와, 그들은 내가 이미 고칠 방법을 알고 있다는 점을 절대 눈치채지 못하는 듯했다.

사실 진짜 문제는 몸 자체가 아니다. 남들이 우리 몸을 가차 없이 검토한다는 점이다. 우리가 여자라는 점이다. 혹은 남자에게 종속된 여자라는 점이다. 나는 한때 가톨릭 신자였던 어머니가 여성의 몸의 기능과 형태에 대해서 품었던 깊은 수치심을 담뿍 물려받았다. 아버지가 종종 어머니의 몸을, 나중에는 내 몸을, 가끔은 지나가는 여자들의 몸까지 시시콜콜 비판했던 것은 그 수치심을 누그러뜨리는 데 도움이 되지 않았다. 그런 일이 우리 문화에서 드물기는커녕 일상적인 요소였다는 점도 도움이 되지 않았다. 우리 문화는 몸에 집착했다. 그 시절에는 특히 여성의 아름다움을 정밀한 측정과 사이즈로 계량했다. 우리에게 그 기준을 만족시키면 한없는 보상이 따를 테지만 만족시키지 못하면 끝없는 처벌이 따를 것이라고 말했다. 그렇게 말해놓고 결국에는 모두를 처벌했다. 왜냐하면 그 기준은 누구도 만족시킬 수 없는 기준이었기 때문이다.

그래서 나 또한 수많은 젊은 여자가 처한 곤경에 처했다. 매력적이지 않다는 이유로 멸시나 따돌림을 당하는 처지와 매력적이라는 이유로 위협이나 미움을 받는 처지의 중간 지점에 있어야한다는 곤경. 두가지 처벌의 영역 사이에 과연 줄타기할 공간이 있는지나 모르겠지만, 아무튼 그 중간에 있어야 한다는 곤경. 내가좋아하는 사람으로부터는 호감을 얻되 그렇지 않은 사람으로부터는 안전하고 싶다는 불가능한 균형을 달성해야 한다는 곤경.

우리는 남자를 만족시키도록 교육받았고, 그 탓에 스스로를만족시키기가 어려웠다. 세상은 우리에게 남자가 좋아하는 여자가 되어야 한다고 가르쳤는데, 그러려면 우리 자신의 존재와 욕망은 거부해야 했다. 그래서 나는 도망쳤다. 내 몸은 외로운 집이었다. 하지만 내가 늘 집 안에만 있었던 것은 아니다. 나는 자주 다른곳에 있었다. 젊었을 때는 SF소설에서처럼 인간이 통에 든 뇌로만존재한다면 좋겠다고 상상했다. 몸은 즐거움과 연결과 활력의 도구이자 존재의 필수 조건이 아니라 어쩌다 우리가 그 속에 처박히고 만 가련한 무언가라고 여겼다. 그러니 내가 말랐던 것은 놀라운일이 아니었다. 여자들이 말랐다는 이유로, 공간을 최소한만 차지한다는 이유로, 거의 사라질 지경이라는 이유로 칭찬받는 것은 놀라운 일이 아니었다. 어떤 여자들이 적게 먹음으로써 마치 영토를양도하는 나라처럼, 퇴각하는 군대처럼 사라지다가 결국 존재하기를 그치고 마는 것도 놀라운 일이 아니었다.

내게는 몸이 있었다. 나는 언제나 작고 빼빼했다. 내성적이지만 좋아하는 일에서는, 이를테면 산을 누비고 나무를 오르는 일에서는 활동적인 아이였다. 그러다 열세살에 갑자기 10여 센티미터가 자랐는데, 커진 골격을 살이 따라잡는 데에 몇년이 걸렸다. 부모의 집을 떠날 때는 170센티미터에 45킬로그램이 못 되었다. 몸무게는 서서히 늘어 독립한 첫 해에 간신히 45킬로그램을 넘었고, 30대에는 그럭저럭 평균이 되었다. 하지만 오랫동안 나는 유난히 말랐었다. 근육 위에 살이 거의 없는 다른 젊은 여자들처럼 마른 게 아니라 근육도 거의 없었다.

내 뼈는 피부에서 멀지 않았다. 엉덩뼈능선이 툭 튀어나와 있어서, 남들은 내가 청바지 앞주머니에 뭘 넣어둔 줄 알았다. 나는 거기에 든 것이 자개 손잡이 권총이라고 상상하곤 했다. 욕조에 누워서 목욕물을 빼면, 홀쭉하게 들어간 배에 물이 고였다. 갈비뼈가 하나하나 다 보였다. 허리가 하도 가늘어서, 한번은 어느 게이가 우스개로 내게 몸통이 아니라 벌처럼 흉부와 복부를 갖고 있는 것 같다고 말했다. 그렇게 말한 사람은 친구 데이비드 더실David Dashiell이었다. 그는 정말로 흉부thorax라는 단어를 썼다. 그런 농담을 주고받을 수 있다는 점은 우리가 친구가 된 이유 중 하나였다.

내가 "전쟁 준비 완료"를 중얼거릴 때 함께 걸었던 남자가 나를 찍어준 사진이 있다. 예의 작은 집으로 이사한 지 얼마 되지 않았을 때다. 사진 속에서 나는 그 시절에 멋 낼 때의 복장으로 애용했던 1940년대 회색 정장을 입고 있다. 정확히 말하자면 그 정장의 펜슬 스커트를 입고, 위에는 남성용 조끼를 앞뒤 뒤집어서 입은 뒤 허리띠를 매어서 마치 등이 파인 상의처럼 재킷 없이 입었다. 나는 카메라에 등을 보이고, 벽의 직사각형 몰딩에 붙어 서 있다.

고개는 오른쪽으로 돌렸다. 베일이 달린 작은 모자가 아직 아이 티가 나는 얼굴을 가리고 있다. 등은 연약하고 덜 발달한 듯 보인다. 팔에는 팔꿈치까지 올라오는 까만 장갑을 꼈다. 내 그림자 속으로 숨어들려는 모습이다.

그 복장은 내가 우아하고 세련되어 보이려고 애썼다는 것, 어른이 되려고 애썼다는 것, 세상에 나갈 준비를 하고 나를 받아줄 준비가 된 세상을 찾으려고 애썼다는 것을 보여준다. 젊음의 그런 갈망들이 모두 담긴 초상이었다. 자세가 보여주는 바도 있다. 내가 사라지려고 했다는 사실이다. 나는 나타나는 동시에 사라지려 하고 있었다. 훗날, 죽을병에라도 걸리지 않는 한 다시 입을 리 없다고 확신하여 그 치마를 처분할 때 허리둘레를 한번 재어보았더니 20인치였다.

그리 말랐으니 나는 허약했고, 피곤했고, 에너지가 부족했고, 걸핏하면 오한이 들었다. 어쩌면 그래서 더 자주 공격자들의 표적이 되었는지도 모른다. 나는 튼튼함의 정반대였다. 내가 펑크록을 좋아했던 것은 내 허약함에 반대되는 기운을 흡수하려는 시도이기도 했다. 아니, 어쩌면 육신은 허약해도 정신은 사나웠던 것인지도 모르겠다. 요즘 드는 생각인데, 내가 젊을 때 도시로 도피했던 것은 그 반대인 시골이나 자연으로 달아나려면 당시 내게 없던 육체적 활력이 필요하기 때문이었을지도 모른다. 나는 오래오래 걷거나 몇시간씩 춤출 수 있었지만, 그러다가도 곧잘 피로에 급습당했다. 아마 혈당이 떨어져서였을 것이다. 그러면 그냥 깨어 있기조차 힘들었다. 앉았다 일어나면 어지러웠고 늘 피곤했다.

사람들은 마른 몸을 미덕으로, 규율과 자제의 결과로 여긴다. 그래서 그것이 인간성의 표지라도 되는 양 칭송한다. 하지만 마른 몸은 그저 유전적 운이거나 청소년기에 훌쩍 자란 키를 몸무게가 따라잡지 못한 일시적 단계일 때가 많다. 어떤 사람들은 내가 그렇게까지 마른 게 거식증이나 식욕이상항진증 때문이라고 말함으로써 자신들이 내심 부러워하는 상태를 병적이고 못마땅한 상태로 규정했다(나를 집단수용소 피해자나 기근 피해자에 비기는 농담도 오래 들었다. 그것은 내 몸을 재난 지역으로 여기는 듯한 표현이었다).

여윈 것, 딱딱한 몸을 갖는 것, 부드러운 살보다 단단한 뼈에 가까운 존재가 되는 것에는 금욕적인 측면이 있다. 그런 상태는 생물체가 살기 위해서 수행할 수밖에 없는 지저분하고 질척하고 질금거리는 일들로부터 벗어나 있는 듯 보인다. 자기 몸을 몸 밖에서, 덜 유약하고 덜 유연한 다른 장소에서 지켜보는 듯한 상태다. 육신의 필멸성과 육체적 쾌락을 경멸하는 듯한 상태다. 남들에게 제 모습을 드러내면서도 꼬투리 잡힐 일은 없는 상태다. 즉 마른 몸은 부드럽다는 이유로 남들에게 트집 잡히는 상황으로부터 자신을 지키는 갑옷이다. 그리고 이 부드러움soft이라는 단어에는 살이 물렁하고 푹신하다는 뜻과 도덕적으로 물러서 심약하다는 뜻이 둘 다 있으니, 이 경우에는 음식을 먹고 공간을 차지하는 행위가 심약함으로 이어진다고 간주되는 셈이다.

여자의 몸은 건강할 때는 보통 부드럽다. 최소한 몇몇 부위라도 그렇다. 그런데 만약 부드러움이 도덕적 실패를 뜻하고 체질량이 낮아 딱딱한 몸이 미덕을 뜻한다면, 부드러움은 여자가 틀리는 또 하나의 방식인 셈이다. 따라서 여자들은 잘못된 상태를 벗어나고자 굶는다. 록산 게이Roxane Gay는『헝거』사이행성 2018에서 이렇게 말했다. "세상은 여자들에게 공간을 차지해선 안 된다고 말한다. 설령 남들의 눈에 보이더라도 귀에는 들리지 않아야 한다고 말한다. 보일 때도 남자들을 만족시키는 방식으로 보여야 한다고 말한다. (…) 대부분의 여자들이 이 사실을 안다. 세상은 여자들이 사라지기를 바란다는 사실을 안다. 그래도 우리는 이 사실을 목청껏 말하고 또 말해야 한다. 그럼으로써 기대에 부응하려는 마음에 저항해야 한다."

굶기는 자신의 존재를 사과하는 방법, 혹은 비존재nonexistence, 非存在로 빠져들려는 방법인지도 모른다. 하지만 나는 일부러 마른게 아니었다. 원래 말랐다. 먹긴 먹었지만, 음식은 내가 허기를 느끼는 주요한 대상이 아니었다. 내가 허기를 느낀 대상은 사랑이었다. 하지만 사랑은 너무 이상하고 낯설고 무서운 일이었고, 그래서 나는 그것에 비딱하게 접근하거나, 완곡어법으로 묘사하거나, 어떤 형태로부터는 도망치고 다른 형태는 알아보지 못했다. 또 허기를 느낀 대상은 이야기와 책과 음악, 힘, 진정으로 내 것인 삶이었다. 다른 존재가 되는 일, 나를 만들어가는 일, 10대에 머물렀던 지점으로부터 최대한 멀어지는 일, 좀더 낫게 느껴지는 어딘가에 다다를 때까지 계속 나아가는 일에 나는 허기를 느꼈다.

20대 때 사귀었던 연상의 남자가 한번은 내게 말했다. "자기는 너무 달리려고만 해."You're too driven. 날선 대꾸를 함부로 날리던 그 시절의 나는 이렇게 받아쳤다. "그러는 넌 아예 서 있잖아."You're parked. 정말 그랬다. 나는 의욕 그 자체였다. 성취로써 내 존재를 만회하겠다는 의욕, 더 나은 곳에 다다를 때까지 계속 나아가겠다는 의욕(이런 태도가 습관이 된 탓에, 목표한 곳에 실제로 다다르더라도 속도를 줄이기가 어려웠다), 무언가를 만들어내겠다는 의욕, 과거의 내가 되기를 그만두고 그와는 다른 내가 되겠다는 의욕, 남들의 요구를 모두 만족시키겠다는 의욕, 남들의 요구를 내 욕구보다 우선적으로 심지어 내 욕구 대신에 충족시키겠다는 의욕. 나는 최후의 보루로 퇴각한 군대와 같았고, 정신이 내 보루였다.

육체의 축소는 우리가 살고 움직이고 행동하고 말하는 데에도 영향을 미친다. 혹은 그런 일들을 하지 않는 데에도 영향을 미친다. 레이시 M. 존슨Lacy M. Johnson은 극도의 통제광이었던 남자로부터 살아남았고 그 경험을 글로 썼는데, 남자의 집착이 어느 정도였는가 하면 존슨이 남자를 떠나려고 하자 사방에 완충재를 댄 방을 만들었을 정도였다. 그 속에서 존슨을 강간한 뒤 죽이려고. 존슨은 강간을 겪었지만 살해는 모면하고 탈출했다. 존슨은 이렇게 썼다. "그를 자극하지 않기 위해서, 그의 화를 돋우지 않기 위해서 나를 점점 줄여나갔다. 내 모든 행동과 말과 생각을 그가 좋아하도록, 그의 구미에 맞추어 나를 바꾸려고 애썼다. 하지만 소용없었다. 아무리 애써도 충분하지 않았기 때문이다. 그래도 계속 나를 줄였다. 결국에는 내가, 그때까지 나였던 사람이 거의 사라졌다. 그리고 달라진 나, 독자적인 인간이라고 볼 수 없는 나야말로 그가 가장 좋아하는 나였다."

가장 혹독하게 관습적인 형태의 여성성, 그것은 끊임없이 사라지는 행위다. 남자들에게 더 많은 공간을 내주기 위해서 여자가 삭제되고 침묵하는 행위다. 그 공간에서 여자의 존재는 공격으로 간주되고, 여자의 비존재는 우아한 순응으로 간주된다. 그런 전제가 우리 문화에 수많은 방식으로 깃들어 있다. 은행과 신용카드 회사는 개인정보 보호용 질문의 답으로 사용자의 어머니의 결혼 전 성을 묻곤 한다. 어머니의 원래 성은 비밀스러운 것, 삭제된 것, 남편 성을 따른 순간 사라진 것으로 여겨지기 때문이다. 요즘은 여자가 결혼하면서 자기 성을 버리는 일이 예전만큼 보편적이지 않지만, 그래도 결혼한 여자가 자식에게 자기 성을 물려주는 경우는 여전히 드물다. 이 또한 여자들이 사라지는 한 방법, 혹은 애초에 나타나지 못하는 한 방법이다.

그 시절에는 없는 것이 하도 많아서 없음이 눈에 띄지 않을 지경이었다. 구조적 부족함이 보이지 않았고, 다른 상황의 가능성도 보이지 않았다. 그런 식으로 누락된 것들의 목록은 내가 지금까지 살아오는 동안에도 더 길어지기만 했다. 현재에도 우리가 인식하지 못하는 목소리들, 생각들, 입장들이 있을 것이다. 우리는 그것들을 미래에나 깨달을 것이다. 우리는 종종 누군가가 침묵당했다는 표현을 쓰는데, 이 표현에는 그 누군가가 말하려 했다는 전제가 깔려 있다. 우리는 또 무언가가 사라졌다는 표현을 쓰는데, 이 표현에는 그 무언가가—사람이든, 장소든, 물건이든—나타났었다는 전제가 깔려 있다. 하지만 세상에는 애당초 말해지지 못한 것, 드러나지 못한 것, 입장을 거절당했기에 강제로 퇴장당할 기회조차 누리지 못한 것이 많다. 누군가 모습을 드러내고 말을 꺼냈으나 사람들이 보아주지 않고 들어주지 않은 경우도 있다. 그가 침묵하지 않았어도 그의 증언은 무시되었고, 그가 나타나기를 꺼리지 않았어도 그의 존재는 경시되었다.

내가 어렸을 때, 사람들은 인간을 통칭하는 말로 맨카인드mankind라는 단어를 썼다. 아예 단수형 남성 대명사he를 쓰기도 했다. 해방 운동에 앞장선 남자들조차—마틴 루서 킹 주니어Martin Luther King Jr., 제임스 볼드윈James Baldwin—그런 언어를 썼다. 여성이 없다는 사실 자체가 사람들의 머릿속에 없는 탓에 그렇지 않은 세상이 가능함을 깨닫기 어려웠던 것이다. 그런 세상이 와야 한다는 사실은 하물며 더 깨닫기 어려웠다. 1950년대에는 『인간가족』The Family of Man, 『그림으로 보는 라이프 서양 인간 역사』LIFE's Picture History of Western Man 같은 제목의 책들이 나왔다. 1960년대에는 '사냥꾼 인간'Man the Hunter이라는 이름의 학회가 열렸고 동명의 책도 나왔는데, 인류 진화 역사에서 여성을 거의 지워버린 이야기였다. 1970년대에는 「인간의 등정」The Ascent of Man이라는 제목의 BBC 장편 다큐멘터리 시리즈가 있었다. 현재 『옥스퍼드 영어사전』 온라인 판에는 이런 설명이 있다. "20세기까지만 해도 맨man이라는 단어는 암묵적으로 그 속에 여성을 포함한다고 여겨졌지만, 사실은 주로 남성만을 지칭했다. 오늘날 이 단어는 대체로 여성을 배제한 표현으로 여겨진다."

인식은 현실에도 영향을 미쳤다. 예를 들자면 한둘이 아니겠지만, 당장 떠오른 것을 몇가지 말해보겠다. 의학계는 심근경색을 남자들에게 주로 드러나는 증상 위주로 서술해왔다. 그러니 여자들이 주로 겪는 증상은 간과되기 쉬웠고, 그래서 많은 여자가 죽었다. 자동차 충돌 테스트용 인체 모형은 남성의 몸을 본떠 만들어졌다. 그것은 곧 차량의 안전 설계가 남자의 생존에 유리하게끔 이뤄졌다는 뜻이었고, 그래서 여자들의 사망률이 더 높았다. 1971년 스탠퍼드 대학에서 실시된 감옥 실험은 유명하다. 그런데 그 내용을 보면, 엘리트 대학 남학생들의 행동을 인간 전반의 행동으로 일반화할 수 있다고 가정한 실험이었다. 그보다 더 어린 영국인 남학생들에 관한 이야기인 윌리엄 골딩William Golding의 1954년 소설 『파리대왕』Lord of the Flies도 인간 행동의 전형을 보여주는 사례로 자주 언급되어온 이야기다. 남자가 그렇게 모두를 대표한다면, 여자는 아무도 아니었다.

내가 어렸을 때, 종류를 불문하고 힘 있는 사람이나 뉴스에 나오는 사람은 거의 다 남자였다. 프로 스포츠나 TV에 중계되는 스포츠는 남성 스포츠였다. 신문에는 여성면이 따로 있었고, 그 내용은 가사와 스타일과 쇼핑이었다. 그것은 곧 그 밖의 지면은—사회면, 스포츠면, 경제면—남성면이라는 뜻이었다. 공적인 생활은 남자들의 것이었고, 여자들에게 할애되는 생활은 사적인 생활뿐이었다. 남편이 아내를 때리는 것은 사적인 일로 여겨졌다. 법적으로 엄연히 범죄 행위인데도, 범죄는 공적인 일이고 법이 개입해야 하는 일인데도 그랬다. 앤드리아 드워킨Andrea Dworkin의 급진적 페미니즘 사상은 살인적인 수준으로 폭력적이었던 남자와 이른 나이에 결혼 생활을 한 경험에서 기인한 바가 있었다. 드워킨은 이렇게 회상했다. "세상에 없는 사람처럼 취급되는 것은 정말 미칠 노릇이었다. 주먹질은 그런 나를 더욱더 세상에 없는 사람으로 만드는, 내가 경험한 최악의 절망이었다."

장소에 이름을 붙일 때 여자가 아니라 (주로 백인) 남자의 이름을 따는 것은 흔하디흔한 일이다. 그래서 나는 그런 장소명을 모두 여자 이름으로 바꿔서 지도를 그려보는 프로젝트를 했던 2015년에 와서야 그 사실을 깨달았다. 내가 자란 세상에서 인명을 딴 지명은—산, 강, 마을, 다리, 건물, 주, 공원 등등—거의 모두 남자 이름이고 거의 모든 동상은 남자 동상이었다는 사실도 그제서야 깨달았다. 여자 동상은 비유적인 존재를 구현한 것일 뿐—자유의 여신, 정의의 여신—실제 사람은 아니었다. 주변 경관에 여자 이름을 딴 장소와 여자 동상이 흔했다면, 내게도 다른 여자아이들에게도 상당한 격려가 되었을 것이다. 하지만 여자들의 이름은 없었고, 그것이 없다는 사실이 사람들의 머릿속에 없었다. 그러니 우리가 날씬하다 못해 사라지는 존재가 되어야 한다고 여겨진 것도 놀라운 일이 아니었다.

4.

내가 짊어진 무게는 또 있었다. 그 시절뿐 아니라 요즘도 가끔 느끼는 그 무게는 내 마음속 희망과 가능성을 짓누르는 두려움이다. 이 한없이 가라앉는 듯한 기분은 실제 가슴이 갑갑해지는 감각으로 드러난다. 심장이 납 상자에 갇힌 듯한 느낌, 중력이 더 강한 행성에 있는 듯한 느낌, 그래서 한발 떼기도 힘들고 팔다리를 드는 건 힘겨운 운동처럼 느껴지고 밖에 나가서 사람들과 어울린다는 건 생각만 해도 진이 빠지는 듯한 느낌이다.

그것은 내 미래가 미래가 없는 미래이자 더 나아갈 곳이 없는 미래일 게 분명하다는 생각이 현재에 일으키는 감정이었다. 지금 끔찍한 일이 앞으로도 계속 끔찍할 것이라는 확신, **지금**이라는 순간이 늘 아무 지형지물 없이 밋밋하기만 한 평원일 것이라는 확신, 그 평원은 영원히 이어질 테고, 한숨 돌리게 하는 숲은 없을 테고, 불쑥 솟아난 산도 없을 테며, 그곳으로부터 벗어나도록 나를 받아들여주는 문 따위도 없을 것이라는 확신으로부터 비롯한 감정이었다. 아무것도 변하지 않으리라는 두려움, 그런가 하면 뭔가 끔찍한 일이 벌어질 테고 기쁜 일은 나를 배신할 테며 무서운 무언가가 숨어서 나를 기다린다는 두려움이 희한하게 공존하는 상태였다.

이런 감정에 중력이 있다면 지형도 있을 테니, 세상에서 가장 낮은 곳에 떨어진 듯한 그 느낌을 우리는 우울이라고 부른다. 이것은 논리적 사고와 현실적 상황 판단에서 생겨나는 감정인 것 같지만 한편으로는 날씨 같은 면이 있어서, 구름처럼 흩어졌다가 구름처럼 다시 모이기도 했다.

훗날 내가 희망에 관해서 글을 쓰게 된 것은 내가 속속들이 잘 알았던 그 낮은 곳들로부터 벗어날 때 사다리로 쓴 논리와 서사를 다른 이들에게도 건네주고 싶어서였다.

어릴 때부터 나는 심문을 당하는 걸 자주 상상했다. 심문에서 옳은 답을 맞히지 못하면 벌을 받는다고, 심지어 죽음이라는 벌을 받을지도 모른다고 상상했다. 그 상상의 형식은 어릴 때 봤던 퀴즈 쇼에서 왔을 테고, 아이가 학교에서나 가족과의 저녁 식사 자리에서 뭔가를 틀리게 말하면 예나 지금이나 으레 듣는 비웃음으로부터 영향을 받았을 것이다. 나는 평가와 경주와 시험을 스스로에게 부과했다. 아이들이 '보도의 금을 밟으면 엄마가 허리를 삔다'는 미신을 곧잘 믿는 것과 비슷하게, 나는 만약 버스가 오기 전에 파란색 차를 본다면, 만약 목적지에 다다르기 전에 새가 날아가는 걸 본다면, 만약 횡단보도 건너편에서 걸어오는 사람들 중 맨 앞에 있는 사람보다 내가 먼저 횡단보도 중앙에 도달한다면… 하는 식으로 상상의 변수를 설정하고는 그것이 그와 무관한 어떤 결과를 결정지을 것이라고 믿었다. 그것은 불안에서 비롯한 반사 반응이자 불안으로부터 생각을 돌리려는 시도였다. 가끔은 마음을 편하게 하는 일이었다. 정말로 새가 날아가면, 정말로 내가 숨을 참은 채 다리를 끝까지 건너면, 나는 마음이 놓였다.

퀴즈쇼는 남이 모르는 사실을 알거나 옳은 답을 고른 사람에게는 보상을 주고, 그러지 못한 사람은 어딘가 컴컴한 곳으로 내쫓아버린다. 그런데 변덕스럽고 가혹한 부모의 벌, 친구들의 비웃음, 뉴스의 폭력성 따위가 내 행동과 연관되어 있다고 믿는다면, 그리고 내가 정보를 바지런히 습득하여 늘 옳은 답을 맞혀야만 안전하고 보상을 받을 수 있다고 믿는다면, 퀴즈쇼와 같은 상황은 금세 지옥이 된다.

내가 상상하는 상황은 혹시 중국 황제들과 관련된 게 아닐까 싶기도 했다. 옛날에 중국에서 과거 시험을 볼 때 어마어마한 암기 실력을 요구했다는 이야기를 어디선가 읽고 그로부터 영향을 받은 게 아닐까 하고 말이다. 내가 정보 수집에 다람쥐처럼 열중했던 이유 중 하나는 그런 지옥 같은 심문에 대한 불안이었다. 만약에 내가 갑옷을 구성하는 부속물의 이름을 안다면, 단어들의 어원을 안다면, 장미전쟁의 등장인물을 안다면, 순례자들이 밟았던 길을 안다면, 흑고니와 흑고니를 구별할 줄 안다면, 새벽말이라는 뜻의 에오히푸스가 현대의 말의 선조에 해당하는 자그마한 종이었다는 사실을 안다면—어려서부터 부적처럼 간직해왔지만 통 쓸모라곤 없었던 또 하나의 정보다—그 지식 덕분에 가혹하고 비합리적인 세상으로부터 보호받을 수 있을지도 모른다고 생각해서였다.

어쩌면 정말 그럴 수도 있다. 하지만 지식 그 자체가 적을 물리쳐주는 것은 아니다. 지식 덕분에 우리가 더 큰 경향성과 의미를 깨달을 수 있기에, 우리의 독특한 관심사를 공유하는 친구들을 만날 수 있기에 그렇다. 혹은 자신의 호기심과, 그리고 호기심이 알아낸 사실들과 친구가 되기 때문이다. 알리바바가 동굴 문을 열 수 있었던 것은 옳은 단어를 알았기 때문이었다. 가끔은 생각들, 문장들, 사실들 자체가 친구가 되어준다.

나는 열성적으로 읽었고, 몽상했고, 도시를 쏘다녔다. 그것은 생각 속을 쏘다니는 한 방법이었다. 게다가 내 생각 자체가 늘 쏘다녔다. 대화, 식사, 수업, 일, 놀이, 춤, 파티 도중에도 생각은 자꾸만 나를 다른 곳으로 데려갔다. 한곳에 머물면서 사고하고, 숙고하고, 분석하고, 상상하고, 희망하고, 관련성을 쫓고, 새로운 의견을 받아들이고 싶었지만, 생각은 자꾸만 내 덜미를 붙잡아서 처한 상황으로부터 멀리 함께 달아났다. 나는 대화 도중에 사라졌다. 지루해서 그럴 때도 있었지만, 상대의 말이 너무 흥미로워서 머리가 그 생각을 쫓아가는 바람에 상대의 다른 말을 못 듣는 경우도 많았다. 오랫동안 나는 긴긴 몽상 속에서 살았다. 몽상이 끊이지 않고 며칠씩 이어질 때도 있었다. 그것은 고독이 주는 한가지 선물이었다.

나는 하늘을 나는 꿈을 거듭 꾸었다. 1987년에 꾼 꿈에서는 철로에서 어느 폭력적인 남자를 피해 도망치다가 문득 내가 변신할 수 있다는 사실을 떠올리고는 나방처럼 가루가 흩날리는 날개를 가진 올빼미로 변신했다. 남자가 달려들어 내 발을 붙잡았고, 나는 그를 매단 채 물 위를 낮게 날면서 그를 떨쳐내려고 했다. 하지만 대개의 꿈은 폭력적이지 않았다. 그냥 혼자 나는 꿈이었다. 특히 저 높은 성층권을 홀로 자유로이 나는 꿈이었다. 그 순간에 나는 억압과 기대의 무게마저 떨쳐낸 자유로운 상태였을 것이다. 육체의 무게마저도. 적대감의 무게마저도.

그때 높이 날았던 장소들의 아름다움은 아직 마음에 남아 있다. 나는 꿈속만이 아니라 깨어 있을 때도 늘 장소의 사랑을 느꼈다. 장소의 사랑이란 장소가 어떤 감정의 구현이라는 느낌, 닻이라는 느낌, 짝이라는 느낌, 심지어 보호자나 부모 같다는 느낌이었다. 한번은 태평양을 보면서 이렇게 생각했다. **내 어머니를 제외하고는 모든 것이 내 어머니야.** 그러고는 바다가 늘 내게 힘, 일관성, 위로를 안겨준 존재였다는 사실을 새삼 떠올렸다. 나중에 스컬 보트를 타기 시작했을 때는, 바다에 떠 있는 동안에는 어떤 남자도 개도 나를 쫓아올 수 없다는 사실을 떠올렸다. 그러잖아도 아름다운 바다에 그 사실이 더해지자, 바다에 떠 있는 것은 평화롭고 몽롱한 순간이 되었고 폭이 5.5미터인 두개의 노는 내가 가질 수 있는 가장 날개에 가까운 것이 되었다.

그러나 그것은 한참 뒤의 일이었고, 그 전에는 내가 날았다. 꿈에서 날면서도, 이성은 어떻게 이럴 수 있는지 의아해했고 정말로 이럴 수 있으면 좋겠다고 간절히 바랐다. 어떤 꿈에서는 지구 자기장을 감지하여 방향을 설정하는 방법을 익혔다. 다른 꿈에서는, 언젠가 위대한 댄서 바츨라프 니진스키Vaslav Nizhinskii는 중력이 허락하는 것보다 아주 조금 더 오래 공중에 떠 있을 수 있는 듯했다는 말을 읽었던 데에서 착안하여, 나 또한 그렇게 떠 있을 수 있었다. 내 세계에서는 공중부양이 당연한 일이었지만, 나는 한계를 넘어 더 높이 올라가려고 애썼다. 나는 상부 성층권의 찬 공기를 맛보았다. 혹은 푸른 풍경 위를 날아서 가로질렀다.

날 수 있다는 사실을 증명해 보이기 위해서 날 때도 있었다. 꿈에서 나는 시인 존 키츠John Keats의 애인이었고, 날 수 있다는 사실을 보여주기 위해서 블랙베리 나무들 사이를 날았는데, 블랙베리 열매가 가로등 불빛만 하게 보이는 것으로 보아 나는 새만 한 모양이었다. 어떤 때는 도시의 지붕들 위를 날았다. 그때 내려다보는 경치는 환상적이었다. 내 밑에 광막한 공간이 펼쳐져 있다는 느낌도 환상적이었다. 꼭 맑은 호수에서 수영하면서 밑에 있는 물을 느끼는 것과 비슷한 기분이었다. 그것은 외로움의 아름답고 너른 측면이었다.

나는 것이 무슨 뜻인지 나도 궁금했다. 어떤 때는 꿈이 조바심을 부려서 그런 것 같았다. 여기서 저기로 넘어갈 때 그 사이의 공간을 지우고 순식간에 장면을 전환하는 것이다. 어떤 때는 탈출인 것 같았다. 또 어떤 때는 그것이 재능이었다. 그리고 재능이란 것이 간혹 그렇듯이, 그 재능 때문에 나는 남들과 동떨어진 존재가 되었다. 보통은 문자 그대로 떨어져 있었다. 내가 유일하게 날 줄 아는 사람인데다가 보통 혼자 날았기 때문이다. 하지만 가끔은 남에게 나는 법을 가르쳐주거나 남을 데리고 날기도 했다.

그것은 일상적인 세상에 속하지 않고 일상의 한계에 구속되지 않는 경험이었다. 그것이 글쓰기와 관계있지 않을까, 작가가 된다는 것과 관계있지 않을까 하는 생각도 종종 들었다. 그런데 이제 돌아보니, 왜 그것을 읽기의 은유로 생각하지 못했을까 싶다. 내가 읽는 법을 배운 뒤로 깨어 있는 시간의 대부분을 바쳐서 쉼 없이 만성적으로 수행한 활동이 바로 읽기였는데 말이다. 읽기란 곧 내가 책 속에 있는 것, 이야기 속에 있는 것, 내 삶과 내 세계가 아니라 아니라 타인의 삶과 상상의 세계에 있는 것, 내 몸과 인생과 시공간에 구속되지 않은 채 존재하는 것이었다.

　나는 날 수 있었다. 하지만 이제 생각해보니, 어쩌면 문제는 땅으로 내려오는 법을 배우는 것이었을지도 모른다.

밤에

자유롭게

1.

2011년 어느 날, 페이스북에서 친구 맺기 요청을 받았다. 열일곱살에 대학을 함께 다녔고 이후에도 몇년 동안 연락을 주고받은 사람이었다. 나는 그를 믿고 말할 수 있는 상대로 소중하게 여겼었다. 정말로 그가 그런 사람이어서 그랬을 수도 있다. 혹은 내가 그를 그런 사람으로 생각했기 때문에, 혹은 그에 대해서 잘 모르는 부분을 당시의 내게 필요했던 특징으로 내 멋대로 채워서 상상했기 때문에. 아무튼 나는 기쁜 마음으로 친구 요청을 수락했다. 연락이 끊겼던 세월 동안 그가 어떻게 바뀌었는지, 지금은 어떤 사람인지 호기심도 들었다. 그가 답장을 보내왔다. 그는 내 정치적 견해가 너무나 혐오스럽다고 말하면서, 좌우간 예전에 내가 그에게 보냈던 편지들의 복사본을 보내주고 싶다고 했다. 그가 보수주의자라는 사실을 안 순간, 왜 젊은 시절의 그에게 뭔가 신비롭달까 특이한 데가 있는 듯 보였는지가 갑자기 납득되었다. 나는 그에 대해 더 알아보지 않았다. 하지만 그를 통해서 나를 더 잘 알게 되었다.

몇주 뒤, 우편함에 마닐라지 봉투가 도착했다. 막상 10대 시절의 나를 만나려니 좀 안절부절못하는 심정이 되었고, 그래서 실제로 봉투를 열어본 것은 그로부터 몇년 뒤였다. 더이상 내 것이 아닌 작고 단정한 필체로 노란 괘선 노트에 적은 편지들의 복사본. 그 속에서 내가 만난 사람은 말하는 법을 모르는 사람이었다. 이 표현에는 여러 뜻이 있다. 우선, 내가 그 속에서 만난 젊은이는 진심을 말하는 법을 모르는 사람이었다. 다정하게 말할 줄은 알았지만, 그의 글은 인용, 암시, 외국어 어구, 완곡한 표현으로 뒤죽박죽이었다. 장난기, 허세, 회피, 혼란이 가득했다. 언어를 그렇게 쓰다 보니, 말은 많으나 내용이 없었다. 중요하지 않은 것을 말하느라고 바쁜 문장 속에서 중요한 사건이 마치 지나가는 말인 양 언급되어 있었다. 그는 그때까지 수집한 많은 단어, 구절, 구문, 어조를 시험 삼아 써보는 중이었다. 악기를 배운 지 얼마 되지 않아서 귀에 거슬리는 소리만 낼 줄 아는 사람 같았다. 그는 다양한 목소리로 말했다. 어떤 목소리가 자신의 목소리인지 아직 몰라서였다. 아니면 아직 자신의 목소리를 만들어내지 못해서였다.

중언부언하는 말 속에 놀라운 대목이 하나 있었다. 내가 예의 그 집으로 이사한 지 1년이 채 되지 않았던 무렵에 그 집에서 남동생의 열여덟살 생일 파티를 열어주었다고 적은 대목이었다. 나는 손님들의 몸에 초콜릿 크림이 덕지덕지 묻었고, 전축 위에까지 베이비파우더가 흩뿌려졌고, 샴페인에 젖은 수건들이 욕조에 담겼다고 자랑스레 적었다. 그다음에는 내가 장차 어떤 에세이를 쓰고 싶은지를 말하기 시작했다. 실제로 내가 어떤 글이든 발표하기 시작한 것은 그로부터 두어해가 지나서였지만 말이다.

편지에서 나는 이렇게 말했다. "긴 에세이를 씀으로써 나 스스로 답을 찾아보고 싶어. 내가 밤에 혼자 오래 걷기를 좋아한다는 것, 그때 따르는 위험(이건 포기했어. 몇주 전에도 하마터면 공격당할 뻔했어), 이 사실이 페미니즘에 대한 내 태도에 미친 영향에 대해서. 육체적 자유가 이토록 위태로운 상황이라면, 지난 몇십년 동안 이뤄진 발전이 다 무슨 소용인지에 대해서. 도시에서 사는 여자들은 대부분 마치 전쟁 지대에서 사는 것처럼 살고 있어… 어느 쪽을 선택하든 대가가 따르지. 1년 반 동안 위험하게 살았더니 이제 정신이 왜곡된 것 같아. 이 에세이는 거대한 산문시가 될 거야. 밤의 속성을 분석하는 (최소한 그것을 칭송하는) 글이 될 거야."

나는 그 에세이를 쓰지 않았다. 하지만 어둠을 칭송하는 글이라면 자주 써왔다. 선善을 환하거나 밝은 것으로 간주하고 검고 어두운 것은 인종적으로 문제적인 함의까지 포함하여 악惡으로 간주하는 통상의 은유를 뒤집으려고 애쓰기도 했다. 나중에 『어둠 속의 희망』창비 2017이라는 책도 썼다. 저 편지를 쓴 때로부터 한참 후에 사막에 머물면서는 그늘과 그림자와 밤이 낮의 타는 듯한 열과 빛으로부터 한숨 돌리게 해준다는 사실을 알고 사랑하게 되었다. 여성에 대한 폭력을 주제로 처음 글을 쓴 것은 젠더와 밤에 관한 글을 쓰겠노라고 야심만만 선언한 때로부터 4년 뒤였다. 나는 그런 폭력 때문에 여자들이 공공장소에의 접근성, 움직임의 자유, 기타 모든 영역에서의 동등성을 저지당하거나 제약당한다고 썼다. 그 글을 시작으로 그 이야기를 몇번이나 쓰고 또 썼다.

그로부터 스무해 가까이 흘러서 걷기에 관한 책을 쓸 때, 실비아 플라스Sylvia Plath의 말을 인용했다. 플라스가 열아홉살에 한 말이었다. "여자로 태어났다는 것은 내 끔찍한 비극이다. 도로 인부들, 선원들과 군인들, 술집 단골들과 어울리고 싶은 마음이 간절한데, 풍경의 일부가 되고 익명의 존재가 되어 그들의 말을 듣고 기록하고 싶은 마음이 간절한데, 내가 어린 여자라는 사실 때문에, 늘 공격이나 구타를 당할 위험을 안고 사는 여자라는 사실 때문에 다 틀렸다. 남자들이 어떤 존재이고 어떻게 사는지 너무 궁금한데, 이런 마음은 그들을 유혹하려는 것이라고, 혹은 친해지고 싶어하는 것이라고 오해받는다. 아, 정말로 나는 모든 사람과 최대한 깊은 대화를 나누고 싶다. 탁 트인 곳에서 자고 싶고, 서부를 여행하고 싶고, 밤에 자유롭게 걸어다니고 싶다." 이 문장을 책에 인용한 때로부터 또 오랜 시간이 지나서 다시 읽어보니, 이런 궁금증이 든다. 플라스에게 이른바 도시의 자유라는 것이, 언덕의 자유가, 밤의 자유가 있었다면 어땠을까? 그가 서른살에 부엌에서 자살했던 것은 부분적으로나마 여성이 가정이라는 공간과 의미에 갇혔던 현실의 탓이 아니었을까?

아이는 낮을 사는 동물이다. 그렇게 살다가 어른의 세계로 옮겨간 사람에게, 밤은 관능과 섹슈얼리티의 신세계였다. 밤은 자유롭게 움직이고 탐사할 수 있는 신세계였고, 그 세계에서 낮의 규칙들은 지는 해와 더불어 어렴풋해지는 듯했다. 밤 생활nightlife. 나이트클럽nightclub. 악몽nightmare. 그로부터 몇해 전에 나온 패티 스미스Patti Smith의 첫 히트곡 「왜냐하면 밤은」Because the Night은 밤이 연인들과 사랑을 위한 시간이라고 알려주었다. 우리는 주로 침침하거나 캄캄한 곳에서 사랑을 나눈다. 어두울 때는 인간의 여러 감각 중 가장 이성적인 시각이 통하지 않고, 다른 감각들이 깨어나며, 지구가 태양을 등지고 바깥 우주를 내다보는 시간이니만큼 마치 딴 세상이 된 듯하여, 때로는 어둠 그 자체가 에로틱한 포옹이다.

보헤미안 기질이 있었던 고모로부터 열여덟살에 주나 반스Djuna Barnes의 『나이트우드』문학동네 2018를 선물받고서 나는 그 짧은 소설을 사랑하게 되었다. 그 소설이 언어를 쓰는 방법, 고통과 상실을 한껏 낭만적으로 탐구하는 방법이 좋았다. 요즘 독자들은 『나이트우드』를 주로 레즈비언 소설로 기억한다. 좀처럼 붙잡을 수 없는 로빈 보트에 대한 노라 플러드의 사랑이 파리를 주 배경으로 한 플롯의 뼈대를 이루는 것은 사실이다. 하지만 소설을 장악하는 것은 따로 있다. 다락방에 사는 수다스러운 크로스드레서 의사 매슈 오코너, "바버리코스트샌프란시스코 퍼시픽가 출신의 아일랜드인으로 부인과婦人科에 흥미를 품은 덕에 지구를 반바퀴 돌아온" 그의 노래와도 같은 독백이다. 그는 밤의 전문가다. 마음의 수수께끼로서의 밤, 존재의 유동성으로서의 밤, 우리가 우리라고 여기는 것과 우리가 소유하고 붙잡아야 한다고 여기는 것의 어리석음으로서의 밤. 그는 플러드에게 이렇게 말한다. "낮은 나날이 고려되고 계산되기 마련이지만, 밤은 사전에 계획되지 않는답니다. 성경이 거짓말을 한다지만 나이트가운도 다른 방식으로 거짓말하지요. 밤, '그 어두운 문을 조심하게나!'"

오코너는 신탁을 전하는 사람이다. 『오이디푸스 왕』*Oedipus Rex*에 나오는 트랜스젠더 테이레시아스처럼 남자와 여자를 다 아는 사람, 남자와 여자가 무엇을 원하고 상상하고 함께하고 혼자 하는지 아는 사람이다. 밤은 논리가 아니라 시적 직관이 우세하는 공간이다. 그 속에서 우리는 볼 수 없는 것을 느낄 수 있다. 어떻게 보면 오코너가 곧 밤이다. 혹은 밤의 신탁이자 대사제다. 옛 친구에게 10대 말에 쓴 편지에서, 나는 주나 반스의 열렬한 서정성을 내 경험에 끌어들이고 싶다고 말한 것이었다. 내가 원하는 것의 시적인 측면을 내가 왜 그것을 손에 넣기 어려운가 하는 정치적 측면과 결합하여 쓰고 싶다고 말한 것이었다. 밤은 누구의 것인가? 내 것은 아닌 듯했다.

2.

적어도 책은 내 것이었다. 닫힌 책은 직사각형이다. 편지처럼 얇은 것도 있고, 상자나 벽돌처럼 두껍고 견고한 것도 있다. 열렸을 때는 종이로 된 두개의 곡선이다. 활짝 펼쳐진 책을 위나 아래에서 보면 새들이 넓게 벌어진 V자 대형으로 날아가는 모습 같다. 이런 생각을 하다보면 이내 새로 변한 여자들이 떠오르고, 이어 필로멜라가 떠오른다. 그리스 신화의 필로멜라는 자신을 강간한 뒤아예 죽어버리려고 뒤쫓는 형부를 피해서 나이팅게일로 변했다고 전한다.

밤을 뜻하는 단어와 가수를 뜻하는 단어가 합해져서 만들어진 나이팅게일nightingale은 영어에 등장한 지 오래된 단어다. 키츠는 「나이팅게일에게 부치는 노래」Ode to a Nightingale를 쓸 때 필로멜라를 염두에 두었을까? 아니면 내가 꿈에서 키츠를 생각하고 하늘을 날 때 그랬을까? 그 시에서 시인은 자신이 "눈에 보이지 않는 시의 날개"를 펼쳐 어두운 숲으로 날아간다고 상상한다. "밤은 부드러워라"라는 구절도 나오는데, 나는 이 시구를 F. 스콧 피츠제럴드F. Scott Fitzgerald의 소설 제목에서 알아보고 기뻤다. 이 소설 또한 근친상간과 강간, 그런 일은 좀처럼 말하기 어렵다는 사실, 그런 사건이 미치는 피해는 넓게 퍼져나가기 마련이라는 사실을 이야기한다. 나는 키츠의 시도 소설 『밤은 부드러워라』문학동네 2018도 열일곱살에 접했다. 좀더 깊게 읽는 법, 이야기를 여러 층위와 메아리와 참조와 은유로 이뤄진 것으로 생각하는 법을 마침내 배운 시기였다.

필로멜라를 비롯하여 많은 여신, 님프, 인간이 유린당하는 이 야기가 담긴 오비디우스의 『변신 이야기』*The Metamorphoses*를 읽은 것 은 그보다 훨씬 더 전이었다. 신화 속 여자들은 줄곧 다른 것으로 변한다. 왜냐하면 여자로 존재하는 것은 너무 어렵고 위험한 일이 기 때문이다. 다프네는 아폴론을 피해 달아났다가 월계수로 변한 다. 나는 다음 구절이 담긴 앤드루 마벌Andrew Marvell의 시 「정원」The Garden을 암송하게 되기 전에도 다프네 이야기를 알고 있었다.

> 미녀를 쫓던 신들은
> 항상 나무에서 경주를 끝냈다.

이 시를 배웠던 개론 수업에서 우리는 윌리엄 예이츠William Yeats의 「레다와 백조」Leda and the Swan도 함께 읽었는데, 이 시가 백조 로 변신한 신이 여자를 강간하는 장면을 소름 끼칠 만큼 구체적으 로 묘사한다는 사실을 나는 지금에서야 깨닫는다. "어떻게 그 겁 에 질린 힘없는 손가락들이 / 힘이 풀려가는 허벅지로부터 그 깃 털 난 영광을 밀쳐낼 수 있겠는가?" 그리스 신화에 강간을 피하려 고 애쓰는 여자의 이야기가 많다는 사실을 그때는 아무도 얘기하 지 않았다. 비단 소네트와 고전뿐 아니라 대중가요에까지 도처에 널렸던 그 소재를 접하기에는 우리가 아직 연약해서였는가 하면, 그건 아니었다. 강간이 현실에 만연해 있고 그 충격이 엄청나다는 사실이 예술에서건 삶에서건 왠지 좀처럼 이야기되지 않는 주제라서 그런 것뿐이었다. 그때는 우리도 혀가 잘려 있었다.

오비디우스에 따르면, 혀 잘린 필로멜라는 자신이 겁탈당한 사연을 그림으로 그려넣은 융단을 짜서 그것을 강간범의 아내인 자기 언니에게 전해달라고 몸짓으로 요청한다. 진실을 말로 할 수 없는 사람은 그것을 간접적으로 말한다. 말을 빼앗긴 사람에게서는 다른 것들이 대신 말한다. 어떤 경우에는 몸 자체가 말한다. 경련하거나, 폭발하거나, 무감각해지거나, 마비됨으로써. 그런 몸짓은 사건을 말하는 암호다. 신화 이야기로 돌아가면, 유혈의 사건이 좀더 벌어진 뒤 두 자매는 새로 변한다. 보통은 필로멜라가 밤에 노래하는 이, 즉 나이팅게일로 변했다고 하지만 언니가 나이팅게일로 변했다고 하는 이야기도 있다. 셰익스피어의 『한여름 밤의 꿈』*A Midsummer Night's Dream*에는 요정들이 여왕에게 자장가를 들려줄 때 필로멜라를 부르는 대목이 나온다. 이것은 필로멜라의 아름다운 노랫소리를 환기하는 것일 수도 있고, 필로멜라가 여자로서 겪어야 했던 속임수와 기만을 환기하는 것일 수도 있을 테다.

물론, 키츠의 나이팅게일은 유한한 목숨의 피해자가 아니라 인간의 고통을 모르는 초월적 존재다. 키츠는 이렇게 나이팅게일을 부른다. "너 죽으려고 태어나지 않은 불멸의 새여! / 그 어떤 굶주린 세대도 너를 짓밟지 못할지니." 나는 이 시를 처음 읽었을 때 이 구절을 외웠다. 어쩌면 시구가 저절로 머리에 박혔다고 말해야 할지도 모른다. 그 시절에 읽었던 많은 문장이 그랬기 때문이다.

나는 그것들을 벽돌로 삼아 기틀을 닦던 중이었다. 키츠는 오래전 사람들도 나이팅게일의 노래를 들었다고 말하고, 그 언어는 세월이 무수히 흘러도 사라지지 않는다고 말한다. 이때 나이팅게일은 곧 시다. 혹은 시가—언어의 튼튼한 날개이자 그것이 만들어내는 공기와도 같은 서사로서의 시가—우리에게 주는 것, 즉 시간을 초월한 안식처다. 피난처다. 육신을 초월한 장소다. 필로멜라의 경우에는 강간과 신체 절단과 강제적 침묵과 감금을 다 겪은 뒤에야 비로소 나이팅게일로 변신했지만, 그 덕분에 적어도 죽음은 면할 수 있었다. 자신이 아닌 다른 존재로 바뀌는 것을 생존이라고 말할 수 있다면 말이지만.

책은 새이자 벽돌이다. 나는 문 닫은 주류 판매점 앞에서 하나씩 훔쳐 온 플라스틱 상자를 착착 쌓아서 그 속에 낡은 페이퍼백 책들을 꽂았다. 그렇게 지내다가 어찌어찌 나무 책장을 장만하면, 상자를 원래 있던 곳으로 돌려다놓았다. 나의 새들은 떼를 이뤘다. 나중에는 줄줄이 늘어선 책장 때문에 복도가 좁아졌다. 방도 반쯤 책장으로 찼다. 그러고도 남은 책들이 책상 위에도 다른 바닥 위에도 불안정한 기둥으로 쌓였다.

우리는 집을 책으로 채우는 것처럼 독서로 마음을 채운다. 책이라는 물체가 우리의 기억 속으로 들어와서 상상력의 장비가 되어준다고 말해도 좋을 것이다. 나는 독서로써 나만의 문헌을 구축했고, 세상이라는 지도에서 기준점이 되어줄 사실들을 모았고, 세상과 그 속에서 살아가는 나를 이해하도록 해주는 도구들을 얻었다. 보통은 마음 가는 대로 책 속을 거닐거나 남들이 읽으라고 하는 것을 읽었다. 그 시절에 나는 무엇이든 가리지 않고 읽는 잡식성이었다. 젊은이는 사람에 대해서도 그럴 때가 많다. 자신이 어떤 기준을 갖고 있는지, 무엇이 자신에게 자양분이 되는지, 무엇이 자신의 의욕을 꺾는지를 아직 잘 모르기 때문이다. 그래서 나는 닥치는 대로 읽었다. 그러다 차차 책의 숲에 난 오솔길을 따라가는 법을 익혔고, 지형지물과 계보도 익혔다.

나는 물체로서의 책도 사랑했다. 지금도 사랑한다. 상자이자 새이자 세상으로 난 문인 책은 여전히 마법처럼 느껴진다. 요즘도 서점이나 도서관에 들어갈 때마다 내가 몹시 원하거나 필요한 무언가로 열리는 문을 막 넘어서는 참인지도 모른다고 생각하고, 가끔은 정말로 그런 문이 나타난다. 그럴 때 나는 세상을 새롭게 볼 수 있다는 점에서, 이전에 생각하지 못했던 패턴을 발견한다는 점에서, 현실을 다루는 데 도움이 될 뜻밖의 도구를 얻는다는 점에서, 말의 아름다움과 힘을 느낀다는 점에서 계시와 희열을 느낀다.

새로운 목소리와 생각과 가능성을 만나는 일, 작게든 크게든 세상을 좀더 조리 있게 이해하는 일, 세상의 지도를 좀더 넓히거나 빈 곳을 메우는 일. 이런 일이 우리에게 주는 순수한 기쁨을 우리는 지금보다 훨씬 더 많이 칭송해야 한다. 패턴과 의미를 찾는 일의 아름다움에 대해서도 마찬가지다. 이런 깨달음은 다행히 되풀이되고, 그때마다 즐거움도 되풀이된다.

3.

독자로서 나는 자유롭게 쏘다녔다. 하지만 작가가 되고 싶어하는 사람으로서는 처지가 좀더 복잡했다. 10대 내내 그리고 20대에도 한동안 내가 접한 책은 대부분 이성애자 남성이 쓴 책이었다. 그런 책에서 작가의 뮤즈, 연인, 그가 돌아다니는 도시, 그가 정복하는 자연은 여성이었다. 10대에 나는 로버트 그레이브스 Robert Graves의『하얀 여신』*The White Goddess* 때문에 골머리를 썩였다. 나무와 알파벳에 관하여 뭔가 귀한 이야기를 들려주는 듯한 책이었지만, 아무리 읽어봐도 그 박식한 말들의 뒤범벅 속에서 의미를 캐낼 수 없었다. 그 책은 시인의 지향이란 모름지기 여신을 향한 이성애자 남성의 지향과 같은 법이라고 가정하는 듯했다. 그 글을 읽고서 자신도 불가사의한 미소로 헌사를 받아내겠다고 마음먹은 젊은 여자들이 있었을지도 모르겠지만, 내가 되고 싶은 것은 작가였지 뮤즈가 아니었다.

남몰래 골머리를 앓던 일이 또 있었다. 자신은 예술가이고 나는 관객이라고 철석같이 믿는 주변의 남자들이었다. 나 같은 젊은 여자는 태양을 도는 행성이나 행성을 도는 위성처럼 누군가의 주변을 맴도는 존재로만 여겨졌다. 스스로 별이 될 순 없다고 했다. 열여덟살에 만난 한 남자는 어찌나 완강하게 나를 자신의 뮤즈로 선언했던지, 내가 실제로 좌대 위에 올려진 기분이 들 정도였다.

희끄무레한 구름에 감싸인 높은 곳에서 오도 가도 못하고 우뚝 서 있던 것 같은 느낌은 지금도 회상할 수 있다. 좌대 위에서 할 수 있는 일은 가만히 서 있거나 추락하거나 둘 중 하나다. 나는 듣고 읽는 것이 좋았지만, 오직 청자와 독자로만 남지는 않겠다고 속으로 결심했다. 하지만 그때는 내 것을 만들어가면서 때를 기다리는 수밖에 없었다.

나는 글 읽는 법을 배운 해부터 죽 작가가 되고 싶었다. 바람이 명확했지만 남에게 말하진 않았는데, 말했다가는 비웃음을 사거나 사기를 꺾는 말을 들을까봐 두려워서였다. 20대까지는 학교 숙제 이외의 글을 거의 쓰지도 않았다. 그래도 숙제로 쓴 글이 좋은 평가를 받는 적은 가끔 있었다. 나는 다만 읽었다. 걸신들린 듯이 읽었다. 고전이든, 위로가 되는 책이든, 불편한 책이든, 현대 소설이든, 대중소설이든, 역사책이든, 신화든, 잡지든, 리뷰든 뭐든 읽었다.

위로를 주는 책이 있는가 하면, 내 처지 혹은 나와 같거나 비슷한 사람들의 처지를 제대로 깨닫게 함으로써 다른 형태의 위안을 주는 책도 있었다. 외롭고 불안한 것이 나 혼자가 아님을 아는 데서 오는 위안이었다. 글이 내게 덤벼들듯이 다가오는 경우도 있었다. 1980년 가을 『뉴요커』에 실렸던 필립 러빈Philip Levine의 시 「전에는 한번도」Never Before를 나는 아직 종이로 갖고 있다(여러행에 걸쳐서 실린 기사를 조각조각 오려서 하나의 긴 행이 되도록 테이프로 이어 붙였는데, 이제 누렇게 변색된 종이는 정확히 내 팔뚝만 한 길이이고, 테이프가 붙은 부분은 좀더 짙은 호박색이며, 꼭 반창고처럼 보이지만 상처처럼 읽힌다).

그것은 황폐함에 관한 시다.

> 전에는 한번도
> 내가 내 목소리를 들어보지 못했다
> 내 것이 아닌 언어로 이렇게 울부짖는 목소리
> 세계가 잘못되었다고
> 밤이 먼저 왔고 그다음에는 아무것도 오지 않았다고
> 새들은 날아가서 그저 죽을 뿐이라고
> 얼음이 변화의 의미라고
> 나는 한번도 아이인 적 없었다고

이 시가 내게 말을 걸었을 때, 나는 아직 아이나 다름없었다. 우리가 황폐해졌을 때, 가끔은 위안이 아니라 내 상태를 비추는 거울 혹은 그런 사람이 나 혼자만은 아님을 일깨우는 무엇이 필요하다. 또 어떤 때는 위기를 직시하도록 돕는 프로파간다나 정치적 예술이 아니라 위기로부터 한숨 돌리게 해주는 무언가가 필요하다.

밀란 쿤데라Milan Kundera의 『웃음과 망각의 책』민음사 2011은 역시 1980년 후반기에 『뉴요커』에 연재되었고, 나는 잡지로 그 소설을 만났다. 그 글은 몇년 후에 만난 호르헤 루이스 보르헤스Jorge Luis Borges의 『미로들』Labyrinths과 마찬가지로 내게 계시였다. 그 글들 덕분에 나는 여러가지가 섞여도 된다는 것, 사적인 것과 정치적인 것이 번갈아 나와도 된다는 것, 서사가 간접적일 수 있다는 것, 산문도 시처럼 주제에서 주제로 건너뛰거나 날아오를 수 있다는 것을 배웠다. 장르란 선택일 뿐이라는 것도 배웠다. 하지만 물론 내가 장르들 사이의 벽을 뚫을 방법을 스스로 찾아내는 데는 그로부터 10년이 더 걸렸다.

나는 긴급한 것, 강렬한 것, 과잉되고 극단적인 것, 구속을 깨뜨리고 터져나오는 문장과 서사를 원했다. 반대로 안도감을 구할 때도 있었다. 책에는 둘 다 있었다. 책에 어찌나 깊이 파묻혀 살았던지, 늘 닻을 잃고 부유하는 느낌이었다. 내가 내 시대와 장소의 일부라는 느낌이 들지 않고 차라리 중세나 가상의 시대나 에드워드 시대 같은 다른 장소에 한발 이상 걸친 기분이었다. 그 부유하는 세계에서는 어느 날 눈을 떴더니 다른 시대와 장소에 와 있더라 하는 일이 정말로 가능할 것만 같았다.

내게 『나이트우드』를 선물했던 문학적 고모는 내가 열두살인가 열세살일 때 예지 코진스키Jerzy Kosinski의 『페인트로 얼룩진 새』The Painted Bird도 선물해주었다. 검은 머리와 검은 눈의 유대인 소년이 가까스로 죽음을 피하면서 폴란드 농민들의 세상을 돌아다니는 이야기인데, 소년의 눈에 비친 그들의 잔인한 성性과 집단 학살적 폭력을 읽기에는 내가 너무 어렸다. 그래도 이야기는 마음에 남았다. 안네 프랑크Anne Frank의 일기와 다른 홀로코스트 문학도 그랬다. 내가 유년기와 청소년기에 반복해서 떠올렸던 불안한 몽상

중 하나는 내 머리카락과 피부가 밝은색이니 어쩌면 나는 그런 상황에서 비유대인으로 보이지 않았을까, 그 덕분에 폴란드에 남은 부계의 모든 친척들과는 달리 학살의 운명을 피할 수 있지 않았을까 하는 거였다. 그것은 내 정신을 괴롭힌 또다른 종류의 소멸이었다.

한편으로는 어쩌면 내가 상대적으로 덜 잔인한 시대와 공간으로 옮겨갈 수 있을지도 모른다는 생각을 막연히 품었다. 책에서 배운 지식이 조금이나마 인생에 도움이 되는 곳으로. 조지 왕조 시대 영국, 중세 프랑스, 19세기 서부, 그 밖에도 내가 푹 빠져 살았던 다른 장소로 흘러들 수 있을지도 모른다고 상상했던 것이다. 그런 생각 때문에, 웃긴 말이지만, 긴 머리카락을 자르기가 주저되었다. 현대적 미의 이상보다는 그나마 내가 더 가깝다고 여긴 고대적 미의 이상에서 용기를 얻었던 탓이다. 그 시절에는 어느 날 아침 거울을 보았더니 내가 아닌 다른 사람이 서 있는 일, 혹은 세상이 다른 세상이 되어 있는 일이 불가능하게 여겨지지 않았다. 아르튀르 랭보Arthur Rimbaud의 "나는 타인이다"는 내가 마음에 담아두었던 또 하나의 구절이었다.

당연한 소리이지만, 책과 내 삶에서 습득한 앎은 내가 실제로 속한 시대와 장소에 적응하는 데에는 거의 아무런 도움이 되지 않았다. 그 불안한 백일몽에서 벗어난 지 한참 뒤, 이번에는 우스운 방식으로 다시 그런 백일몽에 빠진 시기가 있었다. 걷기에 관한 책을 쓰기 위해서 윌리엄 워즈워스William Wordsworth의 자전적 장편시

『서곡』*The Prelude*을 읽던 시기였다. 워즈워스의 언어에—서두르지 않는 우아함, 정교하고 간혹 도치된 구문, 에두른 표현 방법에— 얼마나 푹 빠졌던지, 낯선 사람이나 계산대 직원에게 일상적인 말을 건네면 그들은 어이없다는 듯한 얼굴로 나를 보곤 했다.

자신의 시대에 얽매이지 않는 데에는 이점이 있다. 그 덕분에 나는 반 천년까지 갈 것도 없이 겨우 한두 세대 전으로만 거슬러 올라가더라도 인간됨의 조건, 삶의 목적, 사람들의 기대와 욕망이 전혀 달랐다는 것을 알게 되었다. 정의定義란 변천하는 것임을 알게 되었다. 그리고 만약 그렇다면 내 시대가 사실로 여기는 가정들을 받아들이지 않아도 된다는 뜻, 최소한 그것들을 너무 과신하지는 않아도 된다는 뜻, 적어도 이론적으로는 그것들이 나를 괴롭히도록 허락하지 않을 수 있다는 뜻이었다. 한마디로 나는 인간됨이란 여러가지를 뜻할 수 있다는 것을 배웠다. 열세살에 읽었던 C. S. 루이스C. S. Lewis의 『사랑의 알레고리』*The Allegory of Love*에서는 낭만적 사랑의 개념이 12세기 프랑스에서 사회적으로 구성된 것임을 배웠다. 사랑에 대한 그런 기대가 특정 시대와 장소의 산물이라는 것을 알자 해방감이 들었다. 누군가 답답한 방의 창문을 열어젖힌 것처럼 느껴졌다.

루이스의 책을 읽기는 했어도, 여느 소설들로부터는 구제 불능으로 드라마틱한 사랑 및 연애 관념을 흡수했다. 그것에 완성과 결말이 있다는 신화도 흡수했다. 그리고 대부분의 여자가 하는 경험, 즉 여자를 멀리서만 응시하거나 『모비 딕』*Moby Dick*에서 『반지의 제왕』Lord of the Rings까지 여자가 아예 거의 안 나오는 세계들 속에 있는 경험도 했다. 타인이 되어보라는 요구를 그렇게 자주 받으면, 자아 감각이 훼손될 수 있다. 우리는 어느 정도의 시간만큼은 반드시 자신으로 존재해야 한다. 나와 비슷한 사람, 나와 같은 문제를 겪는 사람, 나와 같은 꿈을 꾸고 나와 같은 싸움을 싸우는 사람, 나를 알아보는 사람과 함께해야만 한다. 또 가끔은 나와는 다른 사람이 되어보아야 한다. 타인이 되어보는 시간이 너무 적은 사람에게도 문제가 생기기 때문이다. 그러면 상상력이 발달하지 못하는데, 자아를 바꿔보고 자아에서 벗어나보는 능력이라고 할 수 있는 감정이입은 상상력에 뿌리를 내리고 자라는 법이다. 상상할 줄 모르게 된다는 것은 힘을 가진 사람이 겪기 쉬운 병 중 하나다. 대부분의 남자는 거의 전적으로 남성이 주인공인 이야기만을 접하는 유년기 초부터 그런 증상을 발전시킨다.

이중 의식double consciousness은 백인 문화에서 흑인이 겪는 경험을 가리킬 때 곧잘 쓰이는 용어다. 이 표현은 W. E. B. 두보이스W. E. B. DuBois가 19세기 말에 쓴 글을 통해서 유명해졌다(그런데 두보이스는 대부분의 남자 작가들이 그보다 더 나중까지도, 이를테면 제임스 볼드윈까지도 그랬듯이 인간을 남성men으로, 심지어 한명의 남자man로 지칭했다). "미국 사회에서 흑인은 일곱번째 아들이다. 베일을 쓰고 태어난 자, 투시력을 타고 태어난 자다. 이 세상은 그에게 진정한 자의식을 허락하지 않는다. 다른 세상을 보여줌으로써, 그가 그것을 통해 자신을 바라보도록 할 뿐이다. 늘 타인의 눈을 통해서 자신을 보는 감각, 이 이중 의식은 기이한 감각이다." 그렇다면 타인의 눈을 통해서 자신을 보는 순간이 전혀 없는 상태를 가리키는 말도 필요하지 않을까? 그 모자란 의식을 가리키기에는 단일 의식이라는 표현으로도 부족한 듯하니까.

존 버거John Berger가 1972년에 쓴 『다른 방식으로 보기』열화당 2012에는 두보이스의 생각과 비슷한 말이 나온다. 버거는 자신이 결코 되어본 적 없는 존재로 산다는 것이 어떤 것인지를 너그럽고 탁월하게 상상해본다. "여자로 태어난다는 것은 한정된 공간에서 남자의 관리를 받으며 사는 운명으로 태어난다는 뜻이었다. 여성의 사회적 존재는 여자들이 그렇게 제한된 공간에서 감독을 받으면서도 나름대로 재간을 발휘하여 이룬 것이었지만, 거기에는 대가가 따랐다. 여자의 자아가 둘로 쪼개지는 대가였다. 여자는 끊임없이 자신을 감시해야 한다. 자신이 보는 자신의 이미지가 거의 매 순간 여자를 따라다닌다. (…) 여자는 자기 존재의 모든 면과 자신의 모든 행동을 늘 살펴야 한다. 여자가 타인에게 어떻게 보이는가, 궁극적으로는 남자들에게 어떻게 보이는가 하는 점이 세간에서 흔히 여자 인생의 성공이라고 말하는 것을 얻는 데 결정적으로 중요하기 때문이다. 이렇게 해서, 여자가 스스로에 대해 느끼는 감각은 타인에게 인정받는 자신이라는 감각으로 대체된다."

여자는 남자들에게, 그리고 남자들이 여자를 어떻게 생각하는가에 달린 처지다. 여자는 끊임없이 거울을 보면서 자신이 남자들에게 어떻게 보이는지 확인하는 법을 익힌다. 남자들을 위해서 연기한다. 그리고 이런 연극적 불안은 여자의 행동과 말, 가끔은 생각마저 형성하고 변형시키고 아예 중단시킨다. 여자는 남자들이 자신에게 원하는 것의 관점에서 자신을 생각하게 되고, 그러다보면 남자들의 욕구를 충족시키는 것이 몸에 밴 나머지 자신의 욕구를 잊는다. 남들이 원하는 모습으로 남들의 눈앞에 나타나는 기술을 수행하느라 자신은 자신 속으로 사라져버린다.

여자는 늘 다른 곳에 있다. 여자는 늘 나무나 연못이나 새로 변한다. 뮤즈, 어머니, 타인의 욕망을 담는 그릇, 타인이 투사되는 스크린으로 변한다. 그러다보니 여자가 자신을 위해서 자신으로 변하기는 어렵다. 이런 생각은 남자들이 쓴 소설을 읽는 것만으로도 주입될 수 있는데, 내 경우에는 실제로 그랬다. 소설들은 골수까지 집어삼켜진 여자를 칭송하곤 한다. 자신의 욕망과 욕구를 고집한 여자는 공간을 차지하고 소리를 냈다는 이유로 비난이나 질책을 받곤 한다. 이런 시스템에서, 스스로에게 비존재가 되는 벌을 내리지 않은 여자는 벌을 받는다. 시스템 자체가 벌이다. 윌라 캐더Willa Cather의 『종달새의 노래』Song of the Lark처럼 야심 있고 욕정적이고 재능이 뛰어난 여성 주인공이 벌받지 않는 소설은 충격으로 느껴졌다.

고독은 이 끝없는 과제를 잠시 유예하도록 해주었다. 하지만 책에 의지하다보면, 나 자신이 여자들을 쳐다보는 남자로 바뀌곤 했다. 여자를 문젯거리, 트로피, 불투명한 의도와 한정된 의식을 지닌 불길한 현상 따위로 보는 시각은 내게 영향을 미쳤을 것이다.

남자에게 동일시하도록 만드는 설정을 거듭 접한 것도, 여자가 부수적 장식물이나 트로피나 번식용 암말로만 존재하는 공간을 상상하며 산 것도 물론 영향을 미쳤을 것이다.

내 경우에는 그래서 나를 남성 주인공에게 동일시하게 되었다. 여자가 거의 안 나오는 『로드 짐』*Lord Jim*에서는 짐에게 동일시했고, 작가 짐 캐럴*Jim Carroll*이 자신을 섹시한 중독자로 묘사한 『바스킷볼 다이어리』책과 몽상 1995에서는 그에게 동일시했고, 『위대한 유산』*Great Expectations*에서는 에스텔라가 아니라 핍에게 동일시했다. 그 밖에도 죄다 남자인 성배 탐색자들, 반지 운반자들, 서부 탐험가들, 추적자들, 정복자들, 여성혐오자들, 여자 없는 세상의 주민들에게 동일시했다. 그러니 모든 영웅과 주인공이 자신과 젠더뿐 아니라 인종도 성적 지향도 다를 때는, 이야기 속에서 자신이 야만인이나 하인이나 하찮은 사람으로만 묘사될 때는, 자신의 길을 찾는 것이 한없이 더 어렵지 않겠는가. 세상에는 수많은 형태의 소멸이 있다.

하지만 내가 갈구한 소멸도 있었다. 책을 읽을 때 나는 내가 아니었고, 그 비존재의 상태를 약물처럼 갈구하며 삼켰다. 그 상태일 때 나는 부재하는 목격자였다. 그 세계 속에 있지만 등장인물은 아닌 존재, 혹은 모든 단어이자 길이자 집이자 나쁜 징조이자 버려진 희망이었다. 책에 빠져 산 수천시간, 수년 동안 나는 모든 사람이었고, 아무도 아니었고, 아무것도 아니었으며, 모든 곳에 있었다. 나는 안개였고, 연무였고, 박무였다. 이야기 속으로 녹아들어 사라지는 사람이었다. 그 방식으로 나를 잃음으로써 처음엔 아이로 다음엔 성인 여자로 존재하는 일의 버거움을, 나라는 아이와 나라는 성인 여자로 존재하는 일의 버거움을 잠시나마 잊는 사람이었다. 흩어지고 뭉치고 흘러가는 구름처럼 다양한 시대와 공간을, 세계와 세계관을 떠다녔다. 내가 작품을 숙지한 시인으로는 첫 시인이었던 T. S. 엘리엇T. S. Eliot의 시구가 떠오른다. 그는 "당신이 만나는 얼굴들을 만날 얼굴을 준비할" 시간은 있으리라고 말했다. 혼자 책에 빠져 있을 때 나는 얼굴 없는 자였고, 모든 사람이었고, 특정 사람이었고, 한계가 없었고, 다른 곳에 있었고, 만나지 않아도 되었다. 나도 사실은 누군가가 되고 싶었다. 얼굴과 자아와 목소리를 만들고 싶었다. 그래도 그 유예의 순간들을 나는 사랑했다. 다만 **순간들**이 옳은 표현인지는 모르겠다. 평소에 사람들과 어울리면서 살다가 잠깐씩 쉬었던 게 아니라 도리어 그것이 생활이었고 내내 그렇게 지내다가 간간이 사람들과 어울렸기 때문이다.

내 시대와 장소를 일시정지시키고 타인의 시대와 장소로 여행하는 행위인 읽기에는 한가지 놀라운 점이 있다. 그것은 내가 있는 곳으로부터 사라지는 방법이지만, 그저 저자의 마음으로 들어가는 것만은 아니라 내 마음과 저자의 마음이 상호작용하여 그 사이에서 다른 무언가가 생겨나는 일이다. 우리는 저자의 글을 자기 나름의 이미지, 얼굴, 장소, 빛, 그림자, 소리, 감정으로 번역한다. 저자의 요청에 따라 내가 만든 세계가 내 머릿속에 생겨나고, 그 세계에 있을 때 나는 내 세계에 없다. 나는 두 세계 모두에서 유령

같은 존재인 동시에, 저자가 쓴 그대로가 아니라 그와 나의 상상이 섞여서 만들어진 세계에서는 신과도 같은 존재다. 글은 지침이고, 책은 키트kit다. 존재감을 온전히 발휘할 때의 책은 비물질적이고 내면적이다. 물체라기보다 사건이다. 그 뒤에는 영향력이 되고, 기억이 된다. 책에게 생명을 부여하는 것은 독자다.

나는 책 속에서 살았다. 독서는 흔히 한 책을 골라서 그 속을 처음부터 끝까지 여행하는 일로 묘사되지만, 내 경우에는 그것은 물론이거니와 아예 그 속에 터를 잡고 산 책들도 있었다. 몇번이나 다시 읽었던 책들, 그러고는 이후에도 종종 그 세계에 들어가고 싶고, 그 사람들과 함께 있고 싶고, 그 작가의 생각과 목소리를 듣고 싶어서 아무 쪽이나 펼쳐 들곤 한 책들이었다. 제인 오스틴 Jane Austen의 소설들이 그랬다. 어슐러 K. 르 귄Ursula K. Le Guin의 어스시Earthsea 시리즈, 프랭크 허버트Frank Herbert의 『듄』Dune, 더 나중에는 E. M. 포스터E. M. Forster, 윌라 캐더, 마이클 온다치Michael Ondaatje, 어른이 된 후 다시 읽은 몇몇 동화책, 더 이전에는 문학적 가치가 미미한 숱한 소설들이 그랬다. 사방 지리를 속속들이 아는 그 영토들 속을 나는 자유롭게 돌아다녔다. 줄거리를 알고자 딱 한번 읽고 마는 책에서는 낯선 감각이 보상이라면, 그 영토들에서는 친숙함이 보상이었다.

책이 도피처에 지나지 않았다고 말할 순 없을 것이다. 도피처라는 표현이 내가 바깥세상이 두려워서 책에 숨었다는 뜻으로 들린다면, 그것만은 아니었다. 그곳은 머물기에 즐거운 곳, 내게 열정을 불어넣는 곳, 작가들과 만나게 해주는 곳이었다. 소설에서는 작가를 간접적으로 만날 수 있었고, 장차 내 일은 에세이적 논픽션을 쓰는 것이려니 깨달은 뒤에 더 많이 읽은 에세이나 일기나 일인칭 서술에서는 작가를 직접적으로 만날 수 있었다.

나는 언어의 강과 바다를, 그 주술적 힘 속을 헤엄쳐 다녔다. 전래동화 중에는 우리가 무언가를 제 올바른 이름으로 부르면 그것을 지배할 수 있게 된다는 이야기가 흔하다. 주술이란 우리가 그것을 입 밖에 내어 말하면 어떤 일이 벌어지게 되는 말을 뜻한다. 그리고 이것은 언어가 세상을 만들고 우리를 그 속으로 데려간다는 것, 은유가 새로운 가능성을 열고 직유가 다리를 놓는다는 것을 압축적으로 표현한 한 예다. 책을 통해서, 나는 대부분의 사람들이 얼굴을 맞대고 나누는 것보다 더 깊고 더 잘 표현된 대화와 생각을 엿들을 수 있었다.

글에는 하지만 체온이 없었다. 글에는 내 몸을 만져줄 몸이 없었다. 그리고 글은 영원히 나를 알지 못할 터였다. 책으로 사는 삶에는 내가 깃들어볼 수 있는 여러 존재와 정신과 꿈이 있었고, 상상력 풍부한 가상의 내 존재를 확장시킬 방법도 있었지만, 그래도 그것은 비존재의 삶이었다.

4.

작가가 되겠다고 결심하는 것은 식은 죽 먹기다. 하지만 그렇게 결심한 뒤에는 실제로 되어야 한다. 그 아름다운 집으로 이사했을 때 나는 샌프란시스코 주립대학에서 마지막 학기를 보내고 있었다. 치열한 봄이었다. 나는 생활비를 벌면서 19학점을 들었다. 이사하기 전에 사귄 남자가 준 유일한 선물이었던 한줌의 노란 각성제가 그나마 속도를 내는 데 도움이 되었다.

만 스무살에 대학을 졸업했더니, 세상도 나도 서로를 맞을 준비가 되지 않은 것 같았다. 그래서 집에서 가뿐하게 걸어갈 만한 거리에 있는 작은 호텔에서 데스크 업무 보는 일을 구했다. 캐스트로 지구 거리에 북적거렸던 게이 남자들의 운명을 에이즈가 나타나서 바꿔놓기 전, 그 지구 외곽에 있던 호텔이었다. 그곳에서 1년을 일하면서 나는 숨을 고르고, 주변을 둘러보고, 시간과 돈에 쫓기지 않는 회복기를 보냈다. 일은 한가하여, 뚜껑 달린 책상에서 책 읽을 여유가 많았다. 책 읽지 않을 때는 손님들의 체크인과 체크아웃을 해주고, 전화 예약을 받고, 예약 확인증을 우편으로 보냈다. 객실 정리나 조식 준비도 가끔 했다. 골칫거리가 없진 않았지만—치근거리는 중늙은이 상사, 남편에게 맞고 사는 난민 객실 청소원들의 비애, 몇몇 손님과의 위기—대체로 평화로운 일이었다.

졸업 후에 나는 내가 읽는 법은 배웠지만 쓰는 법은 배우지 못했음을 깨달았다. 그것은 판매 및 서비스 직종 말고는 돈 벌 방법을 모른다는 말과 같았다. 그 시절에는 논픽션이 창작으로 여겨지지 않았고 글쓰기 강좌에서 가르치지도 않았기 때문에, 그나마 비슷해 보이고 학비를 부담할 수 있는 유일한 과정이었던 캘리포니아 대학 버클리 캠퍼스의 저널리즘 대학원에 지원했다. 그리고 합격했다. 지원 시 제출한 작문은 태평스러우리만치 우스운 (그러나 수고롭게 타자기로 친) 글이었는데, 열여덟살인가 열아홉살 때 펑크록 클럽에서 만난 여자들 이야기였다.

그때 여자들은 내게 영화 오디션을 보러 오라고 권했다. 가봤더니, 감독을 맡을 거라는 웬 사지마비 남자와 그 여자들이 이전에 10대 여자아이 하나를 성적으로 길들여서 남자에게 복종하도록 만들었던 일을 재현하려는 시도였다. 다시 그렇게 하되 이번에는 카메라로 찍고 싶었던 것이다. 나를 대상으로 하여. 여자들은 남자와의 섹스가 계약 조건이라고 말했다. 남자도 거든답시고, 의사소통판에 포인터로 "찌찌를 보여줘"라고 적어 보였다. 그들은 물론 예속과 복종을 마치 해방인 양 묘사했다.

생명 없는 조각상이었던 여성이 살아 있는 여자로 변한다는 내용의 피그말리온 신화는 사실 그 반대 방향으로 훨씬 더 자주 벌어진다. 온전히 살아 있고 깨어 있고 혼자서도 거뜬히 헤쳐나갈 수 있는 여자 앞에 자꾸 그를 그보다 못한 존재로 축소시키려는 사람들이 나타나는 것이다. 그런 사람들을 만났던 경험을 글로 씀으로써, 나는 내게 생각하고 판단하고 말하고 결정할 능력이 있다는 사실을 확인했는지도 모르겠다. 이런 능력 덕분에 내가 나 자신을 만들어나갈 수 있으리라는 사실도. 대학원에 진학하는 것은 그런 능력을 더 키우기 위해서였다.

스물한살 생일로부터 몇달 후에 다니게 된 학교에서 나는 좀 이질적인 존재였다. 다른 학생들의 꿈은 대체로 대학원 과정이 학생들에게 바라는 것, 즉 『뉴욕 타임스』 1면을 성배로 여기는 탐사 보도 기자인 듯했다. 그들은 나보다 정치를 잘 알았고, 나이가 많았고, 여전히 중고품 매장에서 건진 펑크록풍 검은 옷을 걸치고 아이라이너를 두껍게 칠해 눈에 띄던 나와 달리 의식적으로 절제된 차림을 했다. 나는 문화에 대해 쓰는 작가, 에세이스트가 되고 싶었다. 하지만 내가 무엇이 되고 싶지 않은지는 확실했던 데 비해 무엇이 되고 싶은지는 확실하지 않았다. 훗날 내 모습은 그때 이런 작가가 되고 싶다고 생각했던 모습과 썩 비슷했지만, 그 시절에는 아직 그 방향으로 본보기나 사례가 될 만한 작가를 많이 알지 못했다. 폴린 케일Pauline Kael, 조지 오웰George Orwell, 수전 손택Susan Sontag, 호르헤 루이스 보르헤스 같은 이들의 글이 마음에 들고 흥미롭다고 느낀 게 다였다.

대학원에서 나는 엄청나게 귀중한 것을 배웠다. 기지를 총동원하여 정보를 찾는 법, 마감을 엄격하게 지키는 법, 이야기를 구성하고 사실을 확인하는 법을 배웠다. 언어를 엄밀하게 써야 하고, 데이터를 정확하게 써야 하고, 독자와 주제와 내가 중요하게 여기는 역사적 사실에 대해 일종의 책임감을 느껴야 한다는 각오를 새겼다.

대학원 첫 학기가 시작되기 전, 캐스트로의 호텔이 팔렸다. 새 주인은 나를 자르지 않겠다고 약속해놓고 잘랐다. 절박해진 나는 개업한 지 얼마 되지 않은 이탈리아 식당에서 용케 웨이트리스 일을 얻었다. 하지만 와인 코르크를 볼썽사납게 낑낑거리지 않고 뽑는 능력이 없었던 탓에 잘되지 않았다. 만약 내가 판매와 서비스 직에 그렇게까지 서투르지 않았다면, 아마 이후 내 운명은 더 나빴을 것이다. 나는 캘리포니아 버클리 대학의 근로 학생 사무실을 찾아가서 어려운 처지를 밝혔다. 그들이 조율하고 자금을 일부 대어 학생들에게 제공하는 일자리에 지원할 기회를 얻었다. 나는 시에라 클럽과 샌프란시스코 현대미술관에 지원했고, 양쪽 모두로부터 오라는 답을 들었다. 이유는 기억나지 않지만 내가 선택한 쪽은 미술관이었다. 두 기관과는 지금까지도 가끔 함께 일한다.

연구/컬렉션 부서에서 일하던 진주와 펌프스 차림의 우아한 여자들이 나를 채용한 것은 돌이켜 생각해도 놀라운 일이다. 나는 중고품 매장에서 산 헐렁한 남성용 양복을 입고, 흘러내리는 바지춤을 카우보이 벨트로 추어올리고, 머리 양옆을 짧게 치고 가운데만 풍성하게 띄운 로커빌리 헤어스타일을 새로 한 채로 면접을 보러 갔다. (긴 머리카락을 자르면 강하고 중성적인 분위기가 날 줄 알았지만, 그렇기는커녕 자체의 무게를 던 머리카락은 곱슬곱슬 말려버렸다. 강인함은 내가 열망할 뿐 달성할 수 없는 이상이었다. 최소한 미적으로는 그랬다.)

그 여자들은 내게서 뭔가 가능성을 보았던 것 같다. 기계적인 서류 관리 작업에서 진지한 연구 작업으로 금세 승격시켜주었기 때문이다. 이후 2년 동안 나는 화요일과 목요일마다 그곳으로 출근했다. 대학원 첫 학년과 둘째 학년 사이의 여름에는 풀타임으로 일했다. 그것은 내가 평생 해본 일 중 최고의 일이었다. 미국에서 두번째로 설립된 현대미술관인 샌프란시스코 현대미술관은 개관 50주년인 1985년에 맞추어 미술관의 영구 소장품 중 대표작을 모은 카탈로그를 펴낼 계획이었고, 내 일은 그 제작을 거드는 것이었다. 나로서는 처음 책을 만들게 된 셈이었다. 나는 주요 작품들을 조사하게 되었다. 근현대 미술 공부의 시작이었다.

나는 앙리 마티스Henri Matisse, 마르셀 뒤샹Marcel Duchamp, 호안 미로Joan Miró, 앙드레 드랭André Derain, 루피노 타마요Rufino Tamayo의 작품을 다뤘다(남성이 아닌 작가의 작품은 다룬 적 없었던 것 같지만, 샌프란시스코의 미술사학자 휘트니 채드윅Whitney Chadwick이 여성 초현실주의자들의 평판을 되살리고 프리다 칼로Frida Kahlo가 문화 아이콘으로 떠오르던 당시의 흐름에 나 또한 신이 났었다). 작품 각각에 대해서 보고서를 작성해야 했다. 판매 및 소유 이력, 전시 이력, 해당 작품을 만들던 시기에 작가의 삶과 작업이 어떠했는가에 관한 약간의 정보, 관련된 다른 작품들에 대한 배경 자료 등등. 두해 동안 작품 보관실과 서류 보관실과 서고를 들락거렸고, 커다란 전동 타자기로 정보를 타이핑했고, 학자들과 편지를 주고받았고, 작품 수십점의 약력을 확인했고, 그럼으로써 미술사를 더 넓고 깊게 배웠다.

작품 라벨과 뒷면에 적힌 기록을 문서로 정리할 때는 작품을 실제로 봐야 했다. 하루는 마르셀 뒤샹의 「여행 가방 속 상자」La Boîte-en-Valise를 기록하려고 지하실로 내려갔다. 뒤샹이 자신의 대표작들을 미니어처로 제작한 뒤 그것들을 작은 여행 가방에 담은 작품이었다. 나는 남들이 탐낼 만한 짧은 대면의 순간을 가졌으나—당시 내 남자친구는 뒤샹을 아주 좋아했다—그 기쁨은 모든 작품에게는 그것을 둘러싼 배경이 있다는 사실, 하지만 도둑질당한 작품들은 그 바깥에 놓인다는 사실, 영원히 침묵해야 한다는 사실, 작품을 배태했던 대화에 다시는 끼어들 수 없다는 사실을 안 순간 흐릿해졌다. 지하 창고에서 배운 교훈이 또 있었다. 그곳에는 아마 두번 다시 사람들 앞에 전시되지 않을 작품들도 있었다. 회화이든 다른 형식이든 제 시대에는 중요한 작품으로 여겨졌지만 이후 역사에서 지워지거나 아예 역사에 쓰이지 못한 작품, 별난 유행과 잊힌 영웅, 광채를 잃은 운동, 미술사의 공식 경로에서 이탈한 샛길. 그곳은 고아들과 추방자들이 갇힌 창문 없는 방이었다.

건물 안쪽의 괴괴한 서류 보관실에서도 많은 시간을 보냈다. 지금은 잊혔지만 탁월한 초대 관장이었던 그레이스 매캔 몰리Grace McCann Morley의 시절에 작성된 문서가 잔뜩 보관된 방이었다. 바로 그곳에서 나는 아카이브라는 것에 반했고, 조각난 기록으로부터 역사를 조립해내는 일에 반했다. 나는 마티스가 몰리에게 보냈던 편지에 그림이 그려져 있는 것을 발견하여 그것을 서신 파일에서 작품 컬렉션으로 이동시켰다. 마치 여행자처럼 작품들의 역사 속을 거닐면서 그것들을 둘러싼 세계를 익혔고, 주요 지형지물처럼 나중에 언제든 돌아갈 수 있는 작품들을 알게 되었다. 독일 표현주의자 프란츠 마르크Franz Marc의 그림을 조사할 때였다. 산을 그린 풍경화로, 그가 파리에서 입체파라는 최신 사조를 목격하고 온 뒤 대대적으로 손질한 작품이었다. 나는 밑에 깔린 옛 그림을 보기 위해서 엑스선 촬영을 의뢰했고, 그로부터 작품의 제목을 바꿀 만한 정보를 얻었다. 이 사소한 사건 하나뿐일지언정 미술사를 기록하는 일에 작게나마 기여한다니 짜릿했다.

몰리의 후임 관장은 모두 남자였다. 하지만 그보다 몇 직급 아래에서는 여자들이 모든 일을 다 하는 듯했다. 나는 서고에 딸린 작은 방에서 일하는 어느 고상한 여성에게 배우며 일했다. 희끗한 머리카락과 걸걸한 목소리에 늘 쌩쌩한 미술관의 터줏대감 사서 유지니 캉도Eugenie Candau에게 조언을 구하고자 그의 사무실을 찾기도 했고, 그럴 때 가끔 쓰레기통에서 그가 버린 전시회 엽서를 슬쩍 집어 오기도 했다. 나는 그토록 이미지에 굶주려 있었다. 그곳에서의 일은 샌프란시스코만 건너편의 대학에서 하던 공부에 못지않게 가치 있고 내게 큰 영향을 미친 제2의 공부였다.

그러던 어느 날이었다. 로스앤젤레스 화가 월리스 버먼Wallace Berman의 작품을 보고 홀딱 반했다. 사각 격자의 칸칸마다 트랜지스터 라디오를 든 손이 하나씩 그려져 있고 각각의 라디오 스피커에서 서로 다른 이미지가 튀어나온 모습이 그려진 그림이었다. 그것은 팝 컬처에 관한 작품이자, 드문드문 히브리어 문자 몇개가 흩어져 있는 데에서 알 수 있듯이 신비주의에 관한 작품이었다. 나는 순진하게도 그 비범한 작가를 다룬 책이 당연히 있으리라고 생각하여 찾아보았다. 하지만 당시에는 버먼의 작품 세계를 조망한 얇은 전시 도록이 한권 있을 뿐 책은 한권도 없었다. 바로 내가 몇년 뒤에 그 책을 내 나름대로 쓰게 될 것이라는 사실을 그때는 알지 못했다. 나는 논문 주제로 버먼을 선택했다. 저널리즘 전공자가 뉴스와 그렇게나 먼 주제로 논문을 쓰는 것이 통상적이지 않던 시절이었다. 버먼은 유일하게 응한 인터뷰였다고 알려진 인터뷰의 녹음 자료를 없애버린 뒤 1976년에 이미 죽었기에, 나는 남은 기록과 그가 어울렸던 예술가 친구들과의 인터뷰로 많은 부분을 재구성해야 했다. 내가 우연히 미술관에서 일하게 되었고 그 덕분에 그 이미지를 보게 되었고 그 덕분에 그 논문을 쓰게 되었다는 우연의 연쇄를 떠올리면, 그 시절에 와인병을 잘 딸 줄 몰랐던 것이 고맙게 느껴진다.

5.

논문을 쓰고자 시티라이트 서점에서 책을 뒤적이고 비트족 시인들을 조사하고 그중 몇명과 인터뷰까지 했으면서도, 나처럼 샌프란시스코에 사는 다이앤 디프리마Diane di Prima의 시는 그때 알지 못했다.● "세계관 없이는 한줄도 쓸 수 없다"라는 선언도 마찬가지였다. 사람들은 글쓰기를 한번에 한편씩 무언가를 지어내는 작업으로 여기곤 한다. 하지만 글은 그것을 쓰는 사람으로부터, 그가 중요하게 여기는 것으로부터, 그의 진정한 목소리로부터 나오는 법이다. 거짓된 목소리와 틀린 말을 버려야 하는 법이다. 따라서 어떤 글을 쓰는 작업에는 그보다 더 큰 작업, 즉 먼저 자신이 쓰려는 그 글을 쓸 수 있는 사람이 되는 작업이 선행된다.

그리하여, 글쓰기는 우리가 살면서 누구나 겪기 마련인 과정을 형식화한다. 목소리를 낼 자아를 만들어가는 과정, 어떤 가치와 관심사와 우선순위가 자기 앞날과 자아를 형성하도록 만들지 결정하는 과정이다. 글을 쓰려면 내가 어떤 말투를 취할지, 어떤 표현을 쓸지, 재밌게 쓸지 심각하게 쓸지 둘 다 할지 등등을 정해야 한다. 결과가 의도와 달리 나올 때도 많다. 막상 쓰고 보니 자신이 애초 의도와는 다른 말을 다른 방식으로 하는 사람임이 드러나는 것이다(한 작가의 '목소리'라고 불리는 것은 처음에 작가 자신도 잘 모르는 다른 사람, 그의 예상과는 다른 관심사와 말투를 가지고서 그를 찾아온 사람처럼 느껴진다). 글 쓰는 사람은 자신이 세상을 묘사하는 방식에 암묵적으로든 명시적으로든 어떤 윤리가 담겼는지, 자신이 추구하는 아름다움의 이상이 무엇인지를, 자신의 주제가 무엇인지, 달리 말해 자신이 무엇을 중요하게 여기는지 발견하게 된다. 흔히 문체니 목소리니 어조니 하고 불리는 것을 발견하게

• 디프리마는 2020년 10월 25일 샌프란시스코에서 죽었다.

된다. 그리고 그 모든 것의 이면에 자아의 문제가 있다.

앞에서 말한 디프리마의 선언이 담긴 유명한 시 「장광설」Rant을 다시 찾아 읽어보니, 저 시구로부터 좀더 내려가서 이런 대목이 나온다.

> 정신적 싸움에서 벗어날 방법은 없다
> 편들지 않을 방법은 없다
> 시poetics를 갖지 **않을** 방법은 없다
> 당신이 무슨 일을 하든: 배관공이든, 제빵사이든, 선생이든
>
> 당신은 그 일을 의식적으로 당신의 세계를 만들고자
> 혹은 만들지 않고자 하는 것이다

그 시절에 내가 여러 사람에게 말할 때, 종종 친구 하나에게 말할 때도 썼던 목소리는 수백 킬로그램의 갑옷을 걸친 목소리, 감정이라면 그 어떤 감정도 직접적으로 말할 줄 모르는 목소리였다. 나는 감정을 거의 느끼지 않거나 수많은 필터를 거쳐서 느꼈기 때문에, 내가 어떤 감정에 휘둘리는지조차 거의 알지 못했다. 하지만 그 목소리, 그것은 내가 자라면서 익히 접하고 모방하려고 애쓰고 그러다 쓰게 된 목소리였다. 그것은 영리하고 쿨하고 날카롭고 유쾌하려고 애쓰는 목소리, 화살을 정확히 쏘고 날아오는 화살을 잘

피하고 설령 맞더라도 맞지 않은 척하는 목소리였다. 그 목소리는 농담과 재담에 의존했는데, 그런 농담과 재담은 종종 잔인했다. 그 게임에서는 농담과 같은 가벼운 타격에 다치거나 속상해하는 사람을 유머든 힘이든 좌우간 어떤 바람직한 자질이 부족한 것이라고 여겼기 때문이다. 나는 내가 하는 짓을 알지 못했다. 다른 방법이 있음을 몰랐기 때문이다. 그렇다고 해서 내 목소리가 이따금 비열했다는 사실까지 부인할 수는 없다. (훗날 비평을 쓸 때 신랄하게 조롱하는 방식이야말로 가장 쉽고 재미난 방식임을 깨달았지만, 남들이 상찬하는 성공작에 대해서만 그렇게 쓰려고 했다.)

내 목소리에는 다른 종류의 유머도 있었다. 유머라기보다 묵직한 위트였다고 해야 할지도 모르겠다. 그것은 비비 꼬인 목소리, 인용과 말장난과 관용구의 변주로 가득한 목소리, 실제 사건과 내 느낌을 에둘러서, 아주 멀리 에둘러서 말하는 목소리였다. 발언은 간접적이고 참조적일수록 좋다는 듯이, 내가 직접 진실히 느낀 반응으로부터 멀어질수록 좋다는 듯이 말하는 목소리였다. 영리함에는 한계가 있다는 사실, 몰인정한 태도는 상대뿐 아니라 말하는 나 자신의 가능성도 해친다는 사실, 진심을 있는 그대로 말하는 것은 용기 있는 일이라는 사실을 알게 되는 것은 그로부터 긴 시간이 흐른 뒤였다. 그 시절의 내 목소리는 아이러니를 많이 이용했고, 본심과 반대되는 것을 말하는 방식을 썼다. 그 목소리로 누군가에게 한 말은 사실 남들에게 인상을 남기고 싶어서 한 말일 때가 많았다. 내 진짜 생각과 느낌을 잘 모르면서 말할 때가 많았다. 그저 게임의 규칙에 따라 내가 둘 수가 결정되는 것뿐이었다. 그것은 엄격하게 구속되고 매몰찬 목소리였다.

그런 목소리는 타인과의 대화에서만이 아니라 자기 머릿속에서도 쓰인다. 그런 목소리는 내가 아프다고, 내가 슬프다고 말하는 법이 없다. 대신 상대가 얼마나 끔찍한 인간인가에 대해서 한없이 주절주절 화내고, 그렇게 켜켜이 쌓은 노여움 밑에 자신의 상처나 두려움을 묻는다. 그러다보면 결국 자신이 어떤 사람인지 혹은 어떤 상황인지 모르게 된다. 불 난 데 부채질하는 이야기를 반복해서 들려주는 사람이 다름 아닌 자신이라는 사실도 모르게 된다. 게다가 보통은 타인도 모르게 된다. 타인은 그저 나를 침해하는 존재라고만 알 뿐이다. 이것은 내면을 향해서도 외부를 향해서도 상상력을 발휘하지 못하는 상태다.

하지만 이런 이야기는 아직 내 안에만 있었다. 그때는 내가 쓰고자 하는 이야기도, 그것을 쓸 사람도 태어나지 않은 상태였다. 내가 누구를 존경하는지는 알았지만 내가 누구인지는 몰랐다. 세계관 없이는 한줄도 쓸 수 없다. 나는 아직 해야 할 일이 무척 많았고, 그 일들을 천천히 단계적으로 해나갔다. 지금까지 나는 서로 다른 여러명의 작가였고, 내가 써온 책과 글은 그 노정에 놓인 거리표 혹은 뒤에 남겨둔 허물이었다. 저널리즘 대학원에서는 스트레이트 기사를 쓰는 법을 배웠다. 그때 내 첫 교수는 내가 저널리즘적 객관성의 정수나 다름없는 건조한 문장을 쓸 줄 모른다며 화냈다. 하지만 그때부터도 나는 그런 문장이 남성적인 목소리로만 느껴졌다. 굳이 애쓰면 내 사적인 견해는 뺄 수 있었지만, 형용사는 도무지 뺄 수 없었다.

　　그 시절에도 이미 오래된 텔레비전 쇼였던 「드래그넷」Dragnet은 하드보일드풍의 남자 목소리가 다음 문장을 건조하게 말하는 것으로 매회를 열었다. "여러분이 지금부터 보실 이야기는 사실입니다. 다만 무고한 사람들을 보호하기 위해서 인물들의 이름은 바꾸었습니다." 꼭 어니스트 헤밍웨이Ernest Hemingway가 쓴 듯한 문장이었다. 그리고 내가 대학에서 처음 들었던 영문학 수업의 교수는 헤밍웨이의 꾸미지 않은, 간결한, 무뚝뚝한 문장이야말로 좋은 글의 최고봉이라고 주장했다. 공교롭게도 주로 남성성에 대해서 말했던 언어, 말에 인색하고 침묵으로 채워져 있던 그의 언어. 그것은 많은 것을 단속하는 언어였고, 내 가족이 즐겨 취한 반어적 태도와 마찬가지로 많은 것을 말하지 않고 놓아두는 언어였다. 사람들이 저널리스트라면 으레 취해야 한다고 말하는 어투가 내게는 그런 어투로 들렸다. 저널리스트에게도 자신보다 더 풍부하게 표현하고 감정을 드러내는 사람들의 말을 인용하는 것은 허락되었지만 말이다.

　　나도 주제가 단순 명료한 문장을 요구할 때는 단순 명료하게 쓸 줄 아는 언어를 갖고 싶었다. 하지만 때로는 명료하기 위해서 복잡성이 필요하다. 나는 때로 더는 줄일 수 없는 표현이 있다고 믿고, 어떤 심상을 일으키거나 환기하는 언어가 있다고 믿는다. 쭉 뻗은 고속도로 같은 문장보다 고불고불 오솔길 같은 문장이 좋다.

이따금 경치를 감상하려고 둘러 가거나 잠시 멈춰서 주변을 둘러보는 길 같은 문장이 좋다. 오솔길은 포장도로가 가로지를 수 없는 가파르고 굴곡진 지형도 누빌 수 있다. 가끔은 탈선으로 불리는 경로를 택해야만 배에서 떨어진 사람을 건져낼 수 있는 법이다. 나는 영어라는 언어가 다양한 음악을 연주할 수 있는 악기가 되기를 바랐다. 글이 풍요하고 미묘하고 환기적이기를 바랐고, 사실과 견고한 사물만이 아니라 안개와 분위기와 희망까지 묘사하기를 바랐다. 온 세상이 패턴과 통찰과 유사성으로 연결되어 있음을 보여주는 지도를 그리고 싶었다. 세상이 부서지기 전에 존재했으나 지금은 사라진 패턴들을 발굴해내고 싶었고, 그 부서진 조각들로부터 만들어낼 수 있는 새로운 패턴들을 알아내고 싶었다.

변두리의

쓸모

1.

그 글은 지금은 누레진 커다란 갱지에 연필로 쓰여 있다. 글쓰기를 배우기 시작한 아이들을 위해서 아래쪽 절반에 넓게 줄이 그어진 용지다. 내 최초의 글이 분명한 그것은 내가 1학년 때 쓴 것이다. 전체를 옮기면 이렇다. "나는 크면 절대로 결혼하지 않을 거다." 위에는 빨간 셔츠를 입고 동그란 머리통 뒤로 검은 머리카락이 후광처럼 둘러진 남자와 노란 머리카락에 주름 단이 달린 보라색 치마를 입은 여자가 그려져 있다. 남자가 말풍선으로 말한다. "나랑 결혼합시다." 여자가 말한다. "싫어요, 싫어요."

코믹하면서도 무서운 그 작품은 내가 어머니의 인생을 지켜보면서 장래에 어떤 사람이 되든 어머니처럼 살진 않겠다고 생각했음을 보여주는 증거다. 내가 보기에 어머니는 자신이 폭력적이고 비참한 결혼 생활에 무력하게 갇혀 있다고 느끼는 게 분명했다. 나는 피해자와 가해자가 낳은 자식이었다. 당시에는 아무도 노골적으로 말할 수 없던 이야기의 자식이었다. 그 시절에 여자아이나 젊은 여자를 위한 통속적인 이야기들은 대부분 결혼으로 끝을 맺었다. 여자들은 결혼 속으로 사라졌다. 끝. 그 뒤에는 과연 무슨 일이 벌어졌을까? 여자들은 어떻게 되었을까? 동화 「푸른수염 이야기」Bluebeard는 한 여자가 남편인 푸른수염의 명령을 어기고 절대 손대지 말라고 한 열쇠로 비밀의 방을 열어보고는 그곳이 고문실이고 그 속에 남편의 전 부인들의 시체가 쌓여 있다는 사실을 알아내는 이야기, 그럼으로써 자신이 연속 살인마와 결혼했다는 사실을 알아내는 이야기다. 여자가 사실을 안다는 걸 안 푸른수염은 살기가 더 등등해진다. 하지만 결국 여자는 살고 남자는 죽는데, 그 점에서 이 동화는 색다르다.

여자들에게 주어진 가장 기본적인 이야기를 거부한 뒤 나는 이내 이야기를 다루는 사람이 되어야겠다는 마음을 먹었다. 읽고 쓸 줄 알게 된 해에 매일 책에 파묻혀 사는 사람이라는 이유로 사서가 되고 싶어했던 시기가 잠시 있었지만, 곧 그 책들을 누군가가 썼다는 사실을 깨닫고 내가 하고 싶은 일이 바로 그거라고 정했던 것이다. 어려서부터 인생 목표를 굳게 정한 탓에 삶이 단순해졌지만, 글쓰기 자체는 결코 단순한 일이 아니다. 작가가 된다는 것은 우리가 누구나 살면서 접하는 과제를 형식화한 일이라고 할 수 있다. 세상의 지배적인 이야기가 무엇인지 알아내는 일, 그 이야기가 자신에게 도움이 되는지 알아내는 일, 만약 그렇지 않다면 어떻게 해야 자신의 존재와 가치를 담아낼 여지가 있는 이야기를 새로 쓸 수 있는지 알아내는 일이다.

　하지만 쓰기에는 한계가 있다. 우리가 글을 한편 쓸 때마다 쓰지 않는 글이 더 많이 있고, 우리가 무언가를 글로 털어놓을 때마다 그보다 더 많은 것이 비밀로 혹은 설명할 수 없는 것으로 혹은 기억되지 않는 것으로 남아 있다. 글을 쓰는 의도가 무엇이든 심지어 주제가 무엇이든, 우리는 자신이 겪은 혼란스럽고 유동적인 경험 중 일부만을 선별하여 종이 위에 모아들일 수 있을 뿐이다. 글쓰기는 대리석 덩어리를 깎아내는 것이 아니다. 거친 강물에서 겨우 몇줌의 부유물을 건져내는 일이다. 그 찌꺼기를 어떻게 잘 늘어놓아볼 수는 있겠지만, 강 전체를 쓴다는 건 불가능하다. 그러므로 내 앞에 살았던 사람들의 이야기도 누락된 것이 많지만, 그래도 이제 나는 내 조부모들이 내 부모에게 물려준 상처가 부모에게 큰 영향을 미쳤음을 알고, 우리가 공적으로 물려받은 역사가 우리의 사적인 삶에도 여러 방식으로 영향을 미쳤음을 안다. 나는 이제 우리 집안의 다섯 세대를 목격할 만큼 오래 살았다. 내 앞의 두 세대에게 벌어졌던 역사의 무게가—굶주림, 집단 학살, 가난, 참혹한 이민 과정, 차별, 여성혐오가—내 뒤의 두 세대에게도 여태 영향을 미친다는 걸 목격했다. 죽지 않고 살아남은 여자가 내게 준 작은 책상에서 나는 부모의 부고를 썼고, 그들이 세상을 뜬 뒤 내게 찾아온 평화를 누리며 살아왔다. 내가 유년기의 혹독함에 대하여 쓸 마음이 없는 것은 그 이야기라면 지금까지 많은 이가 누누이 곱씹어왔지만 유년기 이후에 찾아오는 혹독함에 관해서는 아직 그러지 않았기 때문이다.

간간이 곁가지를 내거나 몇갈래로 갈라지며 여러 방향으로 나아가는 과정을 묘사할 때 실처럼 풀어진다고 말하는 것은 틀린 표현이다. 하지만 여러가닥의 섬유가 꼬여서 하나의 실오라기를 이루는 점을 고려할 때 한 실오라기를 따라간다는 것은 그것을 풀어 헤쳐보거나 그것을 이룬 여러가닥들을 구별해보는 일이라고 말할 수 있을 테고, 그런 의미에서는 실의 비유를 써도 좋을 것이다. 예를 들어 내게는 이런 경험이 있다. 대학원을 졸업한 뒤, 작은 미술 잡지에 편집 조수로 취직했다가 곧 편집자가 되었다. 말은 편집자였지만 실제 하는 일을 보면 거의 편집장이었다. 그곳에서 많은 것을 배웠다. 교정의 규칙, 나보다 나이가 많은 사람에게 일을 지시하는 법, 간행물을 만드는 법, 그리고 현대미술 특히 캘리포니아 미술에 대해서 배웠다. 부고, 리뷰, 가끔은 특집 기사, 몇편의 심층 취재 기사, 수많은 지면 때우기용 기사를 썼다. 월요일마다 들어오는 십여편의 글, 대체로 최악이었던 글들을 발행인과 함께 편집하여 목요일 오후에 인쇄기에 걸 수 있도록 만들었다. 오클랜드 시내에 있었던, 직원 전원이 여성인 그 사무실에서 나는 버클리 졸업 후 3년 반을 일했다. 그곳은 반복되는 일정대로 돌아가는 차분한 안식처였다. 잡지 자체는 썩 훌륭하다고 할 수 없었지만, 그곳에서 나는 귀중한 것을 배웠다.

작가가 되는 과정에서 시각예술의 영역을 거쳐왔다는 사실은 내가 한없이 고맙게 여기는 일이다. 당시 시각예술의 창작자들은 근원에 다다를 만큼 깊고 사방팔방으로 뻗는 질문들을 던졌다. 거의 모든 것이 시각예술이 될 수 있었는데, 그것은 곧 예술가들이 모든 가정을 의심할 수 있고 모든 문제를 탐색할 수 있고 모든 상황에 관여할 수 있다는 뜻이었다. 다른 수단으로 행하는 철학적 탐구. 나는 시각예술을 그렇게 이해하게 되었다. 나는 몇몇 예술가의 작업에 관심을 쏟고, 다른 예술가들과 대화하고, 또다른 예술가들과 협업하고, 그 세계에서 자주 언급되는 참고문헌을 뒤지면서 배웠다. 프랑스 철학, 페미니즘, 포스트모더니즘 등등의 난해한 텍스트에서 유용한 아이디어들을 수집했다.

대학원 졸업 후 두어해가 지나고 아직 그 잡지에서 일하고 있었을 때, 하루는 사진가 린다 코너Linda Connor의 슬라이드 강연을 들으러 갔다. 강연 주제는 풍경과 젠더였다. 코너는 자신이 그동안 남자가 높은 곳에서 오줌을 갈기거나 골프공을 날리는 모습이 담긴 웃긴 그림들을 모아왔다고 말하고, 그 그림들뿐 아니라 더 진지한 현대 사진 작품들도 근거로 삼아서, 남자는 공간을 찍지만 여자는 장소를 찍는다는 주장을 펼쳤다. 재미있고, 팔팔하고, 우리가 장소를 재현하는 방식과 장소에게 품는 선입관에 대해서 많은 생각이 들게 하는 강연이었다. 코너가 그때 세상을 그토록 똑떨어지게 분류했던 것에 대해서 지금은 그도 나도 동의할 것 같지 않지만, 아무튼 그때 그는 잠긴 문의 열쇠를 쥔 사람처럼 보였다. 나는 그 문을 열고 들어가고 싶었다.

코너를 더 알고 싶어서 그에 관한 기사를 두어편 기획했다. 나보다 열여섯살 연상인 코너는 그때 한창 전성기였다. 그는 큼직한 후광처럼 보이는 곱슬머리와 많은 친구, 전세계를 다니면서 모은 희한한 물건이 가득한 집을 갖고 있었다. 또 한자리에서 마흔명이 먹을 음식을 뚝딱 만들어내거나 8×10인치 원판의 대형 포맷 카메라를 들고 사막이며 산이며 쏘다니는 일을 수월하게 해냈다. 그의 흑백 사진은 감도가 낮은 구식 인화지를 쓴 것이었는데, 그 위에 원판을 얹어서 햇빛으로 현상되도록 뒷마당에 몇시간 널어두는 모습은 빨래 널기나 다름없는 살림 행위로 보였다.

코너에 대한 기사를 마감할 날이 다가오는데, 마침 그가 여행 중이었다. 나는 그에게 차로 뉴멕시코까지 가는 길에 동행하여 그동안 이야기를 나눌 수 있겠느냐고 청했다. 그 여행은 자동차 여행 방법을 배우는 개인 교습이나 마찬가지였다. 훌륭한 선생님이었던 코너는 괜찮은 식당과 캠핑장과 모텔을 알려주었고, 언제 길을 돌아가야 좋고 언제 내처 달려야 좋은지를 알려주었다. 그렇게 해서 8월 초 어느 날 오후에 우리가 도착한 곳은 샌타페이 시내의 유서 깊고 위풍당당한 건물에 위치한 라폰다 호텔이었다. 코너는 그곳에서 메리델 루벤스타인Meridel Rubenstein과―역시 풍경 사진가인 그는 내가 이름 정도만 아는 사람이었다―그 남편인 화가 제리 웨스트Jerry West를 만나기로 약속되어 있었다. 그러니까 우리가 많은 것을 지나치면서 먼 거리를 쏜살같이 달려온 것은 그 벌집 모양 호텔의 그늘진 방에 놓인 탁자라는 표적을 맞히기 위해서였다. 그 자리에는 메리델의 조수였던 캐서린 해리스Catherine Harris도 앉아 있었다. 우리는 마르가리타를 주문했다. 메리델과 제리 부부는 시 외곽 초원에 있는 자기네 집에서 묵으라고 나를 초대했다. 제리의 부모가 대공황기에 이주하여 정착한 땅에 제리가 지은 집이었다.

그리고 나는 캐서린과—가무잡잡하고 아름답고 젊은 예술가로, 그날은 흰색 민소매 점프슈트를 입고 있어서 황갈색 어깨가 돋보였다—대화를 나누기 시작했다. 우리는 친구가 되었다. 이후 몇년 동안은 아마 제일 친한 친구였을 것이다. 그러다 사이가 멀어졌는데, 그렇게 몇년이 흐른 뒤에 내가 문득 꿈에서 그를 본 그날 아침에 길에서 그를 마주쳤다. 그가 샌프란시스코로 이사 와서 살고 있었던 것이다. 우리는 전화번호를 주고받고 인연을 다시 이어갔다. 그런데도 우리가 그동안 나눈 수많은 대화 중 어느 하나도, 심지어 바로 지난여름에 캐서린이 남편과 두 아이와 개 몇마리와 함께 사는 앨버커키의 집에서 나누었던 긴 대화조차도 그럴싸하게 재구성할 줄을 모르겠으니, 제대로 된 회고록 작가가 되기는 글렀다.

아무튼 우리의 대화는 분석적이었고, 고백적이었고, 보통 배를 잡고 웃는 웃음이 중간중간 끼어들었다. 각자 습득해온 단편적 지식들, 즉 온갖 아이디어며 본보기며 범주를 꺼내어 시험 삼아 우리 몸에 걸쳐봄으로써 그것이 각자 시급히 풀어야 할 개인적 문제에 도움이 되는지 알아보는 대화였다. 한번은 우리 어머니들이 대자연과는 전혀 닮지 않았다는 이야기를 나누다가—두분 다 깐깐하고, 불안정하고, 인체의 냄새와 분비물을 혐오하는 분이었다—당시에 유행하던 '어머니 대지' 풍의 에코페미니즘을 기각하면서 깔깔 웃었다. 둘 다 청춘이었으니 물론 좋아하거나 사귀거나 헤어진 남자애들에 대해서도 이야기했다. 하지만 그 대화에도 책, 정치, 아이디어, 프로젝트, 계획 이야기가 섞였다.

캐서린을 처음 만난 날로부터 하루인가 이틀 뒤, 메리델과 제리 부부의 집 뜰에서 아침을 먹을 때였다. 젖어서 엉킨 머리카락을 푸는 나를 보면서, 캐서린이 이틀 전에 푸에블로족의 옥수수 춤 축제에 갔다가 머리카락을 긴 치마 밑단에 닿을 만큼 길게 늘어뜨린 여자들을 보았다고 말해주었다. 또 이런 이야기를 들려주었다. 그가 원주민 학교 학생들의 사진을 찍은 적이 있었는데, 그때 한 여자아이로부터 전에 길게 땋은 머리카락을 잘랐던 이야기를 들었다는 거였다. 아이의 이야기는 나중에 내가 쓴 어느 에세이에 포함되었다. 캐서린에 따르면, 아이는 "집에 가기가 부끄러웠다. 결국 갔더니, 할아버지가 살짝 나무라면서 머리카락에는 사람의 모든 생각과 기억이 간직되어 있다고 말했다."

내가 그때까지 써서 발표한 글은 전부 기사나 리뷰였다. 하지만 그즈음에는 좀더 사적이고 서정적인 글을 써보려고 하고 있었다. 직선적이거나 논리적인 방식이 아니라 직관적이고 연상적인 방식으로 떠오른 관계성들과 궤적에 따라 구성되는 글을. 전에 썼던 글들은 짧고 밀도가 높았던 데 비해, 머리카락의 힘에 대해서 쓴 에세이는 이야기 여러개가 얽힌 덤불이었다. 캐서린에게 들은 일화는 에세이의 결말을 맺는 이야기였다. 캐서린은 그 이야기를 들려준 뒤에 내 사진도 찍어주었다. 채 완성되지 않았던 제리의 집은 벽에 어도비 점토가 잘 들러붙도록 콘크리트를 거칠게 긁어둔 곳이 몇군데 있었다. 허리까지 오는 머리카락을 늘어뜨린 내가 그 벽 앞에 앉아서 고개를 뒤로 돌려 캐서린을 바라보는 모습이 사진에 담겼다.

우리는 처음에는 편지로 나중에는 이메일로 연락했고, 갖가지 모험에 함께 나섰다. 샌타페이와 샌프란시스코를 운전하여 오갔고, 어떤 프로젝트는 공동으로 하기도 하면서 서로를 응원했다. 그동안 캐서린은 어엿한 예술가로 성장했다가 경관 설계자가 되었고, 나는 계속 글을 썼다. 그러니까 나는 별생각 없이 발 닿는 대로 들어갔던 린다의 강연에서 장소와 경관에 대한 아이디어를 얻었고, 우정을 얻었고, 훗날 네 예술가 모두와 협업하게 되었고, 특히 캐서린과의 소중한 우정을 얻었으며, 머리카락을 기억의 담지체로 여기는 이야기를 얻었다. 그리고 그 덕분에 태어나자마자 아기 때 2년간 살았던 지역으로 돌아가보게 되었고, 땅에는 오랜 역사가 있고 하늘에는 끝없는 변화가 있는 그 장소를 이제 어른으로서 사랑하게 되었던 것이다.

인생을 묘사할 때, 우리는 직선이 아니라 드문드문 갈라지는

가지를 그려야 한다. 메리델이 뉴멕시코에서 소개해준 사람들은 내 중요한 친구들이 되었고, 나는 이후 거의 매년 여름 그곳을 찾으면서 그곳 여름 풍경을 가장 큰 기쁨 중 하나로 여기게 되었다. 제리가 어언 80년 넘게 머물면서 애정으로 화폭에 담아온 그 장소를 내가 더 잘 이해하게 된 것은 제리 덕분이었다. 캐서린은 그 몇년 뒤에 뉴욕으로 옮겼고, 나는 어른이 된 뒤로는 처음으로 그 도시를 방문할 때 캐서린의 집에서 신세를 졌다(젊은 미술 비평가였던 나는 미술계에 더 깊이 투신하거나 업계에서 경력을 닦으려면 뉴욕으로 옮겨야 하는 것 아닐까 하고 생각했는데, 그러다 결국 서부에 대한 글을 쓰기 시작하자 내 앞날에서 그 운명을 지워버렸다는 사실이 그렇게 맘 편할 수가 없었다).

아이들이 사방치기 놀이를 하는 방식으로 이야기를 말해볼 수도 있을 것이다. 어느 정도 나아갔다가 시작점으로 돌아오기를 반복하면서 매번 좀더 멀리까지 나아가고, 매번 다른 사각형에 돌을 던지고, 같은 공간을 누비면서도 매번 조금씩 다른 경로로 움직이는 것이다. 이야기를 한번에 다 말할 수는 없다. 하지만 같은 이야기를 서로 다른 몇가지 방식으로 말하거나 그 속에서 하나의 길을 택하여 끝까지 말해볼 수는 있다. 1988년에 나는 네바다 핵실험장을 처음 찾았다. 그곳에 대규모로 모여든 반전 운동가들에게 합류하기 위해서였다. 남동생이 이미 그곳에서 시위를 조직하고 있었다. 그 일은 이후 내가 훨씬 더 멀리까지 밟아나가게 될 길이었다. 그러면서 특별한 사람들을 만나고, 내가 갈망하는 풍경인 샌프란시스코 너머에 펼쳐진 세상으로 들어가도록 해주는 또다른 방법을 찾아낼 터였는데, 그것들 또한 하나의 길 혹은 문이었다.

네바다 사막에 있던 어느 날, 사진가 리처드 미즈락Richard Misrach을 만나서 인사를 나누었다. 내 쪽으로 걸어오는 그의 어깨에 커다란 뷰카메라가 척 걸려 있었다. 폭력과 파괴가 두드러지게 드러난 미국 서부의 장소들을 찍은 그의 대형 컬러 사진은 당시 사람들에게 충격을 안겼다. 약간 논란이 일기도 했다. 그가 미화하지 말아야 할 것을 미화한다고 생각한 사람들이 제기한 논란이었다. 그 사람들은 아마 선한 것만이 아름다워야 한다고 믿어서 그랬을 것이다. 하지만 미즈락은 윤리적인 것과 숭고하거나 아름다운 것이 어긋날 때 그 끔찍한 아름다움이 일으키는 긴장에, 그리고 그것이 우리에게 던지는 질문에 흥미가 있었다. 그는 나로 하여금 작품을 통해서 문자 그대로 생각을 하게 만든 예술가 중 한명이 되었다. 덕분에 나는 아름다움과 도덕이 갈등할 수 있다는 사실, 어떤 종류의 폭력은 눈에 보이지 않지만 만연해 있다는 사실, 서부 정복이 남긴 유산, 그가 종종 "정치의 재현이 아니라 재현의 정치"라고 말했던 것을 생각해보게 되었다. 나중에 1990년대에는 그의 책 두 권에 들어갈 글을 쓰기도 했다.

경력 면에서나 목적의식 면에서나 자기 판단 면에서나 나보다 한참 앞서 있던 예술가들의 지지에 힘입어서, 나는 스스로를 비평가 겸 기자로 여기던 단계에서 작가가 되고자 애쓰는 단계로 넘어갔다. 아니, 어쩌면 그들은 내게 함께 일하고 싶다고 말함으로써 내가 이미 그 단계라고 말해준 셈이었다. 어쩌다보니 단념하고 있었지만 내 원래 목표는 작가였다는 사실을 환기해준 셈이었다. 내게는 비평과 기사가 늘 어떤 대상에 대해서 말하고 제약적인 규칙을 따른다는 점에서 종속된 형태의 글쓰기로 느껴졌다. 그런데 이제 남들이 나를 작가로 봐주니, 무엇이든 써도 좋고 무엇이든 쓸 수 있을 것 같았다.

어느 날, 알고 지내던 화가로부터 앤 해밀턴Ann Hamilton이 샌프란시스코 시내 공업 지구의 한 공간에서 설치 작품을 만드는데 일을 도울 자원봉사자를 구한다더라 하는 소식을 들었다. 나는 캡 스트리트 프로젝트라는 그 공간을 찾아갔다. 한때 자동차 디테일링• 작업장이었던 미션 지구의 건물에 마련된 예술 공간이었다. 앤은 거대하고 야심 찬 설치 작품으로 그즈음 갑자기 유명해진 상태였다. 그의 작품들은 작은 물체나 물질을 엄청난 규모로 쌓은 형태였고, 전시 기간 내내 연기자가 함께하면서 활기를 불어넣는 형식일 때가 많았다. 앤은 나보다 겨우 다섯살 연상이었다. 중서부 사람답게 건실하고 겸손했지만 특출한 자신감을 품고 있었다. 그 자신감은 젊은 여성 작가들이 흔히 미니어처처럼 보이는 작은 작품을 만들던 시대에 그는 압도적 규모와 수고의 작품을 만들었다는 사실로 잘 드러났다.

앤은 전시에 할당된 예산의 대부분을 1센트 동전으로 바꿨

• 기계 부품 교체가 아니라 외장 세정, 왁싱, 복원 등으로 차를 새것 같은 상태로 유지하는 작업.

다. 그런 프로젝트에 자금이 그토록 후하게 주어진다는 사실에 양가적인 감정이 들었기 때문이다. 앤의 계획은 7,500달러를 1센트 동전 75만개로 바꾸어 전시했다가 전시가 끝나면 긁어모아서 도로 은행에 가져가고, 거기에서 동전들을 씻고 세고 지폐로 바꿔서 특정 교육 사업에 기부한다는 것이었다. 전시 중에는 전시실 바닥을 거의 다 차지하는 커다란 직사각형 공간을—가로 13.7미터, 세로 9.8미터였다—동전으로 채울 계획이었다. 시멘트 바닥에 "꿀의 살갗"을 입히고 그 위에 동전을 하나하나 쌓아올린다는 계획이었다. 꿀은 접착제인 동시에 돈이 아닌 다른 순환 체계의 언급이었다. 벌들이 노동을 저장하는 방식과 인간의 방식을 합해보는 방법이었다. 앤은 어릴 때 벽돌공의 일에 감명받았다고 했다. 그 관심이 직물을 거쳐 순수 미술로 넘어온 경우였다. 그는 작은 몸짓이 반복되면 큰 것을 이룰 수 있다는 사실에 흥미가 있었다. 그래서 매끈매끈한 살갗을 입은 75만개의 동전을 75만번의 몸짓으로 쌓기로 한 것이었다.

제작에 참가한 나는 무릎을 꿇고 앉아서 동전을 늘어놓기 시작했다. 잠시 후에 보니 앤이 내 옆에서 동전을 놓고 있었다. 우리는 말을 나누기 시작했다. 우리는 어떤 정해진 패턴을 만들겠다는 목표 없이 아무렇게나 동전을 놓고 있었다. 하지만 동전들의 긴 선에 자연스러운 변화가 생기면서 차츰 파도 혹은 뱀 비늘 같은 질감이 생겨났다. 동전들은 빛을 받아 은은하게 반짝거렸고, 바닥에서 꿀 냄새가 피어올랐다. 그 시기에 내 안에서 정확히 무엇이 바뀌었는지는 모르겠다. 아무튼 1980년대 초에는 누구하고도 관계 맺을 줄 몰랐고 가까이할 만한 사람도 꿈꾸던 대화도 찾아내지 못했던 내가, 1980년대 말에는 그렇게 할 수 있었고 그래서 그렇게 했다.

앤이 여러 사람의 손을 빌려서 만든 작품은 제목이 「결핍과 과잉」privation and excesses이었다. 거대한 동전 카펫 한구석에는 연기자가 있었다. 흰 셔츠를 입은 그는 꿀이 가득 든 챙 넓은 펠트 모자를 무릎에 올려두고 앉아 있었다. 그가 해야 하는 퍼포먼스는 아득히 먼 곳을 응시하면서—관람자들로부터 거리를 두는 초연한 태도를 유지하면서—두 손으로 꿀을 쥐어짜는 일이었다. 연기자를 포함시키는 것은 작품이 이미 다 만들어진 과거 시제가 아니라 한창 만들어지고 있는 현재 시제임을 보여주는 방법이었다. 앤이 이후에 만든 작품들에서는 연기자가 무언가를 원래대로 되돌리거나, 풀어내거나, 지우곤 했다. 그럼으로써 작품은 전시 기간 도중에 만들어지는 동시에 해체되었다.

나중에 앤은 동전 중 일부를 화폐로 바꿔서 내게 건네면서 작품에 대한 글을 써달라고 요청했다. 하지만 그보다 앞서서 연기자가 되어달라고 부탁했다. 돌아보면, 그가 나를 지속적인 대화와 침묵 양쪽 모두에 초대했다는 점이 매혹적이다. 둘 중 후자를 수행하기 위해서는, 세시간 동안 딱딱한 의자에 앉아서 혹시 관람자들이 작품의 의미를 묻더라도 싹 무시하라는 고마운 지시에 따라 그저 정면을 응시해야 했다. 앉아 있는 연기자 뒤쪽으로 양 세마리가 든 우리가 있었다. 그 일을 맡은 사람은 꿀과 동전의 냄새뿐 아니라

양들의 냄새와 소리도 몸으로 느끼게 되었다.

　어릴 때 우리는 끈적끈적하게 묻히고 돌아다니면 안 된다, 먹을 것으로 장난치면 안 된다, 어지럽히면 안 된다는 소리를 듣고 자란다. 그래서인지 손목까지 꿀에 파묻는 것은 감각적 쾌락일뿐더러 그 모든 금지를 위반하는 멋진 행위로 느껴졌다. 만약 내가 그날의 첫 연기자라면, 처음에 꿀은 차갑고 좀 단단했다. 하지만 금세 내 손의 온기로 데워져서 흐르기 시작했다. 꿀을 두 손 가득히 퍼 올릴 수도 있었다. 그래도 곧 꿀은 똑똑 떨어졌지만 어차피 내가 작품에서 할 일은 꿀을 움켜쥐고 있는 게 아니라 흘리는 것, 꿀을 모자에서 퍼 올렸다가 도로 똑똑 떨어뜨리는 것, 몸의 나머지 부분은 꼼짝하지 않고 말도 하지 않은 채 마치 1킬로미터 밖을 보는 듯 멀리 응시하면서 꿀만은 계속 움직이게 하는 것이었다.

　천성이 가만히 있질 못하고 안절부절못하고 조급한 나는 세 시간 동안 가만히 앉아 있는 것이 고역일 것이라고 예상했다. 하지만 뜻밖에도 그 지시 덕분에 타인에게 늘 정보를 제공할 줄 알아야 한다는 강박(실제로 사람들이 다가와서 전시를 설명해달라고 말을 걸곤 했다), 깨어 있는 동안은 매순간 생산적으로 바삐 움직여야 한다는 강박을 떨칠 수 있었다. 오히려 내가 하루의 첫 연기자일 때는 교대하러 온 사람이 미웠고, 하루의 마지막 연기자일 때는 이제 그만 정리하라고 말하는 전시장 직원이 미웠다.

　그로부터 세월이 흐른 어느 날이었다. 따뜻한 꿀에 손을 담그고 가만히 앉아 있던 그 시간이 내 젊은 시절 중 가장 고요한 순간이었다는 생각이 들었다. 그저 나로 존재하기만 했던 그 몇시간은 손톱 밑에 낀 꿀처럼 달콤한 순간이었다. 항상 무언가를 하고 무언가가 되느라 바빴던 시절에, 그러지 않아서 귀한 순간이었다.

2.

사방치기처럼 말하기. 뒤로 살짝 물러나서, 같은 영역을 다시 밟아가기. 1987년 초, 아버지가 지구 반대편을 여행하던 중 돌아가셨다. 아버지가 죽자, 나는 이제 충분히 안전해졌다고 느꼈다. 굳은 것을 풀고 닫아뒀던 것을 열어도 된다고 느꼈다. 오래전에 겪었던 사건들에 대한 감정을 그제서야 느끼기 시작했다. 으스스했던 시절에 꽁꽁 얼었던 감정이 그제야 녹은 것 같았는데, 비로소 내가 그 사건들을 스스로의 판단에 따라 잔인하고 잘못된 일로 규정할 수 있어서 그런 것 같았다. 역시 그해에, 오래 사귄 남자친구가 로스앤젤레스로 이사해서 떠났다. 아버지를 제외한 다른 가족들도 감당하기가 유난히 어려웠다. 나는 미술 잡지를 나와서 들어갔던 직장에서 잘리고서 받기 시작한 실업 급여, 약간의 저축, 가끔 지역 잡지에 리뷰나 에세이를 쓰고 받거나 샌프란시스코 여기저기에서 계약직으로 일하고 받는 쥐꼬리만 한 돈으로 살고 있었다.

나는 더 잃을 것이 없는 때야말로 자유로운 때라고 생각했다. 그리고 내가 자유로울 때 하고 싶은 일은 4년 전에 윌리스 버먼에 대한 석사 논문을 쓸 때 발견했던 예술 공동체에 대해서—또한 그때 만났던 사람들에 대해서—책을 쓰는 것이라고 생각했다. 나는 시티라이트 출판사에 출간 제안서를 보냈다. 제안은 1988년 초에 승인되었고, 나는 첫 책의 선금으로 1,500달러를 받았다. 앞에서 말한 비혼 다짐 작문을 썼던 1학년 때 이후로, 나는 줄곧 책 쓰는 사람이 되고 싶었다. 책을 세상에서 거의 제일 사랑했기 때문이었고, 책을 현실에서 걸리는 마법으로 여겼기 때문이었고, 책을 쓰는 것은 책을 읽는 것보다 그 매혹적인 마법에 더 가까이 다가갈 수 있는 유일한 방법이기 때문이었다. 나는 글로 일하고 싶었고, 글이 무엇을 할 수 있는지 보고 싶었다. 파편들을 모아서 새로운 패턴으로 배열하고 싶었다. 책이라는 별세계의 온전한 시민권을 지닌 사람이 되고 싶었다. 책으로써, 책 속에서, 책을 위해서 살고 싶었다.

유년기와 청소년기와 대학 시절 내내 먼 미래의 일이라고 생각하며 품었을 때는 그 목표 혹은 지향이 그저 사랑스러웠지만, 막상 그것을 하려니… 음, 산봉우리를 멀리서 보면 아름답지만 오르려면 힘든 법이다. 작가가 되는 일에는 어엿한 인간이 되는 일의 핵심이 담겨 있다. 내가 어떤 이야기를 할지, 그 이야기를 어떻게 할지, 이야기와 나의 관계는 어떠한지, 내가 선택한 이야기는 무엇이고 선택당한 이야기는 무엇인지, 주변 사람들이 바라는 바가 무엇인지, 그 바람에 얼마나 귀 기울여야 하고 또다른 것들에는 얼마나 귀 기울여야 하는지, 이런 문제들을 더 깊게 더 멀리 생각해보는 일이다. 하지만 물론 그것만으로는 안 된다. 실제로 써야 한다.

나는 이전에 에세이와 리뷰는 많이 써봤지만, 책을 쓰는 것은… 헛간만 짓다가 성을 지으려는 것과 비슷했다.

첫 책의 씨앗은 1982년에 샌프란시스코 현대미술관 직원 사무실 옆 벽에서 본 작품이었다. 월리스 버먼의 정사각형 흑백 콜라주로, 가로세로 네칸씩 총 열여섯칸의 격자에 칸마다 트랜지스터 라디오를 든 손이 그려져 있는데, 손과 라디오는 다 같지만 라디오에서 스피커가 있을 부분에 제각각 다른 이미지가 있다. 이미지로는 누드를 비롯한 인체들, 미식축구 선수, 간디로 보이는 여윈 사람, 사람 귀, 거꾸로 매달린 박쥐, 주사기, 총이 있고, 맨 아래 줄에는 똑같이 생긴 꼬불꼬불한 뱀이 두칸에 나온다. 음화이기 때문에, 모든 것이 약간 몽롱하고 부자연스러워 보인다. 마치 각각의 소리가 이미지로 번역된 것처럼 보인다. 각각의 이미지가 하나의 메시지, 경고, 선언, 혹은 계시처럼 보인다. 혹은 노래처럼 보인다. 검은 바탕에 흰 글씨로 적힌 몇개의 히브리어 문자는 신비주의적이고 밀교적인 것이 팝 문화와 공존할 수 있다고, 어떤 낡은 이분법들은 불필요하거나 착각일 뿐이라고 말하는 듯하다. 작품은 베리팩스라는 초기 복사기로 만들어진 것이었다. 제목은 「침묵 시리즈 #10」Silence Series #10이었다.

버먼은 내 아버지와 마찬가지로 유대계 이민자의 자식으로 태어나서 로스앤젤레스에서 자랐다. 내 아버지와 달리 그는 호리호리했고, 섬세했고, 사회와 경제의 주변부에서 살아가는 삶을 선택했다. 처음에는 로스앤젤레스의 스윙 및 재즈 세계에 몸담았다가 그다음에는 신비주의자들, 체제 거부자들, 예술가들, 반항자들과 어울렸다. 그는 자신이 예언했던 대로 쉰살 생일에 죽었다. 1976년 생일날 밤, 로스앤젤레스 외곽 계곡에서 열리는 자신의 생일 파티에 가려고 좁고 구불구불한 길을 스포츠카로 운전해 가다가 음주 운전자의 차에 부딪혀서 죽었다. 1957년에 첫 개인전을 열었다가 음란죄로 고발된 뒤, 그는 몸을 사리고 사는 편을 택했다. 처음에 내가 지은 책 제목은 '그림자 속에서 스윙하기'였다. 그가 화가 제이 드페오Jay DeFeo에게 보낸 엽서에서 자신은 돈을 좀 번 뒤 얼른 그림자 속으로 돌아가겠다고● 적은 걸 보고 지은 제목이었지만, 출판사가 그 제목은 안 된다고 했다.

논문을 쓰기 위해서 나는 버먼의 주변 사람들이 그에 대해서 한 말, 버먼의 작품이 내게 들려준 말, 기록물과 구술사, 사람들이 아직 보관한 전시 카탈로그와 오래된 엽서와 편지로부터 그의 삶을 꿰어 맞추었다. 그러면서 새로 안 사실이 많았다. 그중 하나는 1950년대 캘리포니아에 공식 역사에서는 간과되어온 아방가르드 유파가 있었다는 사실이었다. 그들은 영화, 시, 시각예술, 비밀스럽고 비서부적인 영적 전통과 풍습, 향정신성 약물에 관여한 일련의 동인들 혹은 공동체들이었다. 1960년대의 반문화를 낳는 데 기여했고 실험과 반항과 재발명의 장이 되어준 아방가르드 운동이었다. 내가 책으로 쓰고 싶은 대상은 그것이었다. 한 예술가가 아

● 버먼은 'swing back to the shadows'라는 표현을 썼고, 솔닛은 이때 'swing'(스윙)의 다른 뜻을 살려서 'Swinging in the Shadows'라고 제목을 지은 것이다.

니라 예술 공동체 전체였다.

그 시절에는 문화사란 무릇 유럽에서 유래하여 뉴욕으로 이어진 선형적 움직임을 기록한 것이라고 여겨졌다. 캘리포니아는 괄시받는 구석지, 별다른 일이 벌어지지 않았다고 여겨지는 동네였다. 한번은 예일 대학에서 서부 역사를 주제로 논문을 쓰던 내 친구에게 누군가 이렇게 비웃었다. "캘리포니아 사람들은 책을 안 읽잖아요." 마치 여기 해안산맥의 수많은 시인, 도시의 수많은 학자, 남동부 사막에서 북서부 우림까지 아흔아홉가지 캘리포니아 원주민 언어로 이야기를 들려주는 수많은 토착 이야기꾼을 뜨거운 해변에서 일광욕을 즐기는 머리 빈 해수욕객 한명으로 압축할 수 있다는 듯이 말이다. 1941년에 에드먼드 윌슨Edmund Wilson은 이렇게 썼다. "동부에서 방문한 사람은 다 안다. 서부 해안에서의 모든 경험을 마치 땅속에 있지 않고 땅 위에 드러난 트롤의 둥지처럼 공허한 것으로 만드는 듯한 이상한 비현실의 주문을." 1971년에 힐턴 크레이머Hilton Kramer는 『뉴욕 타임스』에 쓴 글에서 샌프란시스코만 일대에는 "어떤 활력과 호기심이 없고, 어떤 필수적인 복잡성과 생기가 없다"고 말하면서 이곳의 한 예술가의 스타일을 "관광 목장 다다이즘"이라고 명명했다. 관광 목장은 사실 서부 중에서도 이곳에서 수백 킬로미터 떨어진 산간 지역에 흔한 현상이었는데도 말이다. 무언가를 멀리서 작게 보면 세부가 보이지 않는다. 내가 자라던 시절에는 사람들이 캘리포니아에 혹 눈길을 주더라도 동부의 망원경을 통해서 보았다. 그런 멸시와 무시의 시기는 내가 젊은 작가가 된 시점에도 끝나지 않은 채였다.

책을 쓰면서, 나는 캘리포니아가 멕시코와 국경을 맞대고 있고 바다 건너로 아시아에 면하고 있고 유럽의 영향으로부터 상대적으로 더 멀다는 점이 왜 고마워할 점인지를 스스로 깨우쳤다. 사람들은 유럽의 영향이 적통성을 부여한다고 생각했지만, 내가 볼 때는 그것이 관습화하는 힘으로도 작용하는 것 같았다. 나는 또 마크 트웨인Mark Twain, 수전 손택, 셰이머스 히니Seamus Heaney, 알렉산더 치Alexander Chee 등등 많은 작가가 이곳에 와서 어떤 자유를 얻고 달라져서 돌아갔다는 것을 알았다. 그로부터 몇년 뒤, 뉴욕에서 살다가(그 전에는 뭄바이에서 살았다고 했다) 샌프란시스코만으로 이사 온 지 얼마 되지 않은 학생이 내게 더는 세상의 중심에 있지 않다는 사실이 답답하다고 토로했다. 이 말에는 중심만이 중요하다는 뜻이 담겨 있었다. 나는 그날 집에 가서 주변부의 가치를 생각해보았다.

나는 희망과 사회 변화에 관한 책에서 주변부의 가치를 역설한 적이 있다. 그것은 내가 그동안 관찰한 바에 기초한 의견이었다. 나는 어떤 사상이 그늘진 가장자리에서 태어나서 중심부로 옮겨가는 것을 많이 보았고, 중심부가 사상의 기원을 쉽게 잊거나 무시하는 것을 보았다. 밝은 곳에 있는 사람들의 눈에는 그늘에 있는 것이 보이지 않는다고 표현해도 좋을 것이다. 주변부는 또 권위가 약해지고 정통성이 힘을 잃는 곳이다. 내게 이런 것을 처음 가르쳐준 사람이 윌리스 버먼이었다. 버먼은 변두리에서 살기를 일부러 선택했다. 경제적으로 위태로운 변두리, 하위문화라는 변두리, 그가 로스앤젤레스의 계곡이나 샌프란시스코만의 염수 습지에 박힌 기둥 위 집에서 살곤 했으니 문자 그대로의 변두리에서. 그렇게 변두리에서 살면서도 그는 밝은 무대에 선 사람들에게 영향력을 미쳤다. 가령 시인들, 화가들, 데니스 호퍼Dennis Hopper와 러스 탬블린Russ Tamblyn과 딘 스톡웰Dean Stockwell 같은 배우들에게. 버먼의 영향력을 보여주는 한 증거는 비틀스Beatles의 1967년 음반 「서전트 페퍼스 론리 하트 클럽 밴드」Sgt. Pepper's Lonely Hearts Club Band 표지를 장식한 인물 콜라주에 그가 들어 있다는 점이다. 또다른 증거는 역시 그 시대를 상징하는 예술 작품인 데니스 호퍼의 1969년 영화 「이지 라이더」Easy Rider에 그가 씨 뿌리는 사람이라는 단역으로 등장한다는 점이다. (버먼이 손수 인쇄해서 펴낸 잡지의 이름이 라틴어로 씨앗을 뜻하는 단어에서 딴 '세미나'Semina였다. 그는 씨를 뿌리는 사람이자—「이지 라이더」에 카메오로 출연했을 때는 실제로 씨앗을 뿌렸다—남들이 뿌려둔 씨를 기르는 사람이었다.)

　버먼의 삶과 주변을 파고들려니—처음에는 논문 때문에, 다음에는 책 때문에—그때만 해도 내게 어른으로 느껴진 사람들, 괜히 주눅 들 만큼 나이 많은 사람들을 인터뷰해야 했다. 내 부모 세대 사람들이었다. 하지만 그들은 안정을 좇는 대신 위험을 감수하면서 살았고 그 점을 후회하지도 않은 모험가들이었다. 내 부모는 중산층이 된 지 수십년 뒤에도 대공황 시절에 얻은 가난에의 두려움을 떨치지 못하여 옹색하고 소심하게 살았는데, 그들과 동년배이지만 호방하게 살아온 사람들을 만나면서 나는 삶에 다른 방식이 있다는 것을 깨달았다. 졸업 후 4년 만에 첫 책을 쓰기 시작한 그때, 나는 내가 두번 다시 취직하지 않으리란 사실을 알지 못했다. 이후 쉼 없이 일하고, 책을 많이 쓰고, 에세이와 기사도 많이 쓰고, 더러 사회운동에 참여하고 학생들도 가르칠 터였지만, 상사를 두고 봉급을 받는 직장 생활은 두번 다시 하지 않을 것이었다.

3.

북극성은 지구에서 워낙 멀리 있기 때문에, 그 빛이 우리에게 도달하는 데는 300년이 넘게 걸린다. 지구에서 가장 가까운 별의 빛이 우리에게 오는 데도 4년이 걸린다. 책은 별과 좀 비슷하다. 독자가 지금 읽는 것은 저자가 오래전에 열중했던 내용이라는 점에서 그렇다. 가끔은 그저 책을 쓰고, 편집하고, 인쇄하고, 배포하는 데에 시간이 걸리기 때문이라고 해도 말이다. 책을 만드는 데 그렇게 시간이 걸린다는 것은 곧 그 내용이 글쓰기에 앞서 있었던 관심의 잔류물이라는 뜻이다. 1980년 말에 나는 벌써 옛 관심사 대신 새 관심사에 몰두하고 있었다. 자연, 경관, 젠더, 미국 서부에 대해서 새로운 방식으로 생각하고 있었다.

첫 책은 그로부터 몇년 전에 했던 발견을 다시 되짚어서 완성해낸 것이었다. 내가 집중한 대상은 1950년대에 서로 친구로, 때로

협업자로 삶과 작업과 생각을 일부 공유했던 여섯명의 예술가로 —셋은 캘리포니아 남부 출신이고 셋은 샌프란시스코만 출신이었다—제스Jess(그는 과학에서 예술로 옮기고 자신이 게이임을 밝히고 살기로 한 때부터, 이것은 당시에는 초인적인 용기가 필요한 일이었는데, 이름에서 성을 쓰지 않았다), 제이 드페오, 브루스 코너Bruce Conner, 조지 험스George Herms, 윌리 헤드릭Wally Hedrick, 그리고 버먼이었다. 이들은 모두 자기만의 방식으로 조용히 살기를 선택했다. 이들은 예술 창작이 어떤 의미를 띨 수 있으며 창작에 바친 삶은 어떤 형태일 수 있는지 알고자 했고, 그래서 실제로 창작을 하고 그런 삶을 살았다. 코너, 헤드릭, 드페오는 뉴욕에 가서 유명해질 기회가 있었지만 거절했다.

이들의 이상주의에는 그것을 가능케 한 토대가 있었다. 그 시절의 풍요함, 그들의 검소함, 백인들이 도심에서 교외로 이주함에 따라 도심에 싼 집이 많이 나왔던 것, 파트타임 일자리 하나만으로도 커플이나 심지어 가족이 그럭저럭 살 수 있을 만큼 임금이 높았던 것. 1980년대 초만 해도 더이상 그렇지 않았으니, 터전을 내키는 대로 옮기고, 집세를 몇달씩 체불하다가 더 쾌적한 집을 구하고, 필요에 따라 경제 체제에 들락거리는 자유는 과거의 자유인들이나 행했던 괴상한 습속으로 보였다. 내 책의 주인공들은 비트족의 변두리에서 활동하거나 한때 그 동아리를 거쳤다. 보통 동부 출신 남성 작가들의 동아리로 묘사되는 비트족이 실은 이런 시각예술가들, 실험 영화 제작자들, 다른 운동에 몸담았던 시인들, 특히 샌프란시스코 르네상스라고 불린 문예 운동의 주역들까지—그중에는 제스의 평생 파트너였던 로버트 덩컨Robert Duncan, 잭 스파이서Jack Spicer, 여러 분야에서 활동했던 마이클 매클루어Michael McClure 등이 있었다—포함한 더 크고 더 흥미로운 집단이었음을 나는 알게 되었다.

나는 그들로부터 예술을 하려면 우선 그 예술을 할 수 있는 문화, 즉 그 예술에 의미를 부여하는 환경을 갖춰야 하며 자기 작품을 보여주고 배움을 구할 사람들을 곁에 두어야 한다는 것을 배웠다. 내 주인공들은 단명한 갤러리, 작은 잡지, 시사회, 시 낭독회, 우정을 통해서 자기들끼리 그 문화를 만들어냈다. 자기들끼리 만든 것은 그들이 배타적이어서가 아니라 배제된 사람들이라서였다. 나는 문화가 일반적으로 어떻게 진화하고 변화하는지, 아이디어가 어떻게 주변부에서 중심부로 이동하는지도 배웠다. 그들의 세계는 재즈 음악가, 록 밴드, 마약상, 오토바이 갱단, 게이 하위문화, 사회 실험가, 반문화의 주역 들의 세계와 겹쳤다. 요즘도 작은 마을이나 보수적 공동체에 가끔 그들의 동지애와 비슷한 것이 있는 듯한데, 그런 곳의 아웃사이더들은 적대적 주류 사회와 그들 사이의 차이에 비하면 자신들 내부의 차이가 훨씬 작기 때문에 자기들끼리 뭉친다.

사람들은 자료 조사를 지루하지만 성실히 해야 하는 일이라고 말하곤 한다. 하지만 이런 일종의 탐정 작업을 좋아하는 사람은 데이터를 사냥하고, 숨은 사실을 끌어내고, 조각들을 수집하여 하나의 그림으로 끼워 맞추는 일에서 추적의 스릴을 맛본다. 이야기들, 사실들, 문서와 편지, 사진들, 오래된 신문 기사 스크랩들, 오랫동안 아무도 펼치지 않은 잡지 합본판들, 누가 당신에게 이건 아무에게도 들려주지 않았던 이야기라고 말하면서 들려주는 말 등이 그 조각들이다. 처음 책을 쓸 때 나는 내게는 중요해 보이는데 남들은 등한시해온 소재가 있다는 사실이 신기했고, 그렇듯 간과되고 무시된 지점에 내가 있다는 사실이 영광으로 느껴졌다.

초기 조사 중에 웃긴 일도 몇 겪었다. 논문을 쓰려고 조사할 때, 배우 겸 감독인 데니스 호퍼에게 버먼에 대해서 듣고 싶어서 호퍼의 뉴멕시코 집으로 계속 전화를 걸었다. 호퍼는 매번 친절하게 전화를 받았고, 자신도 이야기 나누고 싶긴 하지만 부디 다음에 다시 걸어주지 않겠느냐고 말했다. 그렇게 수십번을 통화한 뒤, 전화료가 감당할 수 없는 수준이 되어 내가 포기했다. 논문을 책으로 확장할 때는 마침 그가 로스앤젤레스에서 살고 있었지만 통화를 다시 시도하진 않았다. 그사이에 영화 「블루 벨벳」Blue Velvet을 보았는데 그 속에서 그의 연기가 너무 무서웠기 때문이다. 대신 그의 비서에게 도움을 받았다. 비서는 호퍼가 찍은 사진 여섯장을—그는 젊을 때 재능 있는 사진가이기도 했다—책에 실으라며 보내주었다.

심지어 어느 보헤미안의 작은 집에서 한시간가량을 즐겁게 보내면서 틀니를 뺀 채 말하느라 웅얼웅얼하는 설명을 듣고 예전에 그의 친구가 그에게 보낸 편지의 복사본을 얻은 일도 있었다.

이전에 어디에서도 공개된 적 없던 편지는 앨런 긴즈버그가 시 「울부짖음」Howl을 처음 낭독한 일로 유명해진 1955년 10월 식스 갤러리 낭독회에 관한 내용이었다. 그 시인이 그곳에서 획기적으로 두각을 드러냈다는 사실이 드라마처럼 유명해진 바람에, 역시 그날 밤 낭독되었던 마이클 매클루어와 게리 스나이더Gary Snyder의 초기 환경주의 시들은 가려져버렸다. 행사에 대한 기존의 서술에서는 장소, 즉 낭독회의 주동자이기도 했던 헤드릭이 대표를 맡고 있던 예술가 조합 갤러리에 대해서도 보통 별 설명이 없었다. 그러니 그 행사와 비트족의 공식 주인공들이 신화화되기 전이었던 당시에 참가자가 어떻게 느꼈는지를 살펴볼 수 있는 편지는 쾌재를 부를 만한 자료였다.

　　최선의 형태일 때, 논픽션은 세상을 도로 짜맞추는 행위다. 혹은 세상의 한조각을 뜯어냄으로써 세상의 통설과 관행 밑에 무엇이 숨어 있는지를 살펴보는 행위다. 이런 의미에서 창조는 파괴와 비슷한 데가 있다. 그리고 그 과정은 열렬히 흥분되는 것일 수 있다. 뜻밖의 정보를 발견해서 그럴 수도 있고, 조각들을 조립해보니 차차 어떤 패턴이 드러나서 그럴 수도 있다. 잘 몰랐던 무언가가 차츰 또렷하게 모습을 드러내고, 세상이 새로운 방식으로 이해되기 시작한다. 혹은 기존의 통설에서 틀린 것이 발견되고, 그래서 내가 새로 쓰게 된다.

　　패턴을 알아내려 애쓰고 조각났던 것을 재조립하는 일, 어떻게 보면 이것이 내가 평생 해온 일이다. 이때 하나의 주제, 역사, 의미를 조각낸 것은 범주일 때가 많다. 범주가 무언가를 구획화하여 여러조각으로 나누는 바람에 우리 눈에 전체가 보이지 않는 것이다. 물론 미시적으로 집중해서 보는 데서 오는 전문성이 있지만, 나는 그보다 장소든 시간이든 문화든 범주든 더 넓은 영역에서 드러나는 패턴을 알아내려고 하는 편이다. 이런 작업의 비유로 내가 거듭 떠올리는 것은 밤하늘에서 별자리를 알아보는 기술이다.

첫 책의 주제도 어느 정도 그런 면이 있었다. 예술사, 영화사, 문학사의 선형적 서사에서 대체로 누락된 이야기였기 때문이다. 내가 중요하게 여긴 것은 그 대신 영화와 시와 시각예술의 관계, 마약과 신비주의적이거나 비서구적인 철학과 정치적 반대 의견과 퀴어 문화의 관계, 반문화 내에서 촉매 역할을 했지만 기본적으로 아방가르드라고 불릴 만한 파격적 집단 구성원들 사이의 관계였다. 내 예술가들은 구술사적 인터뷰 외에는 기록이 많이 남아 있지 않았고, 훗날 대부분이—특히 드페오와 코너가—주목을 훨씬 더 많이 받기는 했어도 원래는 그다지 눈에 띄지 않았다.

이 예술가들의 작업 자체도 일종의 콜라주일 때가 많았다. 책의 주인공인 여섯 예술가 중 제스, 버먼, 조지 험스, 브루스 코너는 콜라주와 3차원 아상블라주 작품으로 주로 알려졌다. 제이 드페오는 월리 헤드릭처럼 주로 회화를 그렸고, 게다가 어떤 강력한 단일한 형상을 그릴 때가 많았지만, 회화와 사진과 재활용 재료를 섞어 콜라주를 시도한 작품도 많았다. 콜라주는 오래된 것의 흔적을 숨기지 않으면서도 새로운 것을 만든다. 쪼가리의 쪼가리성을 지우지 않고도 그것들로부터 새롭게 온전한 것을 만든다. 창조란 태초의 신이나 화가나 소설가처럼 무에서 유를 만들어내는 게 아니라 이미 수많은 이미지와 생각과 잔해와 인공물과 파편과 잔여물로 터질 듯한 세상으로부터 뭔가 다른 것을 만들어내는 것이라는 생각이 콜라주를 낳는다.

콜라주는 말 그대로 변두리의 예술이다. 서로 다른 두가지가 대면하거나 스며들 때 어떤 일이 생기는지, 차이의 연접에서 어떤 대화가 생겨나는지, 차이가 어떻게 새롭고 온전한 전체를 낳을 수 있는지를 탐구하는 예술이기 때문이다. 이 예술가들에게 콜라주는 또한 가난의 예술이었다. 주변의 흑인 동네에서 철거된 빅토리아 양식의 집에서 슬쩍해온 재료, 중고품 가게가 내버린 물건, 잡지에서 오린 종이로 작품을 만들었기 때문이다. 심지어 코너는 첫 영상 작품을 파운드 푸티지*로 만들었다. 카메라를 살 돈이 없었기 때문이다. 그는 결국 그처럼 기존 영상의 맥락을 재구성하는 작업을 자신의 주력 장르로 선택했다. 파운드 푸티지와 새로 찍은 영상을 섞어서 만들기도 했다. 그의 그런 영상 작품들은 창의적인 편집과 페이싱**으로 널리 영향을 미쳤다.

내가 사는 곳의 과거를 재구성하는 일, 더군다나 나로부터 그리 오래지 않은 시점에 존재했던 세계를 재구성하는 일은 아이디어와 패턴 인식의 낙원과도 같은 작업이었다. 그런 작업을 그렇게

* 이미 어떤 장면이 촬영된 영상자료.
** 영상의 속도감을 조절하는 일.

큰 규모로는 처음 해봤기 때문에 더 그랬을 것이다. 내가 사는 도시와 지역의 과거를 알아간다는 것은 내가 몸소 경험한 장소들에 새로운 의미가 덧입혀진다는 뜻이었다. 나는 내가 태어난 시점까지의 세계에 대해서 쓰고 있었고, 그 글쓰기는 그 세계에서 내가 앞으로 나아가는 데 발판이 되어줄 작업이었다. 나는 내가 속한 세상에게 전에 보지 못했던 새로운 의미와 가능성을 안겨주는 문화사를 쓰고 있었다. 또한 한 주제의 전문가가 되어가고 있었고, 이점으로부터도 보상을 얻었다.

난파선 속으로
잠수하기

1.

책을 쓸 때, 책에 등장할 이성애자 남자들을 많이 인터뷰해야 했다. 그런데 그들은 나를 열성팬 같은 것으로 여기곤 했고, 그 생각을 물리치는 한가지 방법은 내가 그들의 세계를 잘 안다는 사실을 드러내는 것이었다. 나는 딱히 당신을 만나고 싶은 건 아닙니다, 1957년의 상황을 재구성하고 싶고, 조각들을 대부분 모았지만 빠진 것 몇가지를 당신에게 묻고 싶을 뿐입니다, 하고. 어떤 남자는 소파에 자신과 나란히 앉자고 권했다. 나는 둘 사이에 작은 장벽처럼 녹음기를 놓아두었다. 어떤 남자는 우리가 모종의 유희를 벌일지도 모른다는 기대감에 신나서 까불댔다. 또 나는 오랫동안 브루스 코너에게 성희롱을 당했다. 그의 접근을 막는 한 방편으로, 나는 그를 브루스 아저씨라고 부르고 그의 아내 진 코너Jean Connor를 진 이모라고 불렀다. 거리를 둘 이유야 여러가지였지만 그중에서도 우리의 나이 차이를 상기시키려는 의도였다. 내 앞에서 까불거린 예술가의 행동이 어떤 발상에서 나왔는지 알 것 같았다. 젊은 여자는 만만한 존재라는 생각, 자신이 젊은 여자에게 하는 행동은 기록에 남을 리 없다는 생각이었다. 그 사람의 삶과 예술적 성취를 기록하기 위해서 찾아갔던 내게는 어리둥절하게만 느껴지는 생각이었다.

조사차 봐야 할 영화들이 있었기에, 단편 영화 몇편을 상영해달라고 돈을 내고 퍼시픽 필름 아카이브와 캐니언 시네마에서 관람했다. 그런데 문헌에서 제목을 자주 보았지만 당시에는 볼 수 없었던 영화가 한편 있었다. 우리가 글로 읽거나 소문으로 듣기만 한 예술 작품은 어쩐지 존재감을 띠게 되고, 실물을 볼 때까지 우리의 상상 속에 살아 있곤 한다. 하지만 내가 유쾌한 해방의 영화일 것이라고 상상했던 영화 「풀 마이 데이지」Pull My Daisy는 마침내 내가 그것을 본 순간 시들어버렸다. 화가 앨프리드 레슬리Alfred Leslie와 사진가 로버트 프랭크Robert Frank가 공동 연출하고 잭 케루악이 내레이션을 맡은 영화다.

영화는 한 여자가 덧문을 열고 남편이 어질러둔 것을 치우는 장면으로 시작된다. "이 세상에서 또 한번의 아침. 아내는 일어나서 창문을 연다. 그녀는 화가이고, 그녀의 남편은 철도 보조 차장이다…" 여자의 이름은 끝까지 나오지 않는다. 여자가 그림을 그리는 장면도 나오지 않는다. 여자는 아내일 뿐이다. 아이에게 아침을 차려주고 학교에 보내는 사람, 집을 정리하는 사람, 즉 남자들이 모면하거나 외면할 뿐 아니라 대놓고 깔보는 모든 일을 대변하는 사람이다. 여자가 집을 비운 듯한 시점에, 코트를 입은 앨런 긴즈버그와 그레고리 코르소Gregory Corso와 긴즈버그의 애인 피터 올로브스키Peter Orlovsky가 집에 쳐들어와서 술을 마시며 놀기 시작한다. 남자들은 술과 담배를 들고 들락날락거린다. 그들은 자기 자신에게, 자신들이 매력적인 인간이라는 생각에 도취되어 있다. 한 장면에서 긴즈버그는 강아지처럼 방바닥을 구른다. 다른 누군가는 포도주 병을 곰 인형처럼 껴안는다. 케루악의 목소리가 말한다. "카우보이 놀이를 하도록 하지." 그들은 갑자기 자신들이 어떤 카우보이인가 하는 주제로 말하기 시작한다.

영화의 핵심 사건은 저녁에 펼쳐진다. 아내가 초대한 주교가 제 어머니와 누이와 함께 집에 찾아오는 장면이다. 주교는 흰 양복을 말쑥하게 입은 젊은 남자로, 그가 어떤 종단의 주교인지는 나오지 않지만 세상의 모든 정통적인 것들을 대변하는 존재라는 사실만큼은 분명하다. 시인들은 주교에게 무례하게 군다. 시인들은 자신들의 무례함이 자신들의 해방을 보여주는 또 하나의 증거라고 믿고 있다. 하지만 주교의 고루한 어머니를 연기하는 인물은 일찍이 1930년대부터 대담하고 독창적이고 일탈적인 작품을 그렸던—주로 초상화와 누드였다—화가 앨리스 닐Alice Neel이다. 차장/남편의 부지런한 잔소리꾼 아내를 연기하는 인물은 대단히 화려한 배우인 델핀 세리그Delphine Seyrig로, 이후 영화계의 스타가 되었다가 훗날 프랑스를 대표하는 페미니스트로도 활동했던 사람이다.

각자 자신의 전성기와 시작점에 있었던 두명의 뛰어난 여성 예술가가 따분하고 이름 없고 하찮고 부속물에 불과한 배역, 상징도 아니고 말 그대로 누군가의 아내와 어머니라는 배역을 연기했던 것이다. (화가 래리 리버스Larry Rivers가 연기한 차장의 이름 마일로는 자주 언급된다.) 영화에서도 실명으로 불리는 비트족 시인들이 닐의 오르간 연주를 방해하며 재즈를 연주하기 시작할 때, 관객은 닐도 관습을 뜻하는 존재이고 시인들은 즉흥 연주를 비롯한 쿨한 것들을 뜻하는 존재임을 알게 된다. 그 뒤, 이미 가족을 데리고 떠난 주교를 제외한 나머지 남자들은 밤을 즐기려고 밖으로 놀러 나간다. 아내는 설거짓거리와 아이와 함께 집에 남는다. 이 영화가 해방을 찬양하는 영화라는 평을 들어왔는데, 그건 자신을 시인 중 한명으로 여길 때나 가능하지 여자 중 한명으로 여겨서는 불가능한 해석이다. 당신이 여자라면 이 영화로부터 당신은 남자를 홀려서 발목을 잡는 존재, 나쁜 년, 짐짝일 뿐 그 외에는 아무것도 아니라는 말을 들은 셈이다.

내 주변의 모든 예술이 내게 입 닥치고 설거지나 하라고 말할 때, 나는 어떻게 예술을 할 수 있을까? 사람들에게 대체로 유익한 영향을 미쳤지만 나나 나와 비슷한 사람들에게는 그렇지 않은 문화적 영웅들을 어떻게 받아들여야 할까? 그들이 보여주는 것이 나

개인에 대한 악의이든 내가 속한 범주의 사람들 전반에 대한 경멸이든? 비트족은 내 세대에 큰 영향을 미쳤다. 아니, 이상화된 형태의 그들이 그랬다고 말하는 게 정확할 것이다. 내 청년기에는 케루악이 되고 싶어하는 남자가 주변에 한둘이 아니었다. 그들에게 케루악처럼 된다는 것은 자유를 추구한다는 것을 뜻했고, 그때 자유란 의무와 헌신으로부터 벗어날 자유를 뜻했으며, 예술의 측면에서는 의식의 자발적 흐름을 따르는 예술, 구성과 계획으로부터 벗어난 예술을 뜻했다. 그런 남자가 정말 얼마나 많았는지 모른다. 1988년에 네바다 핵실험장의 반핵 시위에 나와 함께 참여했던 잘생기고 상냥한 남자도 그랬고, 대학 시절에 내게 반했다고 말했던 오만하고 가난한 남자도 그랬고, 한집에 살 때 남들이 냉장고에 넣어둔 음식을 맘대로 먹어버리고는 일기장에 그들을 비난하는 글을 적어서 보란 듯이 일부러 펼쳐두었던 게이 룸메이트도 그랬다.

　나도 케루악의 문체에서 어떤 면은 좋았다. 그저 사람들이 비트족을 거론할 때 가장 자주 손꼽는 세 남자 시인의 젠더 정치학이 싫었을 뿐이다. 10대 때 읽었던 케루악의 『길 위에서』민음사 2009는 그들의 그런 시각으로 오염된 책 같았다. 나는 주인공이 테리를 ─주인공이 처음에는 "귀여운 멕시코 아가씨"라고 말하지만 나중에는 "단순하고 한심한 생각밖에 없는" "멍청한 멕시코 계집애"라고 부르는 여자를─만나는 대목까지만 읽었다. 케루악 본인을 살짝 픽션화한 인물인 주인공은 뒤에 테리를 버리고 떠난다. 앞서 말한 영화에서처럼, 여자는 물체처럼 한곳에 머무르지만 남자는 순례자이자 영웅적인 방랑자다. 남자는 오디세우스, 여자는 페넬로페다. 하지만 호메로스는 적어도 집에 머무르는 여자의 용맹한 사투에도 관심이 있었다. 소설을 읽으며 든 생각은 내가 영영 떠돌이 주인공이 되지 못하리라는 것, 나는 주인공에게 버림받는 캘리포니아 농장의 젊은 라틴계 여자와 더 가깝다는 것이었다. 나는 소설을 절반쯤 읽다가 덮었다. 그 책은 나 같은 사람들 없이 진행될 이야기였고, 그러니 나도 그 책 없이 살기로 했다.

비트족에 대해서 글을 쓰기 몇년 전, 긴즈버그의 사진 전시회 개막식에 갔다가 이보다 더 강렬하게 내 존재가 지워지는 경험을 한 적이 있었다. 전시장에는 긴즈버그가 자기 남자친구들을 다양한 장소에서 찍은 흑백 사진에 손수 설명문을 써서 덧붙인 작품이 수십점 걸려 있었다. 사진 속에서 그들은 모험을 즐기고, 서로를 즐기고, 세상을 제 것처럼 즐기고 있었다. 또 피터 올로브스키의 어머니와 누이를 찍은 사진이 한장인가 두장 있었는데, 정신 질환을 앓던 그들이 슬프고 고립되고 희망 없는 모습으로 침대에 앉아 있는 사진이었다. 내 기억에 전시장에 걸린 여자는 그들뿐이었다. 『길 위에서』와 「풀 마이 데이지」에서처럼, 그들은 이동성이 곧 자유라고 여겨지는 환경에서 이동성을 갖지 못한 물체였다.

나는 속이 부글부글 끓었다. 그 시절에는 페미니즘의 개념들을 명확히 알지 못했기에, 그저 형체를 제대로 갖추지 못한 분노와 반항심을 느낄 뿐이었다. 행사를 망치고픈 충동이 일었다. 마구 소리 지르고 싶었다. 그러고서는 나는 여자이고 여자는 없는 존재나 마찬가지니까 내가 소리를 질러도 행사를 망치는 게 아니라고 소리 지르고 싶었다. 나는 존재하지 않는 존재니까 내 외침도 존재하지 않고 따라서 당신들이 뭐라고 할 수 없다고 소리 지르고 싶었다. 그때 그 전시장에서 나의 비존재를 또렷하게 느꼈고 그래서 화가 났다. 평소에는 마음속 한구석에서 은근한 불안으로만 느끼던 감정이었다. 그러나 결국 나는 조용히 있었다. 여자는 짐스럽고 신경질적이고 짜증이 많고 참견이 잦고 부적응하는 존재라는 편견에 기여해봐야 좋을 게 없을 것 같았기 때문이다.

어떤 새로운 특징 때문에 혁명적으로 보였던 현상이 나중에는 처음에 덜 두드러졌던 다른 특징 때문에 관습적인 것으로 보일 수도 있다. 비트 운동의 주역으로 꼽히는 남자들은 분명 새로운 공간을 열어젖혔다. 퀴어나 양성애자가 될 수 있는 공간, 약물과 의식과 비서구적인 영적 수행 및 철학을 실험할 공간, 당시 흑인 재즈 음악가들이 해내고 있던 위대한 실험에 맞먹는 실험을 백인 문학계에서 해볼 공간, 점잖게 유럽을 좇는 행위로서의 예술이 아니라 진정 자신들의 시대와 장소에 속하는 즉흥성과 미국적 방언과 대중문화를 이해해볼 공간.

그리고 그들 중 대부분은 여자를 경멸했다. 이 점에서도 그들은 자신들의 시대와 장소, 즉 여성혐오적 1950년대 미국을 고스란히 반영한 셈이었다. 그 시절의 주류 문학계 거물들에게 '미드센추리 여성혐오자들'이라는 별명이 붙은 것은 불과 몇년 전 일이다. 나는 「풀 마이 데이지」를 한번 더 본 뒤에 레슬리 피들러Leslie Fiedler

의 1960년 책『미국 소설의 사랑과 죽음』*Love and Death in the American Novel*을 다시 펼쳤다. 피들러가 다룬 미국 문학의 이른바 대표작들은 모두 남자 작가의 작품이었다. 피들러는 그 작가들을 거의 대부분 폄하했지만, 여자 작가는 아예 다루지 않았다는 점에서 여자도 폄하한 것이나 마찬가지였다. 피들러는『허클베리 핀의 모험』『모비 딕』, 제임스 페니모어 쿠퍼*James Fenimore Cooper*의 개척 소설 중 일부는 백인 남자와 비백인 남자의 사랑이 지배적 주제라고 지적하며, 그런 작품은 남자는 자유롭게 쏘다닐 수 있지만 여자는 부재하는 미국의 광활한 공간들에서 펼쳐진다고 말했다. "우리가 남자들만의 이야기에서 자연히 예상하는 바가 있다. 그런 작품이 남자들 간의 순결한 사랑을 인간이 누릴 수 있는 궁극의 감정적 경험으로 수줍게, 하지만 죄책감 없이 내세우리라는 것이다. 이 작품들은 정말로 딱 그렇다." 비트 운동은 훨씬 덜 순결했지만, 역시 남자들만의 이야기라는 점에서는 결코 뒤지지 않았다.

피들러는 또 그런 작품에 나오는 여자들에 대해서 이렇게 말했다. "여자는 오직 죽음으로써만 남자들의 순수한 세계에 받아들여질 수 있다. 죽은 여자만이 좋은 여자인 것이다!" 그날 그 전시장에서는 결국 소리 지르지 않았지만, 20대 초였던 어느 해 2월 저녁에 비트족 성 삼위일체 중 다른 한명에게 내 나름대로 복수할 기회가 있었다. 막 글을 발표하기 시작한 시기였으니 아마 1984년이었을 것이다. 작은 음악 및 문화 잡지에서 나를 담당하던 여자 편집자가 내게 서바이벌 리서치 랩*Survival Research Lab*이—남성 3인조 퍼포먼스 팀으로 위협적이고 디스토피아적인 기계 작품을 만들었는데, 기계들은 움직이고 돌고 청중을 덮칠 듯 비틀거리다가 불이 붙어서 자폭하곤 했다——윌리엄 버로스William Burroughs의 생일 파티를 연다는 소식을 들려주었다. 또 (사실이었는지는 모르겠지만) 어느 유명한 여성 예술가가 버로스와 함께 일하기 위해서 머리카락을 자르고 중성적인 모습으로 변신했다는 이야기, 파티에 참석하는 사람은 다들——이것은 그 시절의 펑크족 파티가 거의 다 그랬다——검은 청바지와 가죽 재킷의 터프가이처럼 입을 테고 여자들은 성별을 드러내지 않는 차림을 할 테고 모두가 강인하되 고뇌에 찬 모습으로 서성댈 것이라는 말을 들려주었다.

뤼크 상트Luc Sante가 버로스를 신랄하게 비난한 글을 『뉴욕 리뷰 오브 북스』에 실었던 게 그해 봄이었다. 내가 깊은 인상을 받은 글이었다. 상트는 버로스가 어느 인터뷰어에게 했다는 다음 말을 인용했다. "위대한 여성혐오자 중 한명의 말을 빌리자면, 콘래드의 『승리』Victory에 나오는 존스 씨의 말입니다만, '여자는 완벽한 저주입니다!' 내 생각에 여자는 세상의 가장 근본적인 실수입니다. 그 실수로부터 이 이원론적 우주가 만들어진 것입니다." 상트는 이어 이렇게 썼다. "버로스는 서양 문화의 가장 억압적인 측면들이 여자와 관계되어 있다고 말한다. 그리고 자신은 성적으로 여자가 필요하지 않다고 말한다. 따라서 여자는 잉여의 존재이자 방해되는 존재라는 것이다. 번식이라는 까다로운 문제가 해결되기만 하면, 세상은 여자가 없어지기를 바라게 되리라는 것이다." 그리고 버로

스는 1951년 9월 6일에 아내 조앤 볼머_{Joan Vollmer}를 총으로 쏴 죽였
다. 그가 왜 어떻게 볼머를 설득해서 자신이 "윌리엄 텔처럼 명중
시킬 수 있도록" 머리에 술잔을 얹고 서 있게 했는가에 대해서는
이론이 분분하지만, 분명한 사실은 그가 볼머에게 총을 겨누었고
총을 쏴서 이마를 맞추었고 그래서 볼머가 죽었다는 점이다.

내가 20대에 알고 지냈던 한 청년은 내가 아는 다른 누구보
다 버로스에게 매료된 이였다. 버로스가 펑크 문화의 대부로 여겨
진 그 시절에는 이미 원로 작가가 된 그를 숭배하는 이가 내가 아
는 사람 중에서도 한둘이 아니었지만, 내 애인의 남동생의 친구였
던 그 청년이 그중에서도 제일 그랬다. 청년은 게이였고, 텍사스
의 가족에게 의절당한 상태였고, 재능 있는 음악가로서 제 길을 찾
는 중이었다. 그는 또 약물로 감각을 교란시키는 방법이야말로 예
술적 천재성에 이르는 왕도라는 생각을 믿었다. 한세기 전의 아르
튀르 랭보에게서 비롯한 그 생각은 반문화의 고정 요소가 되어 있
었다. 우리가 흠뻑 취함으로써 창조적 자아에 다다를 수 있다는 생
각, 우리의 천재성이 평소에는 억제되어 있다는 생각, 따라서 별
계획도 훈련도 체계도 따를 것 없이 그냥 그 천재성을 끌어내어 마
음껏 활개 치도록 놔두면 된다는 생각이었다.

내 주변의 몇몇 젊은이는 버로스를 그 모든 일의 모범으로 여
겼다. 실제로 버로스는 오래 약물에 빠져 살았다. 하지만 집안이
부자였던 데다가 틀림없이 강철 체력을 타고났던지 살아남았다.
반면에 내가 알던 청년에게는 돈도 체력도 없었다. 지금도 훈훈하

게 떠오르는 장면이 있다. 어느 날 저녁, 그가 환각에 빠져서 컬러 마커를 휘두르며 종이에 (그리고 음반 재킷에) 그림을 그리고 내 집 마루에도 낙서하던 모습이다. 슬프게 떠오르는 장면도 있다. 그가 점점 더 메타암페타민에 중독되던 모습, 그러던 어느 날 마켓가에서 그를 마주쳤는데 더러운 청바지에 맨발로 걷는 노숙인이 되어 있던 그가 나를 알아보지 못했던 모습이다. 한동안 어느 연상의 친절한 남자가 그를 돌봐주었지만, 그다음 들려온 소식은 그가 골든게이트교에서 뛰어내렸다는 소식이었다. 상냥하고 재능 있던 젊은이가 그렇게 죽었다. 그 시절에 퍼져 있었던 신화는 그의 여러 사인死서 중 하나였다.

고가도로 밑에 있던 서바이벌 리서치 랩의 작업 공간에서 열린 파티에, 편집자와 나는 시폰 드레스 차림으로 참석했다. 풍만한 몸매와 긴 금발의 편집자는 아름답고 펄럭거리고 노출이 많은 드레스를 입었다. 나는 나 혼자 '죽은 발레리나 복장'이라고 생각하던 차림을 했다. 아마 아동용 드레스였을 텐데 어느 집 지하실에서 몇년 동안 곰팡이가 피고 있다가 중고품 가게에서 내게 발견된 옷이었다. 위는 노래진 레이스가 층층이 달린 작은 보디스였고, 어깨끈은 원래 없었지만, 내가 떨어질락 말락 하던 레이스 한줄을 떼어서 한쪽만 어깨끈을 만들었다. 아래는 얇은 천으로 된 꽃잎 같은 조각들이 너울너울 발목까지 늘어진 풍성한 치마였다.

나는 기분이 복장에 어울리게 바뀐다는 걸 종종 느낀다. 파티 복장을 하면, 기분도 흥겨워진다. 그래서 그날 나와 편집자는 깔깔 웃으며 전시장으로 향했다. 우리는 사람들에게 추파를 던졌고, 팔짱 낀 팔을 흔들었고, 향수 냄새를 풍겼고, 립스틱 바른 입술로 웃었고, 다들 어찌나 무표정한지 돌로 변한 듯한 사람들을 아이섀도 바른 눈으로 맘껏 구경했다. 버로스를 따라온 웬 남자가 사람들의 사진을 찍어주고 있었다. 남자가 우리에게도 파티의 주빈과 사진을 찍으라고 권하기에, 편집자와 나는 잠시 버로스의 양옆에 섰다. 안 그래도 시들어가던 그는 아마도 공포감 때문에 더 쪼그라들어 보였다. 나중에 나는 그 순간의 버로스를 두 소금통 사이에 낀 민달팽이 같았다고 즐겨 묘사했다. 아주 만족스러운 순간이었다. 그리고 우리는 그 순간을 뒤로하고 앞으로 나아갔다.

2.

글쓰기는 예술이지만, 출판은 사업이다. 나는 첫 책을 쓰면서 크고 작은 출판사들과 갖가지 사건을 겪기 시작했다. 글쓰기는 나 혼자 방 안에서 생각, 자료, 언어를 가지고 하는 일이었고 대체로 잘 굴러갔다. 한편 출판은 다른 조직과 협상하는 일이었는데, 그 조직들은 늘 나보다 머릿수도 힘도 더 많았으며 가끔은 나를 지지하고 기꺼이 협업했지만 가끔은 오히려 적처럼 굴었다.

요전 날 겨울밤, 친구 티나와 함께 샌프란시스코 서쪽 끝의 작은 영화관으로 영화 「더 포스트」The Post를 보러 갔다. 그 동네는 늘 도심보다 하늘이 더 어둡고, 바람이 더 세고, 모든 게 좀더 몽롱하게 느껴진다. 영화는 두가지 이야기를 엮은 내용이었다. 하나는 『워싱턴 포스트』가 펜타곤 페이퍼, 즉 대니얼 엘즈버그Daniel Ellsberg가 베트남전쟁의 기만을 폭로하고자 유출한 자료를 보도하기로 결정한 이야기이고, 다른 하나는 남편이 죽는 바람에 얼결에 신문 발행인이 된 캐서린 그레이엄Katharine Graham이 사업과 자기 자신을 동시에 추슬러가는 이야기다. 자신을 얕잡아보는 남자들을 물리치면서, 그레이엄은 과연 자신에게 권한을 쥐고 세상을 바꿀 결정을 내릴 능력이 있을까 하는 자기 의심도 함께 물리친다.

티나와 나는 영화 속의 공화당풍 빈티지 인테리어, 그레이엄 여사의 복장, 인쇄기가 돌아가는 장면을 팝콘과 함께 즐긴 뒤에 상쾌한 밤공기와 드라이브를 즐겼다. 그런데 영화관에서 컴컴한 밖으로 나온 순간, 나도 모르게 티나에게 내가 처음 책을 낼 때 얼마나 힘들었던가 하는 이야기를 들려주고 있었다. 처음에 책을 내기 위해서 대단한 정도는 아니었을망정 나름대로 얼마나 고생했던가, 더 정확히 말하자면 몇몇 남자들이 내 책의 출간을 얼마나 방해했던가 하는 기억이 떠오른 건 실로 오랜만이었다. 그런 이들이 세운 장애물을 뛰어넘었다는 점에서 나는 운이 좋았다. 하지만 넘지 못한 사람들도 있었을 것이다. 게다가 출판계는 예나 지금이나 백인들의 세계이므로, 내 성별 때문에 닫힌 문이 있었을지라도 내 인종 덕분에 열린 문도 있었다는 사실을 나는 이제야 잘 알겠다.

어떤 피해는 어처구니없어서 우습기까지 했다. 한 편집자가 내 첫 책의 원고를 제멋대로 수정하는 바람에 프랑스 예술가 니키 드생팔Niki de Saint Phalle이 니키 드세인트폴Niki de Saint Paul로, 상징적인 iconic이 아이러니한ironic으로, 1957년이 1967년으로 바뀐 일이 있었다. 그가 왜 이렇게 엉뚱한 사보타주를 행했는지는 모르겠지만, 내가 이의를 제기했더니 그는 내 원고에 멋대로 끼어든 오류를 내가 좀더 태평하게 받아들여야 옳다고 말하는 듯한 태도로 나를 대했다. 또다른 편집자는 책에 결말이 없다고 야단치는 쪽지를 적어보냈다. 사실은 그가 원고의 마지막 장章을 잃어버린 것이었지만, 그는 자신의 실수일 것이라고는 생각도 하지 못했던 것이다. 그때 나는 그런 황당한 간섭에 맞서서 내 주장을 효과적으로 펼칠 능력과 경험이 부족했기 때문에, 첫 책은 제작이 미뤄져서 예정보다 1년 늦게 나왔다.

그 출판사의 얼굴이나 마찬가지였던 로런스 펄링게티Lawrence Ferlinghetti●와의 일도 있다. 내가 시티라이트 서점&출판사와 출간 계약을 맺었던 것은 지금으로부터 30년도 더 된 일이다. 나는 처음 몇년 동안 서점 꼭대기 층의 뒷구석에 있던 편집실에 자주 드나들었고, 그후에는 책을 구경하려고, 친구인 직원을 만나려고, 가끔 낭독자로 행사에 참여하려고 서점을 자주 찾았다. 그 긴 세월 동안, 로런스 펄링게티는 수시로 같은 공간에 나타났으면서도 내게

● 1919~2021. 시인이자 출판인. 1953년에 시티라이트 서점&출판사를 공동으로 열었다. 앞서 솔닛이 언급한 앨런 긴즈버그의 시 「울부짖음」을 1956년 시집으로 펴냈다가 음란물 유포죄로 고발당했던 일로도 유명하다.

한마디도 걸지 않았다. 내게 말을 거는 것이 정상적인 상황에서도 그랬다. 그냥 안 하는 것인지 다른 이유가 있는 것인지는 알 수 없었다. 나는 혹시 그의 머릿속 벤다이어그램에서는 시티라이트에서 책을 내는 작가 혹은 역사가라는 집합과 젊은 금발 여성이라는 집합 사이에 교집합이 없는 게 아닐까, 그래서 그에게 나는 범주상 존재하지 않는 존재가 아닐까 하고 생각하곤 했다.

내가 시티라이트와 작업한 지 2년이 넘은 때였다. 내 친구 브래드 에릭슨Brad Erickson이 활동가 핸드북을 낸 것을 기념하는 출간 행사를 나도 함께 준비했는데, 그 자리에 펄링게티가 출판사 편집장과 함께 왔다. 일주일 뒤, 브래드와 나는 시티라이트 서점에서 만났다. 마침 펄링게티가 서점의 유명한 정문 바로 옆 좁은 계단을 내려오다가 한명은 얼마 전에 단 한번 스친 사이이고 다른 한명은 자신이 책을 내주는 저자로서 이전 몇년 동안 수십번 마주친 사이인 우리 둘을 보았다. 그가 말했다. "안녕하세요, 브래드." 나는 딱히 펄링게티와 친구가 되고 싶은 마음은 없었다. 하지만 출판사 발행인은 자기 저자에게 인사를 건네는 것이 정상이다. 이 사건을 떠올리니, 그 몇년 전에 내가 앨런 긴즈버그 사진 전시회에서 내 비존재에 대해 고래고래 외치고 싶었던 것은 근거가 있는 충동이었구나 싶다.

우습지 않은 피해도 있었다. 겨울밤에 티나에게 주절주절 말하다보니, 오래 잊었던 다른 기억도 떠올랐다. 어느 나이 많고 힘 있는 남성이 내 첫 책을 아예 폐기하려고 했던 일이다. 존 코플랜스John Coplans는 1962년 샌프란시스코에서 창간되었을 때 미국에서 가장 대담한 미술 잡지였던 『아트포럼』*Artforum*의 공동 발행인이자 그 잡지를 통해서 샌프란시스코만 일대의 예술가들을 계속 소개해온 이였다. 1980년대에는 사진가로도 제법 성공했다. 그의 피사체는 살이 처지고 털이 나고 늙어가는 자신의 알몸이었다. 흑백으로 사진에 여백이 거의 없도록 꽉 채워서 클로즈업으로 찍은 그 몸은 무슨 기둥처럼 보였다.

1991년에 내 책이 나왔을 때, 코플랜스는 나를 명예훼손으로 고발하는 편지를 변호사를 통해서 시티라이트 출판사에 보냈다. 책의 여섯 주인공 중 한명인 월리 헤드릭은 1953년부터 미국 국기를 그림으로 그렸는데, 어쩌다보니 그 작품들은 전부 사라지거나 망가졌다. 그 얼마 후부터 뉴욕의 화가 재스퍼 존스Jasper Johns가 미국 국기를 그리기 시작하여 유명해졌으니, 헤드릭의 작품들도 만약 남아 있었다면 미국 미술사에서 작은 위치라도 차지했을지 모른다. (헤드릭의 미국 국기 작품은 베트남전에 반대하는 의미로 검게 그린 것이 많았다.) 나는 책에서 이렇게 말했다. "〔헤드릭의 그 작품들 중 한점은〕 1963년까지 남아 있었으나, (헤드릭에 따르면) 비평가 존 코플랜스가 헤드릭 작품 세계 10년 조망전에서 빌려간 뒤 돌려주지 않았다. 코플랜스는 작품을 구입할 의향이 있다는 웬 여성에게 그 작품을 보내달라고 요청했고, 이후에는 아무도 그 작품을 본 사람이 없다."

코플랜스는 저 글 때문에 자신이 도둑처럼 보인다고 말했고,

그뿐만 아니라 자신은 헤드릭을 만난 적조차 없다고 주장했다. 내가 기억하기로, 변호사의 편지에는 만약 우리가 이미 찍은 책을 몽땅 폐기한다면 추가 조치는 취하지 않겠다고 적혀 있었다. 누군가의 첫 책이란 누군가가 몇년의 노력을 들여서 이제 막 작가가 되었다는 뜻인데, 그 모든 것을 대수롭지 않게 없애버리려는 생각이 내게는 충격이었다. 편지를 받은 담당 편집자의 반응도 도움이 되지 않았다. 내 느낌이기는 하지만, 편집자도 내가 사실을 틀리게 적었을 가능성이 크다고 생각하는 것 같았다. 그 시절에 나는 개인적 소통이든 역사적 사실이든 잘 다룰 역량과 신뢰도를 가진 사람으로 여겨지지 않았다.

　　요즘도 나는 내 말을 뒷받침하는 증거를 산더미처럼 모아두는 버릇이 있다. 그때 내가 택한 대처 방법도 그것이었다. 나는 샌프란시스코 현대미술관 부설 도서관에 가서, 두 남자가 문제의 시기에 나눴던 대화와 함께했던 작업에 관한 자료를 있는 대로 복사해 왔다. 그리고 그 자료를 내 편집자가 코플랜스의 변호사에게 전달했던 것 같다. 결국 책은 폐기되지 않았다. 별 반응을 얻지 못한 채 조용히 있다가 절판되기는 했지만 말이다. 서평 기사는 딱 두편이 나왔고, 개중 한 기사는 선뜻 서문을 써준 시인 겸 비평가 빌 벅슨Bill Berkson을 책의 저자로 잘못 소개했다. 얄궂게도 벅슨의 서문 첫머리에는 작가 미나 로이Mina Loy의 이 시구가 인용되어 있었다. "모습을 드러내지 않은 채 겪은 고통은 흔해빠진 비극일 뿐."

　　내가 2008년에 쓴 글 「남자들은 자꾸 나를 가르치려 든다」

Men Explain Things to Me에는 "신뢰성은 생존의 기본 도구다"라는 문장이 있다. 신뢰성은 어떤 면에서 내 직업이기도 하다. 덜 거창하게 말하자면, 논픽션 작가라면 누구나 갖춰야 할 장비다. 처음에 나는 그 신뢰성을 얻고자 싸워야 했다. 내가 사건을 상당히 정확하게 인식할 줄 아는 사람임을 사생활에서도 일에서도 남들에게 설득시켜야만 했고, 반복된 그런 경험은 내 안에 자기 의심의 씨앗을 심었으니 그 싸움은 남들과의 싸움만은 아니었다.

특정 기상 현상이 기후변화 때문인지 아닌지를 분명히 말하기는 불가능할 수도 있지만, 기후변화가 기상의 전반적인 경향성에 영향을 미친다는 것은 분명한 사실이다. 차별도 그렇다. 어떤 특정 사건은 내가 속한 집단에 대한 상대의 태도에서 비롯한 일일 수도 있고 아닐 수도 있겠지만, 그런 사건이 누적되면 그로부터 분명한 패턴이 드러난다. 돌아보면 이런 생각이 든다. 만약 그 시절의 세상이 달랐더라면, 즉 내가 겪은 위협과 주변 여성들이 겪은 폭력이 절박한 현실이 아닌 세상이었다면, 또 내 청년기에 우상으로 떠받들렸던 작가들의 업신여김이 그리 심하지 않았더라면, 내가 겪은 저런 적대적 행동들도 그냥 재수 없는 일일 뿐 서로 무관한 사건으로 보였을지도 모른다고.

두번째 책은 전혀 다른 내용이었다. 시작은 상서로웠다. 나는 1991년의 어느 월요일에 시에라 클럽 출판사에 제안서를 보냈고, 화요일에 편집자의 전화를 받았고, 수요일에 그를 만났다. 곧 계약서를 썼다. 12,000달러의 선금 중 일부로, 낡아빠진 닷선 B210

을 팔고 캠핑용 뚜껑이 갖춰진 흰색 중고 쉐보레 S10 픽업트럭을 샀다. 좀더 편하게 서부로 조사 여행을 다니기 위해서였다. 첫 책 『비밀의 전시회: 냉전기 캘리포니아의 여섯 예술가』*Secret Exhibition: Six California Artists of the Cold War Era*를 쓰는 동안 내 삶이 변했다. 첫 책 덕분에 내가 사는 지역이 내 직전 시절에 어땠는지 이해할 수 있는 토대를 닦았다면, 두번째 책은 서부를 더 넓고 깊게 탐구하여 그 신화, 전쟁, 맹점, 경이로움, 범죄자들, 여성들을 살펴볼 터였다.

그 『야만적인 꿈들: 미국 서부의 숨은 전쟁들로의 여행』*Savage Dreams: A Journey into the Hidden Wars of the American West*은 비가시성이 잔학 행위를 허용할 수 있다는 사실을 말하는 책이었다. 책의 전반부가 중점적으로 다루는 전쟁은 네바다 핵실험장에서의 전쟁이다. 그 핵실험장에서는 사람들이 보통 미래에 벌어질지도 모르는 무서운 일로만 여기던 핵전쟁이 실제로 벌어지고 있었다. 1951년부터 1991년까지 한달에 하나꼴로 핵폭탄이 터져서, 지역 환경과 바람 맞는 쪽에 사는 주민들에게 심각한 악영향을 끼치고 있었다. 책의 후반부는 요세미티 국립공원 이야기다. 그 국립공원에서는 사람들이 보통 과거에 벌어졌던 나쁜 일로만 여기던 이른바 인디언 전쟁이 현재에 다른 방식으로 벌어지고 있었다. 당시의 통념과는 달리 죽지도, 사라지지도, 이주 여정의 끝을 맞지도, 석양 속으로 떠나지도, 제 부족의 마지막 생존자가 되지도 않고 버젓이 살아 있던 원주민들을 상대로 하여. 원주민들의 비가시성은 재현을 통해서, 더 정확히 말하자면 재현되지 않음을 통해서 생겨난 것뿐이었다. 그런 재현은 표지판에서, 요세미티의 두 박물관 중 더 눈에 띄는 쪽에서, 공원 토지 관리 관행에서, 그리고 환경 단체들과 예술가들이 요세미티를 묘사하는 방식, 즉 그곳은 원래 사람이 살지 않는 야생이었다가 최근에 백인들에게 발견되었고 지금은 방문객들만 찾는 곳이라는 묘사에서 이루어졌다.

요컨대 나는 미래와 과거의 전쟁들이 현재에 겹쳐지고 있다고 주장했고, 그런데도 우리가 그 사실을 대체로 알아차리지 못하는 것은 우리가 전쟁, 서부, 자연, 문화, 원주민 등등을 생각하는 방식 때문이라고 주장했다. 그런 개념들은 그즈음 이미 혁명적으로 바뀌는 중이었고, 나는 그 혁명의 수혜자였다. 원주민들은 자신들이 사라진 적 없고, 권리를 포기한 적 없고, 자신들의 역사를 잊지 않았고, 그 땅에는 역사가 있으며, 그 역사는 자연과 괴리되거나 자연을 파괴하지 않는 문화의 역사라고 주장하고 있었다. 그것은 나처럼 원주민이 아닌 사람에게는 혁명적인 깨우침이었다. 상징적 소멸을, 즉 특정 집단이—특정 성별, 인종, 성적 지향의 사람들이—대중문화와 예술에서, 해당 사회나 지역에 관한 공식적 묘사에서 재현되지 않는 현상을 만회하도록 해주는 깨우침이었다. 무엇보다 그것은 이전까지 저런 개념들을 조직하는 데 널리 쓰였던 자연 대 문화의 선명한 이분법을 지우는 변화였다.

편집자는 나를 격려했다. 그런데 1993년에 원고가 완성되자 그는 서부 역사에 관한 책을 써온 두 남성 저자에게 원고를 보내어 검토를 요청했다. 한명은 에번 S. 코넬Evan S. Connell로, 커스터 중령과 리틀 빅혼 전투에 대한 그의 책이 자못 실험적이었던 것을 알기에 나는 긍정적인 평을 기대했다. 하지만 그는 내 책이 일관성 없고 이론의 여지가 많다고 보는 듯했다. 물론 실망스러웠지만, 의견으로서는 받아들일 수 있었다. 문제는 다른 남자였다. 국립공원에 대한 책을 썼던 그는 요세미티에 대한 내 생각에 노하여, 내가 문화적 맹점이라고 설명한 현상을 의도적 음모라고 해석하고는 그런 음모는 없었다고 부정했다. 나는 제임스 볼드윈의 멋진 문장, "범죄는 순수함으로 이뤄진다"라는 말을 책의 제사로 썼다. 이것은 많은 잔혹 행위 이면에는 교활함이 아니라 의도적이든 아니든 무지가 있다는 뜻이다. 남자는 분기탱천한 긴 편지에서 내가 무엇보다 "지적 부정"과 "숨은 의도"의 오류를 저질렀다고 지적하면서 이렇게 말했다. "요세미티 공원 관리자들을 비롯하여 소수의 존경받는 동료들에게 내 재량껏 이 의견을 복사해 보냈습니다."

　나는 남자에게 답장을 보내어, 내게는 어떠한 숨은 의도도 없다고 말했다. "제 지도 교수였던 벤 바그디키언Ben Bagdikian과 오늘 그 문제에 대해서 의논한 결과, 귀하의 행동이 잘못되었다는 의견을 들었습니다. 아시다시피 바그디키언은 전 『워싱턴 포스트』 옴부즈맨이자 현 버클리 캘리포니아 대학 저널리즘 교수로 저널리즘 윤리 분야의 권위자입니다. 바그디키언은 미발표된 학술적 글에 대해서 의견을 듣고자 학계 내에서 글을 회람하는 것은 관행이라고 할 수 있지만 이 경우는 상황이 다르다고 말했습니다. 귀하는 제 책에 대한 공격적 의견을 불편부당한 전문가들에게 보낸 것이 아니라 관련 당사자들에게 보냈습니다. 심지어 그 당사자는 정부 관료들입니다. 이것은 사회적, 정치적 문제를 다루는 글의 저널리즘적 독립성을 해친 전례 없는 행위입니다. 그 행위로 말미암아 출판사에 출간 금지 압박이 가해질 수도 있습니다." 힘 있는 남성을 끌어들이는 것은 기발표된 자료를 투척하는 것과 마찬가지로 갈등 상황에서 내게 부족한, 혹은 부족하다고 여겨졌던 신뢰성을 보충하는 한가지 수였다. 나는 또 그 독자가 입에 거품을 물며 내게 해석의 죄를 씌웠지만—오직 그 죄뿐이었다—그러는 와중에도 사실적 오류는 하나도 발견하지 못한 듯하다는 점을 편집자에게 강조했다.

신뢰성은 생존의 기본 도구다. 책은 통상적인 편집 과정을 거쳐서 1994년 가을에 출간되었다. 책에 핵무기와 반핵 운동 이야기가 나오는데 마침 내 남동생은 반핵 운동가이자 내게 지지를 아끼지 않은 친절한 사람이었기 때문에, 내가 서부를 돌며 책을 홍보할 수 있도록 계획을 짜주었다. 동생은 자기 인맥을 활용해서 내가 대학과 라디오 방송과 활동가 단체에서 이야기할 기회를 마련해주었고, 내 쉐보레 트럭으로 떠난 11,000킬로미터의 여정에도 동행해주었다. 우리는 주로 동생의 친구와 지인 집에서 묵으면서 다녔다. 댈러스에서 우리를 재워준 분이 샌프란시스코에서 댈러스까지 어느 길로 왔느냐고 물었을 때, 내가 "시애틀을 거쳐서요"라고 대답하면서 재미있어한 일도 있었다.

내게는 시에라 클럽 출판사가 붙여준 사내의 홍보 담당자가 있었다. 키 큰 금발 남자였다. 그런데 그는 내가 협조하려고 애써도 자꾸만 이상하게 굴었다. 전화를 아무리 걸어도 받지 않았고, 메모를 남겨도 전화를 걸어오지 않았다. 그는 대신 내게 이메일을 보내어, 자신이 홍보 여행의 일환으로 서부 곳곳의 서점에 행사를 잡아두었으니 일정에 맞춰 가라며 날짜를 알려주었다. 나는 출판사의 다른 사람들에게 그에 대해 불평했지만 무시당했다. 이번에도 사람들은 내가 생각이 지나치고 근거 없이 걱정하는 것이라고 여기는 듯했다. 나는 일단 길을 떠났지만 문득 의심스러워졌다. 공중전화를 찾아서, 그가 예약해두었다고 말한 첫번째 서점으로 전화를 걸어보았다. 서점은 그의 연락을 받은 적 없다고 말했다. 나는 전화를 몇통 더 걸었다.

그는 거짓말쟁이였다. 그가 주선해두었다고 말한 행사는 전부 거짓이었다. 라디오 인터뷰에 갔을 때는 그에게 미리 보내놓으라고 요청했던 책을 그가 보내지 않은 바람에 진행자가 나와 무슨 이야기를 나눠야 할지 모르고 있었다. 그는 내 책을 묻어버리기로 정한 게 분명했다. 그가 그러지 않더라면 훨씬 더 널리 알려졌을지도 모르는 책은 주목을 받지 못했다. 홍보 여행에는 만약 우리가 그의 짓을 사전에 알았더라면 스스로 채울 수 있었을지도 모르는 빈틈이 많았다. 나는 『야만적인 꿈들』이 중요한 책이라고 생각했다. 최소한 중요하고 급박한 문제들을 새로운 시각에서 보고자 시도한 책이라고 생각했다. (제목을 저렇게 지었던 것은 후회한다. 제임스 새비지James Savage라는 카리스마적 괴물의 이름을 딴 것이었는데, 그는 금광으로 돈을 벌기 위해서 요세미티 일대에서 원주민 학살 전쟁을 일으킨 인물이었다.)

내가 그를 못 믿겠다는 말을 꺼냈을 때 누가 내 말을 들어주었다면, 그의 악의 혹은 무능이 그토록 큰 영향을 미치지는 못했을 수도 있었다. 작가가 된 첫 몇년 동안 나는 역사책을 쓰고 있었음에도 불구하고, 젊은 여성들이 흔히 그렇게 여겨지듯이, 일상의 사건에 대해서조차 신뢰성 있는 증인이 되지 못한다고 여겨졌다. 사람들 앞에서 낭독했지만, 내 출판사들에게는 내 말을 듣게 만들 수 없었다. 티나와 영화를 보고 나온 밤에 코플랜스와 기타 등등에 대해서 티나에게 말해주다가 처음으로 이런 깨달음이 들었다. 그런 사건들은 그보다 더 젊었을 때 길에서 접했던 분노, 즉 나를 육체적으로 해치고 싶어했던 남자들의 분노가 짐짓 점잖은 체하는 비육체적 행위로 드러난 것이 아니었을까? 그런 사건들은 내게 그곳은 내가 있을 곳이 아니고 그곳에서 내 목소리는 들리지 않을 것이라는 사실을 알려주려고 의도된 것 같았다.

나는 소셜미디어는 물론이고 인터넷조차 없던 시절에 그런 일을 겪었다는 사실이 다행스럽다. 알다시피 온라인에서 악의는 성별과 인종에 따라 차등적으로 분배된다. 비백인, 비남성, 비이성애자, 비시스젠더를 함구시키고 쫓아버리려고 집단적으로 애쓰는 이들이 있다. 저 범주의 사람들은 설령 침묵하지는 않더라도 목소리를 내는 데 대한 대가를 치른다. 불공평한 상황을 지속시키는 장애물을 넘기 위해서 잉여의 노력을 들인다. 소셜미디어에서 사람들이 나를 겨냥하여 공격하려고 하는 것을 볼 때, 내가 작가가 된 지 수십년이 지난 시점이 아니라 초기에 그런 공격을 받았더라면 충격을 무시하거나 이겨내기가 더 어려웠을지도 모르겠다고 생각하곤 한다(물론 그렇다면 나도 출판계 남자들과의 이상한 사건을 온라인에서 공개적으로 말하고 연대를 구했을 수도 있겠지만 말이다).

우리가 목소리를 듣는 사람들은 대부분 역경에서 살아남았거나 장벽을 부순 사람들이다. 어떤 사람들은 자신이 해냈다는 사실을 근거로 역경이나 장벽이 그다지 심각하지 않다고 주장한다. 혹은 나를 죽이지 못하는 것은 나를 더 강하게 만들 뿐이라고 주장한다. 하지만 모두가 그렇게 해낼 수 있는 것은 아니다. 그리고 만약 무언가 나를 죽이려고 한다면 다른 곳에 더 유용하게 쓸 수 있었을지도 모르는 에너지를 그곳에 쏟아야 하고, 그래서 지치고 불안해진다. 나는 다른 어떤 경험보다도 논픽션을 쓰고 책으로 펴내는 과정을 통해서 내게 진실과 정의를 가려보는 능력과 신뢰성이 있다는 점을 믿게 되었다. 그 덕분에 이제 가끔은 나 자신을, 혹은 남들을 옹호하고 나설 수 있게 되었다.

3.

어떤 여자가 자신에게 혹은 다른 여자에게 나쁜 일이 벌어졌고 그 가해자가 남자라고 말하면, 말한 이에게 남성혐오자냐는 비난이 쏟아질 때가 많다. 마치 그 일이 사실이라는 점은 중요하지 않고, 상황이 어떻든 여자가 쾌활한 태도를 보여야 할 의무가 중요하다는 듯이. 모든 남자가 끔찍하지는 않다는 점이 어떤 남자는 끔찍하게 굴었다는 점보다 더 중요하다는 듯이. 여자의 말은 내용의 사실성으로 평가되기보다는 그렇게 말한 그가 어떤 사람처럼 보이는가, 그가 그런 상황에서도 남들에게 살갑게 구는가 하는 점으로 평가되곤 한다. 내 20대에는 주변에 멋진 남자들도 있었다. 스물한살 생일부터 20대 후반까지 함께한 멋진 남자친구가 있었다. 자신이 하는 사회운동에 나를 끌어들이고 그 운동과 점점 더 긴밀하게 얽혀온 내 일을 지지한 남동생도 있었다. 그리고 게이 남성들이 있었다. 그들은 내 친구였고, 내가 사는 도시에서 큰 영향력을 발휘하는 문화 세력이었고, 다른 형태의 남성성이 가능함을 보여준 모델이었다. 인간으로 산다는 것의 의미를 보여준 사람들이었다.

*

제이 드페오는 1989년 말 그를 사망하게 한 폐암을 앓던 시기에 매일 에드 길버트Ed Gilbert에게 전화를 걸었다. 그로부터 오래 뒤에 에드가 내게 해준 이야기다.

"에드, 뭐 입고 있어?" 드페오는 에드에게 물었다. 에드가 드페오의 목소리를 흉내내던 것이 기억난다. 부드럽고 가벼운 목소리, 드페오가 피우던 담배 연기나 목탄으로 그리던 소용돌이처럼 공중으로 떠오르는 듯한 목소리. 샌프란시스코의 선도적 갤러리인 폴 앙글림Paule Anglim 갤러리의—지금은 앙글림 길버트 갤러리로 이름이 바뀌었다*—공동 관장이었던 에드는 그날 자신이 어떻게 화려하게 입었는지 설명해주었고, 그러면 드페오는 "고마워. 기분이 한결 낫네" 하고 말하고 끊었다. 두 사람은 드페오가 쇠약해지는 동안 거의 매일 그런 대화를 나눴고, 드페오는 매번 즐거워하는 듯했다.

황금색 피부에 짧게 깎은 머리카락에 멋진 체형을 가진 에드를 보면 나는 늘 매끈하면서도 강한 오스카상 트로피가 생각났다. 에드의 옷차림은 다채로웠다. 그는 작은 동네 브랜드들의 옷에 더러 유명 디자이너의 옷이나 빈티지 제품이 섞인 우아한 옷장을 갖고 있었다. 그것은 다양한 색깔로 재치, 유머, 가끔은 화려함을 드러내는 일종의 선언이었다. 물론 어울리는 구두도 늘 함께했다. 에드가, 에드의 옷차림이 얼마나 경이로운지 생각하다보니 이런 깨달음이 들었다. 우리는 보통 멋져 보이려는 시도를 다소 경멸할 만한 자기애 혹은 섹스하기 위한 노골적 전략으로 여기지만, 어쩌면 그것은 주변 사람들에게 주는 선물이 될 수도 있고, 일종의 공공예술이나 축제가 될 수도 있고, 더구나 에드의 옷차림과 같은 것이라

* 에드 길버트는 이 책의 출간으로부터 몇달 뒤인 2020년 7월에 죽었고, 갤러리는 같은 해 10월부터 앙글림/트림블 갤러리로 이름을 바꾸어 운영되고 있다.

면 일종의 농담이자 논평이 될 수도 있다.

사람들을 구경하는 것은 인생의 큰 즐거움 중 하나다. 나는 내가 드랙퀸들과 종신방종수녀회와―1970년대 말에 결성된 에이즈 활동가 단체로, 이름은 일종의 패러디다―함께 사는 것, 무슨 일이라도 있을라치면 코스튬을 입을 기회로 삼는 사람들 사이에서 사는 것, 퍼레이드와 길거리 파티와 망자의 날●과 핼러윈과 게이 프라이드 행진과 음력 설날까지 온갖 기념일 축제의 도시에서 사는 것, 특히 펑크와 로라이더●●와 힙합의 하위문화 그리고 젠더를 자신에게 맞게 재창조하여 그것을 스타일과 몸짓 언어로 드러내는 사람들의 문화에서 사는 것을 행운으로 여겼다. 어떤 무리에도 속하지 않는, 혹은 자기 혼자만의 부족에 속하는 괴짜들도 있었다. 사람들이 지금보다 공공 공간에서 좀더 많은 시간을 보내던 시절이었다. 그 시절의 샌프란시스코는 자기 발명의 축제가 상시적으로 벌어지는 곳 같았다. 거리를 걷는 일이 늘 퍼레이드가 되는 곳 같았다. 남들보다 퍼포먼스에 공을 더 많이 들이는 사람들이 있었지만, 꼭 그들이 아니더라도 볼거리는 많았다. 무지개색 모호크 헤어스타일을 한 사람도 있었고, 너덜너덜한 무도회용 드레스를 입은 사람도 있었고, 가끔은 그게 한 사람일 때도 있었다.

● 디아 데 로스 무에르토스(Dia de los Muertos), 죽은 가족, 친지의 명복을 비는 멕시코 명절. 10월 말~11월 초에 있다.
●● 차대를 낮게 개조한 차를 말하는데, 샌프란시스코의 라틴계 젊은이들이 채택한 문화였다.

에드의 옷차림이 죽어가는 여자에게 안겨준 위안으로부터 나는 배웠다. 우리의 존재 자체가, 우리의 행동과 일과 옷차림과 말이 주변 사람들에게 도움이 될 수도 있다는 사실을. 우리가 받는 가장 소중한 선물은 직접적이거나 물질적이거나 측정 가능한 것이 아닐 수도 있다는 사실을. 심지어 우리가 살아가는 방식 자체가 남들에게 선물이 될 수도 있다는 사실을. 나는 게이 남성들을 알고서 해방되었다. 해방은 전염되는 것이기 때문이다. 그들 덕분에 나는 많이 배웠고, 여러 이득을 보았고, 무척 재미있었다. 물론 이것은 모든 게이 남성에 대한 이야기가 아니라 내게 기쁨을 주고 친구가 되어준 몇몇 게이 남성들과의 만남에 국한한 이야기다.

나는 캐스트로 지구의 지척에서 30년을 살았다. 샌프란시스코 시민이 되기 전에도, 웅장한 영화의 전당들 중 아직 허물어지거나 멀티플렉스로 개조되지 않은 몇 안 되는 극장 중 하나인 캐스트로 극장으로 영화를 보러 다녔다. 그 어둡고 장엄한 동굴에서 본 영화가 수백편은 된다. 나는 그곳에서 영화제 영화, 고전 서부극과 뮤지컬, 연례 느와르 축제 영화, 에이즈 다큐멘터리 「우리는 여기에 있었다」We Were Here, 타르콥스키Tarkovsky와 안토니오니Antonioni의 영화, 우리가 앉은 극장을 스크린에서도 볼 수 있었던 하비 밀크 Harvey Milk 전기 영화를 보면서 동성애 서브텍스트를 읽는 법, 동성애자들의 스타일을 알아보는 법, 옛날 영화에 담긴 혐오와 요즘 영화에 담긴 서투른 발상을 비평하는 법을 관객들의 웅얼거림과 한숨으로부터, 환성과 신음과 비웃음으로부터 배웠다. 우리가 어둠 속에 (대체로) 조용히 앉아 있었음에도, 나는 게이 관객들로부터 꼼꼼히 읽는 법, 칭찬하고 비판하는 법, 농담을 공유하는 법을 배웠다.

사람들이 자기 도시의 건축물이나 스포츠 팀을 자랑스러워하는 것처럼, 당시 샌프란시스코 주민이면서 이성애자였던 사람들 중 일부는 우리 도시의 동성애자들을 자랑스러워했던 것 같다. 에이즈가 유행하기 전에, 우리는 반ِ청교도적 대중탕과 퀴어 레더ِ가죽 문화를 익히 안다는 점을 즐겁게 여겼다. 즉흥적 거리 축제가 한창이던 시절에, 즉 나중처럼 어린 대학생 등이 멀뚱멀뚱 구경하러 오고 더러 폭력이 터지곤 하기 전에, 캐스트로 지구에서 열리던 화려한 핼러윈 행사에 참여하거나 드랙퀸과 농담을 주고받을 만큼 세련되었다는 점을 즐겁게 여겼다. 다른 곳에서는 불가능할 듯한 사건과 개성이 융성하는 곳에서 산다는 점을 즐겁게 여겼고, 자신을 죽이고 싶어하는 건전한 미국으로부터 도망친 절박한 사람들을 우리 도시가 자석처럼 끌어들인다는 점을 값지게 여겼다. 처음에는 거리에서, 나중에는 공직에서 정치적 리더십을 발휘한 몇몇 인물의 이상주의와 용기에 감탄했다.

내게 첫 게이 친구가 생긴 것은 열세살 즈음이었다. 얼마 뒤 그를 따라 처음 드랙퀸 바에 가보았다. 포크가에 있었던 바에 대한 기억은 하지만 두껍게 화장한 드랙퀸들이 우리가 앉은 작은 카페용 탁자에 합석하여 내 앳된 살결을 예뻐했었다는 것뿐이다. 샌프란시스코에는 성적ِ性的 지형도가 있었다. 폴섬가에는 레더 신이 있었고, 텐더로인에는 트랜스여성들과 드랙퀸들이 모였고, 게이들은 원래 포크가에 모였지만 그곳의 활기가 이울면서 캐스트로가 새 중심지로 떠올랐고, 레즈비언 바와 클럽은 내가 샌프란시스코로 옮기기 전에는 노스비치에 많았다가 시내 각지로 흩어졌고 나중에는 그마저도 사라졌다. 나는 10대 말과 20대 초에 스터드라는 레더 바에 춤추러 다녔는데, 그곳은 펑크족도 드나들고 게이도 드나드는 (둘 다에 해당하는 사람도 더러 있었다) 드문 장소 중 한곳이었다.

주변의 동성애자들 덕분에 나는 자신이 원하는 젠더가 그의 젠더라는 것, 규칙은 깰 수 있다는 것, 규칙을 깨면 대가가 따르지만 보통 그것을 감수하고도 남을 만한 결과가 따른다는 것을 배웠다. 내가 이성애자 남자들에게서 심란하고 불만스럽게 느끼는 측면들이 남성의 천성이라기보다는 남성적 역할에서 비롯한다는 사실을 게이들이 똑똑히 알려주었다. 직접 행동 단체 퀴어 네이션이 1990년대 초에 샌프란시스코 구석구석 붙이고 다녔던 스티커의 문구를 빌려서 설명할 수도 있겠다. "이성애, 무엇이 원인인가?" 내게 게이들은 세상이 자신에게 지정해준 것을 거부하는 일의 급진적 아름다움을 보여주는 본보기였다. 그들이 세상의 기대에 부응할 필요가 없다면, 나도 그럴 필요가 없었다.

미국뿐 아니라 세계 어디에나 동질성을 권리로 여기고 바라며 심지어 요구하는 사람들, 공존이 자신에게 손해나 위협이 된다고 주장하는 사람들이 있다. 도대체 어떻게 그렇게 생각할 수 있는

지 모르겠다. 대체 어떻게 하면 자신이 한 나라와 문화를 장악하는 걸 당연시하는 사람, 획일성에서 안전을 느끼고 혼성적 사회에서 위험을—대체로 상상이거나 형이상학적 위험이다—느끼는 사람이 될 수 있을까. 나는 백인이다. 하지만 보수적이고 때로 반유대적이었던 동네에서 진보적인 아일랜드계 가톨릭과 러시아계 유대인의 딸로 자랐고, 반지성주의적 소도시에서 책벌레로 자랐고, 남자 형제들 사이의 유일한 여자아이로 자랐다. 그래서 세상에 나 같은 사람이 적다고 생각했고, 나 같은 사람이 다수를 이루는 곳은 세상 어디에도 없을 거라고 생각했다. 획일적 환경에서는 늘 내가 눈에 띈다고 느꼈고, 그래서 벌 받을지도 모른다고 생각했다. 혼성적 사람들 틈에 있는 편이 더 안전할뿐더러 이로웠다. 그리고 백인이 소수인 도시에서 살다보니, "나 같은" 사람이란 나와 애정의 대상이나 이상이 같은 사람을 뜻한다고 여기게 되었다.

세상에는 수많은 방식의 사라짐이 있다. 애초에 나타나기가 허락되지 않는 사람들도 있다. 샌프란시스코 시의원 하비 밀크의 보좌관이자 친구였고 이후 자신도 정치인으로서 묵직한 경력을 쌓았던 클리브 존스Cleve Jones는 회고록 『우리가 떨쳐 일어날 때』When We Rise에서 이렇게 말했다. "내 또래의 동성애자들은 자기처럼 느끼는 사람이 지구를 통틀어 한명이라도 더 있는지 알지 못하고 자란 마지막 세대였다. 그런 이야기는 그냥 아무도 하지 않았다. (⋯) 퀴어는 병적이고 불법적이고 역겨운 존재였으며, 들키면 감옥이나 정신병원에 가야 했다. 체포된 사람은 모든 것을 잃었다. 일도, 가족도, 심지어 목숨까지도. 모든 도시와 주에 쉴 새 없이 우리를 쫓는 전담 경찰 팀이 있었다. (…) 열두살 무렵에 나는 계획이 필요하다는 것을 깨달았다. 내가 생각할 수 있는 유일한 계획은 숨는 것, 비밀을 절대 드러내지 않는 것, 만에 하나 발각되면 자살하는 것이었다."

나의 성장기는 퀴어 문화의 변혁기와 겹쳤고, 내가 아는 게이들은 대부분 존스와 비슷한 여정을 거쳤다. 처음에는 비밀과 수치심에 싸여 있다가 나중에는 친구를, 연인을, 자신이 머무를 장소를 이 세계에서, 적어도 이 도시에서, 적어도 이 도시의 몇몇 동네에서 찾아내는 과정이었다. 1970년대의 반동성애법 반대 운동부터 밀크가 전직 경찰 보수주의자에게 살해된 뒤 일어난 '화이트 나이트' 저항 시위를 거쳐 1990년대 액트 업ACT UP과 퀴어 네이션의 맹렬한 활동에 이르기까지, 샌프란시스코는 열띤 정치의 공간이었다. 에이즈 위기의 중심지이자 그에 대응하는 활동의 중심지였고, 종신방종수녀회의 안전한 섹스 교육, 액트 업과 퀴어 네이션의 활동, 클리브 존스의 에이즈 기념 킬트 프로젝트가—그 킬트의 전체가 마지막으로 전시된 때는 1996년이었는데, 워싱턴 D. C.의 내셔널 몰 광장을 다 덮을 만큼 컸다—펼쳐진 장소였다.

나는 캐스트로 지구를 지나다니는 행인으로서 에이즈 위기를 지켜보았다. 어느 날 갑자기 그곳 길거리 게시판에 이상한 신종 질병의 소식을 담은 공지와 게이 신문 기사가 나붙더니, 곧 거리마다 해골만 남은 남자들이 휘청휘청 걸었고, 누군가를 추모하는 공간들이 생겨났고, 시위와 행진이 벌어졌다. 그 시기에 내가 친하게 지낸 사람이 있었다. 화가 데이비드 캐넌 더실David Cannon Dashiell이었다. 우리는 그의 오랜 파트너였던 배리가 에이즈 신약을 복용하다 죽은 때부터 그 자신이 에이즈로 죽을 때까지 4년 가까이 가깝게 지냈다. 내가 검은색 가죽 모터사이클 재킷을 도둑맞자 데이비드는 배리의 것을 내게 주었다. 나는 그 옷을 오래 입었다. 그 시절에 가죽 재킷은 우리 같은 사람들의 유니폼이었다.

데이비드는 배리의 죽음으로 비탄에 빠졌다. 하지만 파트너의 생명보험금 덕분에 하고 싶었던 일들을 할 수 있게 되었다. 시작은 작품을 만들 시간을 더 많이 낼 수 있게 된 것이었다. 그는 또 흥청망청 사들였다. 아파트를 사서 개조하고 꾸민 뒤에 자신이 좋아하는 게이 예술가들의—제롬 차야Jerome Caja, 네일런드 블레이크Nayland Blake, 래리 피트먼Lari Pittman—작품을 잔뜩 사들였다. 나는 아직 몰랐던 사실, 즉 자신에게 남은 시간이 얼마 없다는 사실을 알기 때문이었다. 그는 집 꾸미기에도 음산한 재치를 발휘했다. 식탁에 의자 대신 휠체어를 여섯대 두었는데, 안쪽에 까맣고 반지르르한 비단을 대고 팔걸이에 장식용 술을 늘어뜨린 휠체어는 병이 자신을 불구로 만들지도 모른다는 사실을 짐짓 모르는 체하는 농담이었다. 우리는 휠체어를 타고 아파트를 쌩쌩 달리며 깔깔 웃곤 했다.

데이비드의 작품은 지적이었다. 그는 기존의 재현 체계를 퀴어화하는 작업을 했다. 그가 크고 동그랗고 까만 종이에 분필로 그렸던 타로 카드 세트 중 한점을 아직 갖고 있다. 위에서 본 남자의 몸이 그려져 있는데, 날렵한 선 몇개로 그려진 몸은 근육질이고, 탄탄한 가슴에 붙은 젖꼭지는 작은 못처럼 튀어나와 있다. 데이비드는 키가 컸고, 가냘팠고, 창백했고, 장난스럽게 귀족적이었고, 퇴폐와 일탈을 무척 즐겼다. 그의 HIV가 처음 에이즈 증상을 드러낸 날 밤에 그가 전화를 건 사람이 나였다. 나는 과일 주스, 수프, 최고로 말랑말랑한 영화들을 챙겨서 그가 손수 꾸민 화려한 아파트로 달려갔다. 우리는 빅토리아풍 아파트의 퇴창에 놓인 침대에 드러눕다시피 앉아서 킴 노백Kim Novak과 윌리엄 홀든William Holden이 나오는 영화 「피크닉」Picnic을 봤다. 이성애 연애의 공식들이 눈꼴사납게 펼쳐지는 그 영화는 우리가 비아냥거리는 촌평을 날리면서 보기에 안성맞춤이었다. 우리는 밤늦게까지 수프를 먹고 영화를 봤다. 그리고 아침에 그는 병원에 갔다. 그도 나도 차마 현실을 직설적으로 말할 순 없었다. 하지만 현실은 현실이었다.

데이비드는 이후 다시 사랑에 빠졌고, 애인과 둘이서 옷이 든 여행 가방과 약이 든 여행 가방을 들고서 유럽을 여행했다. 그리고 죽기 직전에 걸작을 완성했다. 폼페이의 '밀교의 빌라'Villa dei Misteri 벽화를 새롭게 구현한 작품으로, 높이 2.4미터의 플렉시글라스에 실물 크기의 사람들을 그려넣은 거대한 작품이다. 작품 속에서 얼굴이 흰색이거나 연보라색인 에드워드 시대풍의 게이들은 서로 키스하고, 잡아먹고, 체액을 주고받는다. SF소설의 주인공처럼 피부가 초록색인 레즈비언들도 에로틱하고 일탈적인 행위를 하고 있다. 나는 데이비드가 나타나는 동시에 사라지는 모습을 목격하고 있었다. 예술가로서 그는 더 큰 야망과 가시성을 확보하며 세상에 나타나고 있었지만, 동시에 병 때문에 세상으로부터 사라지고 있었다. 데이비드는 마흔살의 나이로 1993년 여름에 죽었다.

샌프란시스코는 도피처였다. 하지만 완벽한 곳은 아니었다. 동성애혐오적 폭력은 이곳에도 있었다. 다른 곳에서 있었던 일이지만, 제임스 핀James Finn이라는 남자는 게이라는 이유로 공격당한 (그리고 힘센 남편과 함께 싸워 이긴) 경험을 쓴 글에서 이렇게 말했다. "남성 동성애혐오자가 남성 동성애자를 조롱할 때는 거의 반드시 여자에 비교함으로써 욕을 한다." 동성애혐오자들은 남성 동성애자를 여자가 되기로 선택한 남자라고 생각했고, 그래서 경멸했다. 혐오자들은 게이가 삽입당한다는 점에서 여자와 같다고 여겼고, 삽입당하는 것은 정복당하는 것, 침범당하는 것, 모욕당하는 것과 같다고 여겼다. 또 게이가 남자에게 종속된다는 점에서 이성애자 여성과 같다고 여겼다(혐오자들은 남자에게 종속되지 않은 비이성애자 여성도 언짢게 여겼다. 하여간 별게 다 언짢은 사람들이다).

그렇다는 것은 곧 이성애자 남자들이, 사실상 온 사회가, 그 중에서도 특히 우리 사회가 여성과의 섹스를 여성에게 벌주는 행위, 여성을 해치는 행위, 여성에게 적대적인 행위, 남성의 지위를 강화하고 여성의 지위를 파괴하는 행위로 생각한다는 뜻이다. 어떤 문화에서는 상대가 누구이든, 어떤 사람이든, 혹시 다른 남자이든 좌우간 삽입하는 남자는 위신을 유지하지만, 삽입당하는 것을 용인한 남자는 남자의 지위를 박탈당한다(그래서 어린이든 성인이든 남성 강간 피해자는 이중으로 힘들 수밖에 없다). 내가 아는 사람에게 들은 이야기가 있다. 오래전 그가 대학을 다닐 때, 월스트리트 금융인을 아버지로 둔 학교 친구를 따라 그 친구 집에 갔다. 어퍼이스트사이드의 화려한 집에서 친구 가족이 저녁을 먹는 중에 아버지가 귀가했다. 그러자 모두가 입을 닫았고, 아버지는 자리에 앉으면서 우렁찬 목소리로 그날 주식시장에서의 일진에 대해 이렇게 말했다. "내가 그놈 똥구멍을 쑤셔줬지." 그에게는 경쟁자를 이기는 일이 상대와의 섹스나 마찬가지였고, 섹스란 한쪽에게는 악의적이자 징벌적인 행위이고 상대편에게는 모욕적인 행위였던 것이다. 저녁 식사 자리에서 아내와 아이들에게 선언하기에 참 좋은 말이다.

동성애혐오에는 여성혐오가 담겨 있다. 모름지기 남자란 여자가 되지 않으려고 끊임없이 애써야 한다고 보기 때문이다. 만약 남자가 여자에게, 혹은 자신이 삽입하는 다른 상대에게 하는 일을 상대를 침범하고 더럽히는 일로 여긴다면, 그 청교도적 사고에서 섹스와 섹스를 대신하는 모든 행위는 모욕 및 타락과 떼려야 뗄 수 없는 것이 된다. 근년에 내가 읽은 수천건의 성폭행 사건 기록 중에는 사람들이 흔히 성행위의 목적으로 여기는 육체적 만족과 무관한 행위가 포함된 경우가 허다했다. 그것은 사랑을 전쟁으로 여기는 일이다. 남자의 몸을 무기로, 여자의 몸을 표적으로 보는 은유를 연기하거나 실현하는 일이다. 이때 퀴어의 몸은 그 구분을 흐리거나 그런 은유를 아예 거부한다는 이유로 혐오당한다.

우리는 누구나 서로 의지하는 존재다. 우리는 누구나 취약하다. 누구나 침범당할 수 있고, 실제로 쉴 새 없이 침범당한다. 음파 진동은 우리 귓속으로 들어오고, 빛은 우리 눈과 피부에 쏟아진다. 우리가 매순간 호흡해야 하는 공기도, 우리가 먹는 음식과 물도, 피부에서 뇌로 전달될 감각을 일으키는 접촉도, 우리가 들이마시는 작은 입자들이라고 할 수 있는 냄새도 우리를 침투해 들어온다. 장을 비롯하여 우리 몸 곳곳에 서식하는 수많은 종의 유익한 세균도 있다. 그런 세균이 인체에서 차지하는 비중이 어마어마한 점을 감안하면, 한 개인이라는 단수적 표현은 잘못된 것인지도 모른다. 적어도 복수로, 어쩌면 무리로 표현해야 옳은 존재인지도 모른다. 만약 어떤 이가 정말로 침투 불가능한 존재라면 그는 고작 몇분 만에 죽어버릴 텐데, 아닌 게 아니라 자신이 정말로 그런 존재가 될 수 있다고 생각하는 사람에게서는 반드시 치명적인 활기 없음을 찾아볼 수 있다.

제임스 볼드윈이 남긴 유명한 말이 있다. "내가 당신이 나라고 말하는 존재가 아니라면, 당신도 당신이 자신이라고 생각하는 존재가 아니다." 여성과 그 역할을 재정의하는 것은 남성과 남성성을 재정의하는 일이기도 하며, 그 역도 참이었다. 만약 젠더가 서로 대립하는 것이 아니라 인간됨의 어떤 핵심 주제가 하나의 연속선상에서 정도만 달리하는 것이라면, 만약 우리가 여러 방식으로 저마다 성적 역할을 수행하거나 거부할 수 있다면, 그리고 우리가 각자의 젠더에서 해방된다는 것이 곧 상대 젠더만의 영역으로 여겨졌던 역할과 물건과 심지어 감정을 가져도 되는 것이거나 아예 제3의 (혹은 제7의) 방법을 발명해도 되는 것으로 여겨진다면, 강고한 요새는 무너질 테고 우리는 모두 어디든 자유롭게 다닐 수 있을 것이다.

　내가 볼 때, 이성애적 남성성은 많은 것을 포기하는 일이다. 모름지기 남자라면 이런 걸 좋아해서는 안 된다고 일컬어지는 것들을 포기하는 일이고, 그뿐 아니라 남자는 이런 걸 아예 알아서는 안 된다고 일컬어지는 것들을 포기하는 일이다. 반면 내가 아는 대부분의 게이 남자들은 그런 것들을 알았다. 게이 친구들과의 대화가 즐거운 것은 그들이 감정적, 미적, 정치적 현상을 예민하게 인식할 줄 알고, 미세한 것을 고려할 줄 알고, 미묘한 느낌과 차이를 헤아릴 줄 알기 때문이었다.

　게이 남자들은 말이 흥겹고 오락적이고 치유적일 수 있다는 사실을 알았다. 말장난과 농지거리와 과장이, 유머와 짓궂음과 우스운 일화를 나누는 일이 재미있다는 사실을 알았다. 많은 이성애자 남자들은 다르게 생각하는 듯하지만, 게이들은 대화가 그저 정보와 지시를 던져주거나 캐내는 거래 행위만은 아니라는 사실을 알았다. 대화는 생각과 말투를 즉흥적으로 변주하는 연주가 될 수 있었다. 격려와 애정을 전할 수 있었다. 우리가 자아를 찾도록 도울 수 있었고, 자신을 앎으로써 남들에게도 알려지도록 도울 수 있었다. 그런 대화에서는 정말로 다양한 사랑이 발휘되었다. 가령 생생하고 정확한 묘사에 대한 사랑이 있었다. 때로 시적인, 때로 촌철살인인, 때로 깊은 통찰을 간직한 묘사에 대한 사랑이었다. 또한 말하는 사람들과 생각들을 하나로 엮어주는 이야기에 대한 사랑이 있었다.

유머가 기대와 현실의 간극을 인식하는 데서 나오는 것—잔인하지 않은 농담은 실제로 대체로 그렇다—이라고 한다면, 자신에게 부과된 기대값을 가장 덜 갖춘 사람, 혹은 관습성의 반대자이자 피해자인 사람이야말로 그 간극을 가장 잘 음미할 수 있고 실제로 음미하는 사람일 것이다. 희극에서 '스트레이트 맨'straight man은 우스개를 말하지 않고 이해하지도 못하는 진지한 조연을 뜻한다. '스트레이트'라는 단어에는 이성애적이라는 뜻 말고 단선적 사고와 관습적 행보라는 뜻도 있다.

가끔 떠오른다. 훌륭한 예술가이자 그래픽 디자이너였으며 내 첫 책을 디자인해주었던 렉스 레이Rex Ray를 만날 때마다, 내가 "램촙!!!"이라고 외치면 그도 풍성하고 장난스럽고 까부는 목소리로 "컵케이크!!!"라고 응수했던 일이.● 1990년 무렵에 젊은 건축가였던 팀 오툴Tim O'Toole을 알게 된 뒤로 우리가 늘 서로 놀리듯이 "헬로, 키티"라고 인사했던 일이. 앞말의 말 꼬리를 내렸다가 뒷말의 말 꼬리를 치켜올리는 억양으로 말한 저 인사는 비밀스런 악수이자 소속의 증표였다. 아, 그들 곁에서 나는 얼마나 우습고 연극

● 램촙(양갈비, lambchop)과 컵케이크(cupcake)는 둘 다 상대를 귀엽게 부르는 애칭이다.

적이고 어리석을 수 있었던가. 우리는 얼마나 웃었던가, 또한 마음껏 슬픔과 상실감을 겪었던가. 상심 또한 그 부조리함과 과잉됨으로 말미암아 재치를 좀더 부릴 계기가 되었으니, 왜냐하면 비통함과 외로움에도 코믹한 측면이 있기 마련이고 그 측면을 찾아내는 것이 생존의 열쇠가 될 수 있기 때문이다. 그들 곁에 있을 때 나는 아마도 다른 곳에서는 될 수 없었던 사람이 될 수 있었다. 게이 친구라고 해서 다 그렇게 호들갑스러운 것은 아니었다. 심지어 문화광이 아닌 이도 있었다. 밥 풀커슨Bob Fulkerson은 강인한 야외 활동가이자 정치 활동가이고 5대째 네바다 토박이로서 고향에 헌신하는 남자이지만, 우리가 네바다 핵실험장에서 알게 된 지 30년이 되어가는 지금도 가끔 내게 전화를 걸어서 사랑한다는 말을 남기곤 한다.

퀴어 문화는 우리에게 일종의 가족이라고 해도 좋을 만큼 강한 우정을 안정된 기반으로 삼아서 살 수도 있다는 사실, 실제 가족도 배우자 간의 계약과 후손 생산과 혈연관계라는 관습적 역할로부터 벗어날 수 있다는 사실을 똑똑히 알려주었다. 이런 사실은 핵가족만이 사랑과 안정을 제공한다는 피곤한 통념에 대한 방어벽이 되어주었다. 가족은 종종 그런 것을 제공하지만, 모두가 알다시피 가족은 불행과 분란을 가져오기도 한다. 가족의 이런 현실 자체가, 법이 평등혼을 보장하고 동성 커플이 쉽게 입양할 수 있게 된 현재로부터 오래전에, 사람들이 퀴어를 결혼에서 배제하고 혈연 가족으로부터 내친 결과이기도 했다. 나는 나이가 좀 든 뒤로 가끔 왜 결혼과 출산을 하지 않느냐는 실례되는 질문을 받을 때가 있었는데, 그때 당신은 남자에게도 그런 걸 묻겠느냐고 받아치거나 고약한 태도를 이유로 목 졸라 죽이거나 해야 했건만 미처 그러지 못한 경우에는 내가 샌프란시스코 사람이라는 점을 들어 대답하곤 했다. 삶은 어떠해야 하는가, 어떤 사랑이 삶을 떠받칠 수 있는가에 대해서 덜 틀에 박힌 생각을 가진 사람들과 더불어 살기 때문이라고.

그 옛날 그 집에서 서쪽으로 죽 걸어가면 태평양에 닿을 수 있었다. 거의 정남쪽으로 걸어가면 캐스트로 극장과 그 밖의 오락 시설들, 구성원의 면면이 차츰 달라지는 친구 무리가 나를 부르던 캐스트로 지구가 나왔다. 북쪽으로 걸어가는 일은 드물었다. 차를 몰고 골든게이트교를 건너기는 했다. 자연을 만끽하기 위해서, 혹은 어머니를 찾아뵙기 위해서였다. 그래서 내게 다리를 건너는 일은 해방이기도 했고 두려움이기도 했다. 동쪽으로는 조금만 걸어가면 공공기관들, 요즘도 자료 조사차 이용하는 시립도서관 본관, 이스트베이로 가는 열차를 탈 수 있는 기차역이 나왔다. 1990년대가 되자, 차를 몰고 베이교를 넘어서 동쪽으로 여행하는 시간이 많아졌다. 미국 서부를 향해서, 그곳의 산과 사막과 그곳에서 찾아낸 새 삶과 친구들을 향해서 가는 것이었다. 우여곡절에도 불구하고 세상이 내게 열리고 있었다. 아니면 내가 세상에게 열리고 있었던 것일까.

세상이 들어주는,

세상이 믿어주는,

세상에 영향을 미치는

목소리를 가진다는 것

1.

성장은 크는 거라고, 사람들은 말하곤 한다. 마치 우리가 나무인 것처럼, 높이를 키우면 다 되는 것처럼. 하지만 성장이란 작은 조각들을 모으고 그것들이 그리는 그림을 읽어냄으로써 차츰 완전해지는 과정일 때가 많다. 인간은 두개골을 이루는 여러개의 판들이 아직 단단한 돔처럼 맞물리지 않은 상태로 태어나는데, 머리통이 산도를 빠져나올 때 짜부라졌다가 빠져나온 뒤에는 그 속의 뇌가 자랄 수 있도록 하기 위해서다. 판들은 마치 깍지 낀 손가락처럼, 극지방 툰드라를 흐르는 강물의 굽이처럼 꼬불꼬불한 이음선을 그리며 만난다.

두개골은 생후 몇년 동안 처음의 네배로 커진다. 그런데 만약 뼈들이 너무 일찍 맞물리면, 뇌가 자랄 공간이 없어진다. 반대로 영영 맞물리지 않으면, 뇌가 보호받을 수 없다. 자랄 수 있을 만큼은 열려 있되 온전함을 유지할 만큼은 닫혀 있어야 한다는 것, 이것은 삶도 마찬가지다. 우리는 콜라주처럼 자신을 만든다. 세계관, 사랑할 사람, 살 이유를 조각조각 모은 뒤에 그것을 자신의 신념과 욕망에 부합하는 삶이라는 하나의 그림으로 통합해낸다. 적어도 운이 좋은 사람은 그런다.

1980년대에는 도시가 내 좋은 선생이었다. 내 첫 책은 도시의 거리와 동네를 쏘다니면서, 하위문화와 소집단을 만나면서 배운 것에서 나온 결과물이었다. 한편 두번째 책은 드넓은 산과 사막의 공간 및 그곳에 사는 사람들로부터 배운 것에서 나온 결과물이었다. 그 수업은 웅장하고 굉장하고 가끔은 무섭기까지 했으며, 나는 그 장소로부터 새 친구들과 새 자아를 얻었다.

20대 중반 언젠가, 어린 시절에 자연에 대해 품었던 열정이 새삼 살아났다. 내가 사는 곳의 숲이나 초원이나 해안 같은 야생의 장소에서 깨우침과 자유를 느끼게 되었고, 그러다보니 자연과 장소와 경관에 관한 개념과 재현과 욕망을 문화사적으로 공부하기 시작했다. 처음에는 미술과 미술사를 대상으로 했지만 나중에는 환경에 관한 모든 글과 문화사로까지 범위가 넓어졌다. 그다음에는 그 주제에 대해서 쓰기 시작했다.

나는 야영을 하며 자연을 탐험했다. 처음에는 가까운 장소들,

그리고 경관에 관한 영문학적 개념들 속을 돌아다녔다. 하지만 이내 발길은 지평선 너머로, 미 서부로, 동쪽에 펼쳐진 메마른 땅과 탁 트인 공간으로 향했고, 자연의 구조와 관계로부터 전체를 아우르는 그림을 그리려고 애쓰기보다는 그저 그것들을 이해하는 데더 치중하는 비서구적 개념들로 향했다. (처음 야영을 시도했을 때는 도시에서 아직 길거리 폭력에 시달리던 시절이라서, 밖에서 잔다는 것이 정말 무모하고 무서운 짓으로 느껴졌다. 시골에서 안전을 지키는 방법은 도시에서와는 다르다는 것, 도시의 구조와 체계에 의지하여 위험으로부터 아예 담쌓는 것이 아니라 위험으로부터 적당한 거리를 유지하는 것이라는 사실을 나는 한참 뒤에야 알았다. 요즘도 혼자서는 야영을 하지 않는다. 하이킹은 혼자 하지만, 그때도 보통 머리 한구석에서는 위험을 의식한다. 백인이 아닌 사람들도 잘 알 텐데, 자연에의 접근성은 안전감에도 달린 문제다.) 나는 경관에 관한 그림과 글에 흠뻑 빠졌고, 장소나 경관이나 자연이나 여행을 탐구하는 예술가들에게 몰입했다.

내가 바라던 삶이 뿌리를 내리기 시작한 것은 1980년대 말이었다. 하지만 그 이전에 많은 시작들이 있었다. 마치 이전에 내가 씨앗을 잔뜩 심어둔 뒤에 기다리고 또 기다렸더니 그것들이 땅속에서 은밀히 싹트고 자라서 마침내 눈앞에 터져 나온 것만 같았다. 나는 첫 책을 쓰기 시작했고, 평생 갈 친구들을 처음으로 사귀었고, 서부라는 더 큰 세상으로 나가는 법을 배웠고, 흔한 표현마따나 내 목소리를 찾았다.

나는 글쓰기를 네바다 핵실험장에서 배웠다는 말을 자주 한다. 대규모 반핵 야영 시위에 참가하려고 처음 그곳을 찾았던 1988년 봄 이후로 2000년대까지 매년 방문하면서 접한 그 장소는 얼마나 순전하고 광대하던지, 내 눈에 얼마나 낯설던지, 얼마나 많은 문화와 이야기가 모여 있던지, 내가 본 것을 그런대로 잘 묘사했다고 생각되는 글을 쓰기 위해서는 이전까지 여러갈래로 나뉘어 있던 글쓰기 방식들을 한데 모아서 하나로 합쳐야 했다. 이전에 나는 글쓰기에 이른바 범주가 있다는 사실을 받아들인 채로 글을 썼다. 비평과 리뷰를 쓸 때는 확신과 객관성을 갖춘 듯한 말투로 썼고, 기사를 쓸 때는 그럭저럭 저널리즘으로 불릴 만한 문체로 썼다. 짧고 밀도 높은 에세이도 이전부터 써왔다. 시적이고, 개인적이고, 감정적이고, 은유적이고, 형식과 문체를 실험해보는 그런 글에서는 시와 예언자적 목소리로부터 배운 바를 끌어들였고, 평론과 기사에서 허용되지 않던 요소들을 실컷 시도했고, 놀라움과 감상과 불확실성을 담아냈고, 언어가 할 수 있는 것은 다 해보도록 재량을 한껏 허용했다.

네바다 핵실험장은 수렴의 장소였다. 사람들, 역사들, 가치들과 사상들, 핵무기 경쟁부터 사막에 대한 유럽중심적 태도까지 온갖 세력들이 모이는 장소였다. 그 의미를 설명하려면, 내가 익힌 여러 글쓰기 양식들이 모두 필요했다. 게다가 그것들이 낱낱이 아닌 하나가 되어야 했다. 그 순간이 내 글쓰기의 중요한 돌파구였다. 그렇게 씌어진 『야만적인 꿈들』은 다양한 문체와 목소리를 한

데 모아 만들어진 목소리가 어떤 정치적 상황과 역사적 순간의 복잡성을 역사적이면서도 암시적이고, 개인적이면서도 분석적인 언어로 묘사하게 하는 실험을 본격적으로 해본 첫 사례였다.

그곳은 강렬한 장소였다. 거기 있었을 때의 느낌은 지금도 생생하다. 광활한 모랫빛의 돌투성이 땅, 그 속에서 뜨문뜨문 반짝이는 분홍색 석영 조각, 돌과 돌 사이의 옅은 흙에 띄엄띄엄 자란 뾰족뾰족한 모양의 강인한 식물들, (모래바람이 일 때나 열기가 뜨거워서 아지랑이가 어른거릴 때를 제외하고는) 엄청나게 맑아서 수십 킬로미터 밖 산등성이가 선명하게 내다보이는 건조한 대기. 그 망막한 공간이 불러준 덕분에, 나는 가끔 150킬로미터 밖까지 내다볼 수 있는 풍경, 그 거리의 절반을 달리면서도 집 한채 못 볼 때가 있는 풍경, 내가 자주 그랬듯이 지평선을 향하여 하염없이 걸으면서 해방감과 함께 이토록 메마른 곳에서 전체의 3분의 2가 물로 이뤄진 내 몸은 어떻게 되는 걸까 두려움을 느꼈던 풍경 속을 자유롭게 누볐고, 그 속에서는 인간의 몸과 관심사란 하찮기 짝이 없음을 느꼈다. 그냥 가만히 서 있기만 해도 숨결과 살갗에서 물기가 빠져나와서 공중으로 흩어지는 게 느껴질 정도였다. 미국을 통틀어 가장 건조한 주 내에서도 가장 건조한 그 일대의 대기에도 드물지만 가끔은 구름이 엉겼고 그러면 비가 내렸는데, 비는 땅으로 떨어지는 와중에 증발하거나 후드득 쏟아졌다가 몇분 만에 말라버리곤 했다.

나는 늘 무한한 공간을 갈망했다. 이전에는 그것을 도시 저

끝의 오션비치에서 발견했고, 더 어릴 때는 언덕에서, 가끔은 밤에 땅에 깊게 뿌리 내린 풀 위에 누워서 별들을 올려다보면서 내가 그 위로 떨어질 것만 같다고 느낄 때 발견했고, 하늘을 나는 꿈속에서 발견했고, 걸어서 쏘다니면서 발견했고, 책을 통해 시간과 공간을 쏘다니면서 발견했다. 그랬던 내가 이제 그것을 꿈꿨던 것보다 더 많이, 거의 필요한 만큼 갖게 된 거였다.

담장과 경비가 있는 장소에 들어가려면 요령을 알아야 한다는 것은 뻔한 사실이지만, 실은 이런 방대한 공간에 들어가는 데에도 나름의 능력이 필요하다. 이때로부터 몇년 전에 남자친구와 함께 데스밸리와 남서부를 횡단하는 자동차 여행에 나섰다가 예정보다 이르게 돌아선 적이 있었다. 물이 고이는 산골짜기나 협곡에 숨은 오아시스를 찾아내는 법을 몰랐고, 초목이 거의 혹은 전혀 없는 곳의 아름다움을 감상하는 법을 몰랐고, 시간이란 아득하고 순환적인 것이라는 감각과 그 고요함을 우리 안에 받아들이는 법을 몰랐기 때문이었다. 그랬던 내가 그런 곳에 들어가는 법을 배운 계기가 네바다 핵실험장이었다. 그곳에서 봄마다 벌어진 야영 시위에서 그런 외진 땅들에 애착을 느끼는 사람들을 사귄 데다가, 그곳에서의 시간이 안전하다고 느꼈고 좀 얄궂지만 그 장소 또한 안전하다고 느꼈기 때문이었다. 우리가 멀지 않은 곳에서 터지는 핵무기와 대치하고 있었고, 방사성 낙진을 마실까봐 걱정했고, 핵실험장을 지키는 무장 경비원들에게 가끔 거칠게 체포되곤 했는데도, 나는 안전했다. 평화와 군축에 헌신하는 수천명의 사람 속에서 친구들과 함께 야영했으니, 폭력으로부터 안전했다(다만 나 같은 젊은 여자들에게는 포옹을 요구하며 다가오는 히피 놈들을 잽싸게 피해 다니는 것이 상시 과제였다).

1988년에 나를 처음 그곳에 데려간 남동생은 일찍부터 시위 조직에 주도적인 역할을 맡고 있었다. 그곳은 나의 환경주의와 동생의 반전 활동이 수렴한 장소이기도 했다. 지구 종말 전쟁의 리허설처럼 그곳에서 주기적으로 터지던 핵폭탄은 바람 받는 방향에 사는 모든 생명체들, 보호 구역 거주자들, 목장 노동자들, 가축들, 소읍 주민들, 야생 동식물들에게 가해진 만행이었다. 내 가족은 미국 대도시로 이민 온 사람들의 후손이었다. 그런 집안에서 태어난 우리 남매가 진정으로 이 대륙에 발을 딛게 된 것은 그 오지에서 목장 노동자들, 네바다 토박이들, 활동가들, 바람 하류에 사는 모르몬 교도들, 핵전쟁 참전 군인들과 함께 일하고 살았던 경험을 통해서였다는 생각이 가끔 든다.

그다음에 우리는 그 땅을 재정의하려는 거대한 사업에도 참여했다. 우리 활동에는 서부 쇼쇼니족 장로들도 많이 참가했다. 핵실험이 자신들의 땅에서 벌어지고 있고 자신들은 그 땅을 되찾고 싶고, 바라건대 더이상의 폭파와 오염 없이 되찾고 싶다고 말하기 위해서였다. 환경정의 운동이—환경 파괴로 특정 인종과 계층이 피해를 입는 문제를 다루는 운동이—세를 얻으며 새로운 사고 방식을 퍼뜨리기 시작하던 시기였다. 나는 그보다 앞선 1980년대 말에 여러 환경 관련 사업들의 포괄 조직인 지구섬협회Earth Island

Institute에서 자원봉사를 했는데, 거기 소속된 단체 중에 아직 신생 조직이던 우림행동네트워크Rainforest Action Network와 중앙아메리카환경프로젝트EPOCA가 있었다. 두 단체는 자신들이 보호하려는 열대의 장소에 오래전부터 인간이 살아왔다는 사실, 그리고 인권과 환경보호는 서로 뗄 수 없는 목표라는 사실을 인정했다. 지금은 당연한 소리로 들리겠지만, 그때는 새로운 이야기였다.

그 시절에 나 같은 비원주민들이 얼마나 무지했는지, 요즘 사람들은 이해하기 힘들 수도 있다. 원주민들이 주류 담론에서 얼마나 철저히 지워졌는지, 혹은 아예 끼지도 못했는지, 혹은 사라진 지 오래이고 그래서 제 스스로 목소리를 낼 일은 영영 없는 사람들인 것처럼 과거 시제로만 이야기되었는지 모를 것이다. 화가, 사진가, 환경보호론자, 시인, 탐험가, 역사가 들이 상상하고 묘사한 북아메리카는 인간이 당도한 지 얼마 되지 않는 땅, 더 구체적으로 말하자면 백인 남성이 최근에야 발견한 장소일 뿐이었고 그 그림에서 원주민은 애초에 존재하지 않았던 사람들이었다.

지금은 평범하게 느껴지는 생각이 그때는 사고방식 자체를 뒤엎는 생각이었다. 그 생각 덕분에, 북아메리카를 유럽인이 도착하기 전까지 인간과의 접촉이 없던 땅으로 묘사한 이야기들의 시대가—완전히는 아니어도 어느 정도는—막을 내렸다. 내가 볼 때 그런 이야기들의 관점은 풍경에 대한 성모/창녀 이론 같았다. 인간과의 접촉은 연약하고 수동적인 자연을 더럽히기 마련이고, 자연은 인간에 의해 타락하기 마련이라고 보는 관점이니까. 그런 이야기에서 백인은 역사도 문화도 갖지 못한 채 기다리고 있던 장소를 발견한 사람들이었다. 하지만 이 이분법 너머에는 다른 방식으로 인간이 되는 길, 다른 방식으로 자연에 존재하는 길이 있었다. 이제 사람들은 환경주의자란 마땅히 어떤 장소의 선주민을 알아보고 존중해야 한다는 쪽으로, 유럽계 인구가 도착하기 전의 생태계를 묘사할 때는 인간의 영향도—사냥, 수확, 불 관리 기술 등등도—포함시켜야 한다는 쪽으로 생각이 바뀌었다. 요컨대, 이 새로운 사고의 틀과 목소리는 과장이 아니라 그야말로 온 역사, 자연, 문화를 바꾸었다.

　　나는 유대-기독교 세계관과 유럽중심적 세계관이 아닌 다른 세계관에 기반을 둔 사람들, 수천년 동안 한곳에 살면서도 대체로 그 장소를 황폐하게 만들지 않은 사람들이 다시 모습을 드러내는 것이 엄청나게 희망적인 일이라고 느꼈다. 일부 사람들이 옛 생활 방식과 장소에 대해서 품은 깊은 유대감은 우리가 미래를 헤쳐나가는 데 꼭 필요한 능력인 듯 보였다(실제로 그렇다는 것을 1994년 시작된 멕시코 남부의 사파티스타 혁명에서, 그리고 21세기 기후운동에 참여한 원주민들의 강력한 존재감에서 목격할 수 있었다). 북아메리카 원주민들의 창조 설화는 세상이 결코 완벽한 적 없었고 타락한 적도 없었고 창조가 다 완료되지도 않았다고 이야기하는데, 이런 생각은 세상의 완벽함과 순수함과 타락에 집착하는 창세기와 유대-기독교의 문제점을 밝혀주었다. 그 무렵에 나는 또 캘리포니아 원주민 예술가 루이스 데소토Lewis DeSoto와 함께 일하고 있었고, 그의 설치 작품, 풍경 사진, 장소와 신성함을 바라보는 사고방식으로부터도 새로운 관점과 가능성을 엿보았다.

그러던 1990년에 환경운동가이자 5대째 네바다 토박이인 밥 풀커슨을 만났다. 그에게서 다른 몇몇 네바다 사람들과 함께 그 주의 내륙으로 더 깊이 들어가는 여행을 함께하자는 초대를 받았다. 바로 그 짧은 여행에서 나는 군사 시설이 서부 전역에 광범위하고 파괴적인 영향을 미치고 있음을 알았고, 자신들의 구석진 시골 땅에 진심인 이 용감하고 재간 있고 헌신적인 서부인들을 조금쯤 이해하게 됨과 동시에 그들과 함께하고픈 마음이 들었으며, 그들이야말로 내가 어릴 때부터 찾아왔던 사람들이라는 느낌까지 받았다. 우리는 연락을 이어갔다. 그러다가 밥이 내게 1991년 늦봄에 네바다주 리노에서 열릴 서부 쇼쇼니족 자매 메리 댄Mary Dann과 캐리 댄Carrie Dann의 마지막 날 재판을 방청하러 오라고 권했다. 나는 갔다. 자매의 문제는 1973년에 시작된 것이었다. 그때 한 연방 공무원이 메리에게 왜 초원에서 소들을 먹이면서 방목료를 내지 않느냐고 물었다. 메리는 그곳이 연방 땅이 아니라고 대답했다. 서부 쇼쇼니족이 1863년에 서명한 협약에서 부족의 영토를 양도한다는 말은 없었으니, 메리가 옳았다. 댄 자매는 이 주장을 연방대법원까지 끌고 갔고, 결국 졌지만, 그것은 소송 도중에 정부가 1870년대의 어느 시점엔가 땅을 수용했다는 날짜를 지어내고는, 사실은 그 날짜에 구체적인 사건은 아무것도 벌어지지 않았는데도, 1872년 기준으로 계산한 땅값을 이자 없이 부족에게 건네면 보상이 된다고 일방적으로 결정했기 때문이었다. 댄 자매에게 자극받은 부족 전통주의자들은 돈을 받기를 거부했다.

소송이 끝난 뒤, 서부 쇼쇼니족 환경운동가 버지니아 샌체즈Virginia Sanchez를 밥에게 소개받았다. 샌체즈는 내게 작은 환경 간행물에 실으려고 하니 서부 쇼쇼니족의 토지권 역사를 개괄하는 글을 써달라고 요청했다. 나는 열성적으로 의뢰를 받아들였고, 리노의 네바다 대학 기록보관소에서 몇날 며칠을 보내는 것으로 작업을 시작했다. 그곳 딱딱한 의자에 앉아서 CIA의—현재의 인디언 사무국BIA, Bureau of Indian Affairs의 전신이 인디언위원회CIA, Committee on Indian Affairs였다—마이크로필름을 풀어 1860년대와 1870년대에 네바다 현장 담당자가 작성한 보고서들을 읽고, 인쇄하고, 메모했다. 마이크로필름에는 가로로 죽죽 긁힌 자국이 있었고, 편지들은 아름다운 코퍼플레이트 필기체로 쓰여 있어서 해독하기 어려웠지만, 그 내용의 의미는 차츰 내 머릿속에서 분명해졌다.

손으로 줄 그은 종이에 동글동글 곡선으로 씌어진 글자들은 그 단정함으로 말미암아 조리 있고 타당한 느낌을 주었고, 말미에 붙은 인삿말과 서명도 그 공들인 정중함으로 그런 느낌을 강화했다. 하지만 이것들은 집단 학살을 논하는 편지였다. 서부로 밀려오는 백인들의 앞길에서 어떻게 원주민을 치우고 예속시키고 자원 약탈을 용인하도록 만들 것인지, 대대손손 살아온 땅이 오염되어 식량 자원이 사라진 것의 대가로 약간의 지원금을 나눠줌으로써 원주민을 통제할 것인지를 논하는 편지였다. 괴물 같은 짓에 관련된 사람들이 딱 보기에도 괴물 같다면야 좋겠지만, 사실 그런 이들 중 다수는 그저 근면하고 무비판적이고 당대 규범을 고분고분 따르는 사람들, 자신이 무엇을 느끼고 생각하고 의식해야 하며 무엇을 하지 말아야 하는지를 몸에 익힌 사람들이었을 뿐이다. 보고서를 쓴 남자들은 그저 성실한 관료였던 것으로 보였다. 그들은 가끔 스스로 그 몰살을 거든 사람들의 곤경을 딱하게 여겼지만, 자신의 떳떳함을 한시도 믿어 의심치 않았다. 범죄는 순수함으로 이뤄진다.

내 몫의 무게를 조금이나마 던 나는, 정부의 공격에 대비하는 메리와 캐리 댄 자매를 돕기 위하여 이듬해 봄에 결성된 서부 쇼쇼니족 방어 프로젝트에도 가담했다. 자매는 위엄 있고 겁 없는 가모장이었다. 내가 아는 한 가장 예속으로부터 자유로운 여자들이었고, 제 가족의 여왕이었고, 제 목장의 우두머리였고, 발전기를 고치는 일이든 엄청난 머릿수의 무리에서 골라낸 야생마를 길들이는 일이든 척척 해냈으며, 우리에게 영어로 말할 때나 자기들끼리 부족어로 말할 때나 늘 씩씩하고 간단명료하게 말했다. (자매가 주요 인물로 등장하는 내 책 『야만적인 꿈들』에는 그 밖에도 카리스마 있는 여자들과 여성 집단들이 많이 부각되어 있지만, 이 책을 페미니즘 서적으로 인식한 독자가 있었는지는 모르겠다.) 자매 곁에 있는 것은 계시와도 같았다. 그것은 일가의 역사가 백인이 닥쳐오기 전으로까지 거슬러올라가는 곳, 땅이 신성한 곳, 여자들이 관장하는 곳, 먼 미래에 중요해질 것을 보호하기 위해서 행동해야 하는 곳에 있다는 뜻이었다. 그때 나는 지형이나 서부 역사와 같은 물질적인 것들에 대해서 교육받는 중이었는데, 그뿐 아니라 영혼의 문제나 삶을 어떻게 살 것인가 하는 문제에 대해서도 배우고 있는 셈이었다.

프로젝트에 가담한다는 것은 네바다 북동부 외딴 곳에 있는 댄 자매의 목장에서 한번에 몇주씩 머물면서 내 트럭에서, 혹은 자매의 집 근처에 있는 오래된 트레일러에서 묵는 것을 뜻했다. 거기까지 싸들고 간 데스크톱 컴퓨터와 프린터는 트레일러에서 전원을 꽂을 수 있었다. 그것은 또한 반핵 운동에서 사귀었던 몇몇 친구들과 처음 만난 사람들, 그중에는 원주민도 있고 아닌 이도 있었는데, 그들과 하나의 연대체를 이루어 부족 회의와 모임에 참석하는 것을 뜻했다. 내 경우에는 또 캐리를 대신하여 편지와 성명서를 쓰고, 프로젝트에 필요한 오만가지 글과 보도자료와 배경 설명 자료를 쓰는 것을 뜻했다(내가 마이크로필름 기록에 파묻힌 뒤에 썼던 장문의 글을 조사하는 과정에서 얻은 지식이 많았기 때문이다). 그것은 또 기다리는 것을 뜻했다. 법정 공방이 끝났으니, 정부가 당장이라도 자매의 가축을 몰수할 상황이었다.

폭력적인 공격이 들이닥친 것은 1992년 4월 11일이었다. 목장에 있던 조직책이 만난 한 여자가 그에게 그곳에서 가장 가까운 마을의 주민회관 앞에 늘어선 보안관 차들이 다 뭐냐고 물었다. 정부가 가축을 몰수하고자 몰이꾼들을 고용했고, 그들의 뒤를 봐줄 집행관들이 그곳에 모인 거였다. 나는 전화로 소식을 듣고는 한시간 만에 일정을 모조리 취소하고 냉큼 짐을 챙겨 동쪽으로 차를 달렸다. 베이교를 건너고, 이스트베이를 지나고, 새크라멘토강을 건너고, 넓은 새크라멘토 계곡을 가로지르고, 처음에는 참나무 숲을 다음에는 소나무 숲을 통과하여 산을 올라서 시에라네바다산맥을 넘고, 사막으로 들어가서, 화물차 휴게소에서 두어시간 눈을 붙였다가, 새벽에 다시 내 집에서 자매의 집까지 800킬로미터를 달리는 운전을 재개했다. 내가 폭력을 향하여 움직인 것은 평생 처음이었다.

아침 10시에 도착했더니, 목장 중심부가—집, 울타리, 딴채, 트레일러가—거의 비어 있었다. 충돌은 다른 곳에서 말 탄 사람들끼리 벌어졌다고 했다. 연방 정부의 몰이꾼들이 소를 쫓았고, 쇼쇼니족 지지자들은 댄 자매의 거친 야생마들 중 안장에 길든 놈들을 타고 방해하러 나섰다. 캐리는 자기 소들을 일부 가둬놓은 이동식 울타리 앞에서 연방 공무원과 지방 보안관과 토지권과 협약에 대해서 입씨름을 했고 그러다가 공무원이 캐리가 끼어드는 걸 막으려고 그의 팔을 잡자 남자의 손을 뿌리치고 울타리 안으로 몸을 날려서 몰이꾼들이 소를 싣지 못하게 막았다. 상대는 충돌을 격화시키기가 내키지 않았던 터라 그냥 떠났다. 캐리가 전투에서 이긴 것이었다. 하지만 1850년대로 거슬러올라가는 전쟁이 끝난 것은 아니었다.

투쟁은 결국 해결되지 않았다. 이런저런 어려움, 부족 내부의 갈등, 변화하는 시대, 금광이 나타나서 부족의 계곡을 긁어내고 개발하고 더럽히고는 계곡물을 퍼내어 댄 집안 묘지를 침수시키는 일을 겪느라고. 나는 그들이 교착 상태에 빠지고 정부가 소모전에 나선 것이 슬펐고, 그들과 함께할 수 있었던 것이 고마울 따름이었다. 하지만 그보다 더 큰 규모로 벌어지는 변화를 생각하면, 전에 없이 희망적인 기분이 들었다. 나는 주변부 사람들에게 근본적인 이야기를 바꿀 힘이 있는 것을 목격했고, 천만뜻밖의 상황이 나타나는 것을 목격했고, 변화가 퍼짐에 따라 표지판과 교과서와 기념비와 장소명과 토지 관리 관행과 가끔은 법까지 바뀌는 것을, 박물관들이 유골과 유물을 그것을 제 선조와 보물로 둔 사람들에게 돌려주는 것을, 이런 물리적 사건들이 차차 그보다 더 중요하고 덜 물리적인 변화를 뜻하게 되는 것을 목격했다.

　매사가 좋기만 했다는 뜻은 아니다. 하지만 그것은 가령 자연의 체계와 장소를 이해하고 관리하는 일을 비롯하여 여러 분야에서 실질적인 영향을 미친 심대한 변화였다. 나는 그 전환을 보면서 문화가 정치를 바꿀 수 있다는 것, 재현이 현실을 빚어낼 수 있다는 것, 우리 작가들과 역사가들의 작업이 유의미하다는 것, 과거의 이야기를 바꿈으로써 미래를 바꿀 수 있다는 것을 확신하게 되었다. 내가 깊고 예기치 못한 변화가 가능하며 흔히 주변적이고 중요하지 않은 존재로 여겨지는 사람들이 그 변화를 가져올 수 있다는 가능성에 대해서 지대한 희망을 품게 된 시작점이 그때였다. 미국에서 원주민 부족들이 점차 가시화하고 힘을 얻어가는 과정은 역시 내가 기뻐하며 면밀히 지켜보았던 다른 사건, 즉 1989년에 동유럽에서 비폭력 혁명으로 독재 체제들이 무너지고 그 몇년 전에 소련이 해체되었던 것과 비슷한 현상으로 보였다.

그 시기가 나의 황금기였다. 세상의 병폐로부터 벗어났기 때문에 그런 게 아니었다. 내가 그것에 대해서 사고하는 법과 가끔은 행동하는 법까지 찾아냈고, 그 일에 함께할 용맹한 친구들을 찾아냈고, 사랑에 빠질 장소들을 찾아냈고, 나를 변혁시킬 사상들을 찾아냈기 때문이었다. 나는 생애 첫 두해를 보낸 장소인 뉴멕시코 북부를 다시 찾기 시작했다. 그리고 그곳에서 운 좋게도 연상의 페미니스트 작가 루시 리파드Lucy Lippard와 친구가 되었는데,『야만적인 꿈들』의 원고를 읽은 루시의 반응은 한마디로 말해서 자신이 소유한 작은 집의 열쇠를 (더불어 근사한 추천사를) 내게 건넨 것이었다. 이후로 나는 여름마다 일정 기간은 반드시 대초원으로 가서 루시의 집을 봐주면서 하늘, 공간, 빛, 폭풍우를 흠뻑 즐겼다. 그리고 1990년대에는 모하비 사막의 캘리포니아 남동부 지역에서 사는 남자와 사귀게 되어, 4년 동안 상당한 시간을 사막에서 보냈다.

감정은 최악일 때뿐 아니라 최고일 때도 전염된다. 땅에 가까이 살아가는 서부인들의 용맹함, 배짱, 헌신, 유머는(그리고 뉴잉글랜드에서 서부로 이식된 루시의 활기찬 대담함은) 내게 유익하게 작용했다. 그다음에는 내가 장소들 자체와 친해졌고, 장소들로부터 즐거움과 힘을 얻었다. 나는 서부를 자유롭게 돌아다니기 시작할 용기를 키운 터였고, 흙길을 더 잘 달리고 외진 곳까지 갈 수 있으며 뒤쪽에 마련된 잠자리에서 여러 밤을 나게 해줄 픽업트럭을 갖춘 터였고, 유타와 콜로라도와 뉴멕시코와 네바다에 찾아갈 친구들을 만들어둔 터였다. 이제 나는 서부를 더 많이 돌아다녔다. 그것은 집으로부터의 탈출이 아니라 더 깊은 의미의 집으로 돌아가는 행위였고, 내가 사는 지역 전체와 유대를 맺고 유지하는 행위였다. 나는 그 장소에, 그리고 장거리 운전과 걷기는 물론이거니와 환경 시위에서 야영하며 당국과 맞서는 일까지 갖가지 물리적 도전들을 개의치 않는 자세에 뿌리내린 자아를 만들어나갔다. 그것이 바로 내가 되고 싶은 내 모습이었다. 그 모습 중 일부는 장식물로 치장한—똑딱단추가 달린 셔츠*, 픽업트럭에서 트는 먼지투성이 컨트리 음악 카세트테이프, 괜찮은 캠핑용품 세트 등등—퍼포먼스였지만, 일부는 더 깊이가 있었다.

글쓰기는 희망적으로 느낄 만큼 잘되고 있었고, 그렇다고 해서 훗날처럼 일을 과하게 맡을 만큼 잘되지는 않고 있었다. 그래서 나는 쏘다녔고, 탐험했고, 내게 들어오는 초대를 최대한 활용했다. 시간이 넉넉했고, 눈앞에서 열리기 시작한 세상과 관계와 생각에 흥분감이 들끓었다. 그때 가졌던 능력이 그립다. 대뜸 트럭에 올라서 일주일이고 이주일이고 어디론가 떠나던 능력, 멀리 돌아가는 길을 택하던 능력, 할 일을 지나치게 걱정하지 않고 그 장소에 충분히 머물면서 탐험하던 능력. 나는 자유로웠다.

● 웨스턴 셔츠를 말한다.

2.

　지평선 가까이의 하늘이 살구색이고 그 위의 하늘은 아직 파란색인 저녁에 나는 가끔 두 색 사이의 경계선을 찾아보려고 하지만, 하늘에는 서로 다른 두 색 사이에 어떤 엷음이 있을 뿐이고 그마저도 가려내지 못하고 놓치기가 쉽다. 가끔은 역시 저녁에 주변의 색들이 변하거나 그림자가 땅에 점점 더 길게 끌리는 과정을 지켜보려고 하지만, 거의 매번 한순간 주의를 깜박했다 싶으면 이내 반쯤 빛을 받고 있던 나무가 벌써 어둠에 삼켜졌거나 환하고 또렷하던 그림자가 갑자기 뭉개진 것을 알아차리곤 한다. 해가 벌써 넘어갔거나 코발트색이던 하늘이 이미 미드나이트블루색이 되었기 때문이다. 상태는 이랬다가 이내 저렇고, 이행의 과정은 표시하기가 어렵다.

　현재는 너무 미세해서 측정할 수 없을 만큼 조금씩 과거가 되어간다. 현재인 것이 갑자기 과거였던 것이 되고, 우리가 사는 방식이 갑자기 우리가 살았던 방식과 달라져 있다. 변화의 많은 부분이 그것을 직접 겪었던 사람들에게는 기억하기 힘든 것이 되어버리고, 그 이후에 사는 사람들에게는 상상하기 힘든 것이 된다. 그동안 미국 사회의 많은 영역에서, 친절함이 차츰 모든 종류의 관계에 적용되는 기준이 되었다. 하지만 사람들은 예전에는 그런 친절이 없었다는 점을 좀처럼 기억하지 못한다. 왜냐하면 사람이란 지금 자신과 한방에 있지 않은 존재는 알아차리지 못하기가 쉽기 때문이다. 그동안 수많은 형태의 부당함이 과거와 달리 가시성을 확보하여, 이제는 누구나 그것을 인식하는 것이 당연한 일처럼 되었고 그것이 드러나기까지 어떤 수고가 있었는지 쉽게 잊게 되었다(그렇다면 여기서 자연히 떠오르는 의문은 우리가 아직 못 보는 것은 무엇일까, 미래는 우리가 놓친 무엇을 꾸짖을까 하는 것이다). 페미니즘이 발전한 덕분에 이제 많은 차별이 한때는 이름 없이 간과되었다는 사실을 상기하기가 어려운데, 물론 이 점이 과거와 현재의 차이를 측정하는 한 척도이기는 하다.

그동안 이뤄진 공적인 변화 덕분에, 내가 젊었을 때 살았던 세상은 이제 낯선 나라가 되어버렸다. 나는 더이상 그 나라에 살지 않고, 젊은이들이 그 나라를 방문할 일은 영영 없을 것이며, 대부분의 사람들은 그 나라가 이곳과 얼마나 달랐는지, 그곳이 왜 변했는지, 이것이 누구에게 감사할 일인지 결코 모를 것이다. 나 개인의 삶도 나중에 돌아보고서야 인식할 수 있을 만큼 서서히 바뀌었다. 원래 나는 친구가 없다시피 했고, 10대와 20대 초에 사귄 친구들은 대부분 나와 맞지 않는 이들이었다. 어쩌면 내가 자신이 어떤 사람인지 몰랐거나 아예 다른 사람이 되고 싶었기에, 자연히 누가 나와 비슷하고 나를 좋아하는지도 몰라서 그랬을 수도 있다. 아니면 친절이 기준이 아니던 시절이어서 그랬을 수도 있다. 그러다 20대부터 관계가 오래 이어질 친구들을 사귀기 시작했고, 그후에도 더 많은 친구를 사귀었고, 그러다보니 홀로 주변부에 멀찍이 떨어져 있는 듯하던 기분이 여러 영역 사이의 중간 지대에 있는 듯한 느낌으로 바뀌었다. 나는 한 무리에서 다른 무리로 생각과 작업과 사람을 옮기는 재미를 즐기기 시작했고, 그러자 결핍과 외로움이 사라졌다.

나는 또 한때 그것은 나를 위한 것이 아니고 아마 내 젠더를 위한 것도 아닐 터라고 생각했던 힘에 차근차근 접근했다. 1990년 대 초에 모터사이클을 샀다. 엔진 속도를 높이고, 시동을 걸고, 주차하느라 혹은 기울어진 것을 세우느라 혹은 넘어진 것을 일으키느라 그 무거운 물건을 옮기는 일은 내게 마초적인 즐거움을 안겼다(이런 것이 타는 것보다 더 좋았다. 타는 것은 차들 때문에 늘 약간 무서웠다. 그러다가 산 지 아홉달 만에 모터사이클을 도둑맞았다). 그후에는 웨이트와 기계로 운동하는 법을 배웠고, 마침내 몸에는 관리가 필요하다는 사실과 격렬한 운동은 내 몸을 굳게 만드는 스트레스를 잠시나마 풀어준다는 사실을 깨달았다.

2~3년 뒤, 모하비 사막에서 살던 남자친구에게 22구경 라이플을 쏘는 법을 배웠다. 아름다웠던 어느 늦은 오후, 우리는 사막으로 나가서 저녁이 오고 우리 그림자가 평평한 땅 위로 30미터 넘게 늘어질 때까지 올드잉글리시 몰트리커˙ 캔을 겨냥했다. 총 쏘는 일은 우려스러울 만큼 재미있었다. 그런데 남자친구의 아버지와 함께 총을 쏘러 간 날, 평생 군대에서 복무하고 전투에도 많

˙ 보리, 홉 등 보통의 맥주 원료 외에 옥수수, 설탕, 쌀 등 값싼 첨가물을 많이 넣어서 덜 쓰고 알코올 함량이 높게 만든 미국식 맥주.

이 나가보았던 그분이 과거에 장군의 직접 명령으로 어쩔 수 없이 멀리 떨어진 언덕에 있던 민간인을 쏴야만 했던 이야기를 들려주었다. 그후에 죽 악몽을 꾼다는 이야기도. 그것은 총을 진지하게 여기라는 엄숙하고 우아한 경고였다. 나는 또 쇼토칸 가라테 세계 챔피언 선수로서 길거리를 걸을 때 두려움 따위 느끼지 않는 여성과 함께 잠시 가라테를 수련했다. 그냥 소리를 내지르고, 발로 차고, 손으로 치기만 하려는데도 기존과는 다른 자아가 필요했다. 이런 경험들은 한때 나 같은 사람들은 가질 수 없다고 믿었던 힘을 조금이나마 빼앗아오는 일처럼 느껴졌다. 시절이 변하고 있었다.

길거리 성희롱은 대체로 더는 문제가 되지 않았다. 경계심이 누그러졌지만, 물론 완전히 사라지진 않았다. 통제군을 두고 과학적으로 실험해본 것은 아니니까, 정확히 무엇이 바뀌어서 그랬는지는 짚어 말하기 어렵다. 어쩌면 내가 주된 표적 연령층을 넘어서서 그랬을 수도 있다. 어쩌면 문화가 다소나마 바뀌어서 그랬을 수도 있다. 물론 요즘도 젊은 여성들이 길거리 성희롱과 공격을 겪는다는 사실은 잘 안다. 어쩌면 내가 길에서의 처세술을 익힌 것이 한 요인이었을 수도 있다. 나는 마주치는 사람들에게 존중과 인정을 표하는 법을 익혔고, 타인의 드라마에 얽혀들지 않는 법을—무엇에 붙잡히지도 지나치게 서두르지도 않으면서 차분하게, 마치 물 흐르듯이 걷는 법을—익혔다. 백인 남자들은 입을 다물었다. 동네의 흑인 남자들이 던지는 말은, 예전에도 일부는 늘 그랬는데, 한결같이 살가운 것으로 변했다. 나는 기분 좋은 말로 대꾸하려고 했고, 그런 상호작용을 즐겼다.

　나는 짧은 글과 리뷰를 발표했고, 다음에 더 긴 글과 더 야심 찬 에세이를 발표했다. 책을 한권 썼고, 그보다 더 야심 찬 책을 또 썼고, 같은 맥락의 책을 한권 더 썼고, 그다음에 걷기의 역사에 관한 책인『걷기의 인문학』반비 2017을 썼다. 2000년에 출간된 이 책은 내가 처음으로 얼추 생활임금에 가까운 금액을 선인세로 받은 책이자 처음으로 널리 판매된 책이었다. 각각의 책은 내가 집필을 시작할 때 마음에 품었던 질문에 답하는 내용이었고, 끝에 가서는 각각 또다른 질문들을 발생시켰다. 걷기의 역사를 쓰면서도 두가지 의문이 떠올랐다. 그래서 다음 두 책에서는 그것들을 파고들었다.

　『길 잃기 안내서』반비 2018를 쓴 것은 방랑, 미지 속으로 과감히 들어가는 일, 만물의 핵심에 있는 본질적 미스터리를 받아들이는 일, 그리고 상실에 대해서 깊이 생각해보기 위해서였다. 이 글을 과연 누구에게든 보여줄지, 마무리할 수는 있을지, 책으로 낼 만한지, 내가 출간을 바라기는 하는지 확신이 서지 않았다. 결국에는 책으로 냈다. 책은 처음에 조용한 반응만을 얻다가, 나중에 사람들에게 발견되고 인용되고 또 몇몇 예술가가 작품으로써 반응하면서 흥미로운 생애를 살게 되었다.

　『걷기의 인문학』에서 생겨난 두 책 중 다른 하나는 기술의 변화, 그리고 기계가 가능케 한 시공간의 초월로부터 따라나온 탈신체화에 관한 책이었다.* 책이 중점적으로 다룬 인물은 영국 사진가로서 훗날 모션픽처로 발전할 작업의 토대를 닦은 에드워드 머이브리지Eadweard Muybridge였다(머이브리지는 전성기의 대부분을 샌 프란시스코에서 살면서 이 도시를 기록했다. 그 기간 동안 아내의 연인을 살해했고, 19세기의 가장 훌륭한 풍경 및 파노라마 사진으로 꼽히는 사진을 몇점 찍었고, 자신이 개발한 고속 연속 사진술로써 그동안 과학과 예술이 움직이는 인간에 대해서 갖고 있던 지식을 뒤바꿔놓았다).

머이브리지 책이 출간된 2003년 봄 즈음, 일에서 다른 변화가 생겼다. 변화의 한 요인은 내가 배리 로페즈Barry Lopez와 테리 템페스트 윌리엄스Terry Tempest Williams가 말하는 것을 보고 수전 손택을 만난 경험이었다. 나는 스스로 묻게 되었다. 나는 이미 다양한 방식으로 정치에 대한 글을 쓰고 있는데, 왜 손택처럼 뉴스에 등장하는 주제를 직접적으로 논하지 않는 걸까? 혹은 배리와 테리처럼 뉴스 이면에 있는 것에 대해서, 즉 사람들의 사적 자아뿐 아니라 공적 자아도 추동하는 공포와 열망과 이상에 대해서 논하지 않는 걸까? 나는 또 세상이 변하는 방식, 힘이 존재하는 장소, 희망의 근거에 대해서 혼자 발전시키던 의견의 예시가 될 만한 이야기를 모으기 시작했다.

그렇게 수집한 생각을 하나로 모아서 2003년 5월에 「어둠 속의 희망」Hope in the Dark이라는 에세이를 쓰고 2004년에 동명의 책을 내도록 한 계기는, 이번에도 역시, 어느 나이 든 백인 남성과 가졌

• 『그림자의 강』(창비 2020)을 말한다.

던 우스꽝스러우리만치 끔찍한 만남이었다. 2003년 봄에 한 대학이 컬로퀴엄에서 내 작업을 소개했는데 그 자리에서 문제의 남자가 나, 나의 동기, 내가 품은 희망에 대해서 장황하게 인신공격을 펼친 일이 있었던 것이다. 내가 그런 희망에 도달한 것은 요세미티 국립공원에서 이른바 재방문 프로젝트를 진행하던 동안이었다. 때는 2001년이었고, 나는 사진가 마크 클렛과 바이런 울프^{Byron Wolfe}와 함께 에드워드 머이브리지가 그곳에서 찍었던 사진들을 똑같이 다시 찍어봄으로써 머이브리지가 촬영했던 1872년 이래 무엇이 바뀌었는지를 알아보자는 시도에 나섰다. 우리 프로젝트는 결국 모더니즘 사진가들뿐 아니라 빅토리아 시대의 초기 사진가들까지 포함하여 그들의 시대 이래 무엇이 바뀌었고 바뀌지 않았는지를 알아보도록 범위가 넓어졌다. 그 탐사로 나는 변화에 대해서 적이 복잡한 의견을 갖게 되었다. 변화란 예측 가능한 속도로 벌어지는 일이 아니라 장소마다 개체마다 천차만별의 속도로 벌어지는 일이라는 생각이었다. 어떤 나무들은 시간이 100년 넘게 흐른 뒤에도 알아볼 수 있었고, 어떤 작은 바위들도 그 세월 동안 움직이지 않고 같은 자리에 있었지만, 머세드강은 강줄기가 바뀌었고, 숲이 초원을 집어삼켰고, 유명했던 옛 주요 지형지물들은 사라지고 없었다.

　나는 그곳에 갈 때 130년에 걸친 변화를 보러 간다고 생각했지만, 내가 『야만적인 꿈들』을 쓰려고 그곳을 샅샅이 조사했던 때로부터 10년이 채 안 된 시간 만에 그렇게 많은 것이 바뀐 걸 보고 무척 놀랐다. 그동안 원주민들은 권리를 일부 획득했고, 공원에서 더 많이 재현되었다. 백인이 오기 전에 원주민들은 토지 관리 기법의 일환으로 간간이 일부러 불을 냈는데, 공원 관리청은 불을 억제하려고만 했던 이전 100년간의 태도를 바꾸어 마침내 불도 그 장소 생태의 일부라고 인정했다. 공원 방문객은 인종적으로 훨씬 더 다양해진 모습이었다. 그것은 한 세계관이 다른 세계관을 몰아내는 시대가 물러나고 있다는 뜻이었다. 적어도 내게는 그렇게 보였다. 혹은 여러 세계관들이 공존하는 시대, 유럽중심적 세계관이 아메리카 토착민의 권리와 존재를—불완전하고 불충분하나마—인식하는 방향으로 크게 조정된 시대가 왔다는 뜻이었다. 캘리포니아는 비백인이 인구 다수를 차지하는 주가 되어가고 있었고, 나는 그때 그 공원에서 미리 그 전조를 엿보았다.

내가 대학에서 선보인 것은 이런 희망적 전망이었다. 하지만 그 남성 학자는 30분가량에 걸쳐서 내 작업의 동기와 내 인격을 비난했다. 당시 내가 예술학교에서 글쓰기를 가르치던 학생들을 데려간 자리였는데, 그들 앞에서 그랬다. 그는 세상만사가 나빠지고 있다는 자신의 해석을, 자신의 절망을 고집했다(나중에 그와 나를 둘 다 아는 친구들에게 듣기로, 그는 내 저서가 착착 쌓여가는 현실에도 분개했다고 한다). 나는 학생들에게 고상한 토론을 들려주라는 학장의 권유에 따라 데려온 젊은 여성들이 고상한 토론 대신 그런 이야기를 듣게 되어 기겁했다. 이후 며칠 동안 나는 이 일로 혼란했고, 그러던 어느 날 새벽같이 일어나서 내 집 동향 퇴창에 놓인 예의 낡은 책상에서 글을 쓰기 시작했다. 이윽고 해가 뜨고 창문 앞 전화선에 까마귀가 내려앉을 때까지, 희망을 옹호하는 원고의 초고를 만족스러운 수준으로 써냈다. "일전의, 음, 아주 흥미로웠던 컬로퀴엄을 끝까지 들어준 여러분에게 고맙습니다. 강의실 건너편에서 표정으로 응원해주었던 매기와 크리스티나에게는 특별한 감사를 전합니다." 나는 학생들에게 이렇게 썼다. "내가 생각하는 궁극의 주제는, 우리가 어떤 종류의 역사를 상상할 수 있고 말할 수 있는가 하는 것입니다."

학교에서 내 의견을 두고 갈등이 빚어졌던 날은 미국이 폭탄을 빗발처럼 퍼부어 이라크전쟁을 개시한 2003년 3월 20일로부터 열사흘 전이었다. 그해 초에 나는 친구들을 모아서—걸프전 참전 군인, 네바다 핵실험장 시절부터 안 오랜 사이인 가수, 쿠바 출신의 게이 불교도, 핵물리학자, 가정폭력 피해자 대변자—베이에어리어 직접 행동 비밀 결사Bay Area Direct Action Secret Society의 약어인 배대스B.A.D.A.S.S.라는 이름의 모임을 결성하고는● 전쟁 한달 전에 전세계 일곱 대륙 전부에서, 수백개의 국가에서, 수천곳의 장소에서 세계 역사상 최대 시위를 벌인 범세계적 운동에 함께 참여했다. 우리는 슈퍼히어로처럼 입었고, 비즈니스 캐주얼을 입었고, 흰옷에 얼굴에는 흰 가면을 쓰고 가슴에는 이라크 아이들의 얼굴을 붙였고, 검은 옷을 입었다. 행진했고, 거리 연극을 했고, 노래했고, 그러

● 단어 '배대스'(badass)는 원래 '끝내주게 멋진 사람' 혹은 '거칠고 나쁜 놈'을 뜻한다.

다가 폭탄이 떨어지기 시작하자, 경악한 채로, 시내 금융 지구를 점령하는 데 가담했다.

그로부터 몇년 뒤에 너태샤 디온Natashia Deón에게 이런 이야기를 들었다. 당시에 너태샤는 금융 지구 인근의 고층 빌딩에서 살던 기업 변호사였다. 시위가 성대하게 벌어졌던 어느 날 그는 음료수를 사려고 까마득히 높은 보금자리에서 내려왔다가 대로를 메운 인파를 둘러보았고, 자신이 어떻게 살고 있는가 하는 의문을 느꼈다. 그리고 삶을 바꾸기로 결심했다. 그는 가난한 사람들을 위해 열성적으로 일하는 변호사가 되었고, 나와 친구가 되고서 몇년 후에는 성공적인 소설가가 되었다. 너태샤가 해준 이야기는, 우리가 자신의 일의 중요성을 안다고 여겨서는 안 된다는 주장을 뒷받침하기 위해서 내가 수집하던 종류의 이야기였다. 적어도 우리는 실패를 즉시 선언할 수는 없다. 어떤 일의 결과란 늘 직접적이거나 즉각적이거나 명확하지는 않고, 간접적인 결과도 중요하기 때문이다.

바그다드에 폭격이 시작되었을 때, 함께 시위했던 친구들 중 몇명과 주변의 다른 몇몇 사람들은 자신들이 전쟁을 막지 못했다는 사실로부터 따라서 자신들은 아무것도 성취하지 못했다는 결론을 끌어냈다. 심지어 더 나아가서 그러니까 자신들은 앞으로도 아무것도 성취하지 못할 테고, 자신들에게는 아무 힘이 없고, 우리는 다 망했다고 결론 내렸다. 절망은 우리가 그 속에 집어넣는 모든 것을 짓이기는 기계가 되었다. 이 사실에 자극받은 나는 희망의

논거를 구축하는 작업에 박차를 가했다. 전부터 알맞은 글과 사례를 되는대로 모아왔던 터라, 대학 토론장에서의 공격 뒤에 마침내 희망을 옹호하는 내용의 편지를 써서 토론장에 있었던 사람들 중 일부에게 보냈다. 의견 대립 덕분에 생각이 명료해지는 경우가 종종 있다. 적어도 나는 그렇다. 심지어 상대가 적대적인 의도인 경우에도 의견 대립은 유용할 수 있다. 내 뮤즈의 절반은 나를 싫어하는 사람들이었다.

전쟁이 터진 뒤, 나는 뭐에 홀린 사람처럼 사나흘 밤낮을 일에 매달려서 그 글감을 「어둠 속의 희망」이라는 에세이로 써냈다. 수년간 모은 일화들과 사례들이 갑자기 하나의 패턴으로 맞아들어갔고, 그 패턴은 희망에의 옹호였다. 학생들에게 보냈던 편지에서 가져와서 재활용한 대목도 있었다. 내가 처음 온라인으로만 발표한 글이었던 이 글은 이전에 발표한 어떤 글과도 비교할 수 없을 만큼 널리 회람되었고, 대안적 주간지들에 재수록되었고, 한 그래픽디자이너에 의해 소책자로 인쇄되었고, 소셜미디어가 없던 시절에 그 대신 이메일로 사람들에게 전달되고 또 전달되었다.

나는 우리에게 많은 힘이 있고, 잊히고 저평가된 성공들이 있다고 주장했다. 더 나빠지는 일들이 있기는 하지만, 장기적으로 보면 우리의 권리와 역할이 놀라운 정도로 향상되었다고—특히 남성이 아니거나, 이성애자가 아니거나, 백인이 아닌 사람들에게는 그렇다고—주장했다. 우리 행동의 결과를 미리 알 수는 없다고 주장했다. 결과는 직후에 알 수 없을 때도 많고, 가끔은 영영 알 수 없다. 위대한 전략가, 이상주의자, 운동은 가끔 다른 시간과 장소와 투쟁에서 간접적 반향을 일으키곤 하기 때문이다. 나는 1989년에 비폭력 직접 행동이 동유럽 국가들을 독재 정부로부터 해방시키는 모습을 보았고, 1994년에 라칸돈 밀림에서 사파티스타 봉기가 일어나는 모습을 보았고, 1999년에 캐나다 정부가 방대한 영역을 원주민 자치 지역인 누나부트 준주로 설정하는 모습을 보았고, 그 밖에도 꿈에도 바라지 않았던 일들이 실현되는 모습을 보았다. 2004년에 나는 그 에세이를 얇은 책으로 펴냈다. 책은 이후 10여 개국에서 10여가지 언어로 출간되었다.

대학에서 나를 심문했던 상대는 내가 마케팅적인 이유에서 고식적 처방을 내놓았다고 비난했지만, 실제로 내가 주고 싶었던 것은 격려였다. 격려encouragement라는 말이 그냥 듣기 좋은 말에 불과하다고 생각하는 사람들도 있지만, 이 단어의 문자 그대로의 의미는 용기courage를 불어넣는다는 뜻이다. 내가 원한 것은 사람들의 기분을 좋게 만드는 격려가 아니라 사람들이 자신에게 힘이 있다고 느끼도록 만드는 격려였다. 그리고 나중에 깨달은바, 내 주장은 사람들이 아무 행동도 하지 않는 데 대한 최고의 변명, 즉 자신에게는 아무 힘이 없고 자신이 하는 일은 결코 중요할 리 없다는 변명을 빼앗는 것이라고도 볼 수 있었다. 이것은 사람들에게 가능하다는 감각을 고취시키는 일이었고, 절망과 냉소가 불참을 정당화하는—결과에 대한 과잉 확신이 자신의 역할을 수행할 의지를 훼손하는, 희한한 조합이다—더 흔한 주장들에게 반대하는 일이었다. 내 안에서 뭔가 심오한 변화가 일어나서, 내게 사람들의 생각을 바꿀 능력이 있고 사람들의 마음을 돌볼 책임이 있다는 느낌이 들었다. 무력하고 단절된 기분이 옅어졌고, 그 대신 가능하다는 느낌이 자리잡았다. 변화의 작동 방식에 대해서뿐만 아니라 나 자신의 역량과 역할에 대해서도 그랬다.

그다음 몇년 동안, 나는 정치에 대해서 쓰는 작가가 되었다. 현재 펼쳐지는 사건들과 만성적인 상황들에 대한 에세이를 써서 한 웹사이트에 발표했고, 그러면 전세계 여러 뉴스 사이트들이 그 글을 가져가서 게재했다. 글쓰기의 계기는 종종 최악의 사건들, 내가 동의하지 않거나 분개하는 사건들이었다. 하지만 나는 사랑하는 것에 대해서도 많이 썼다. 반대도, 그것이 내가 사랑하는 것을 해쳤거나 해칠 참이라서 반대하는 것이었다. 그러던 중에 쓴 글 한 편이 저 혼자 거친 파도를 일으키게 되었다. 공교롭게도 그것은 내가 다른 어떤 글보다도 덤덤하게 쓴 글이었다. 다른 글들은 모두 내가 선택하여 의도적으로 접근한 주제에 관한 글이었지만, 페미니즘은 그것이 나를 선택했다. 아니면 내가 그것을 모른 척할 수 없었다고 말해야 할지도 모르겠다.

3.

그 시절에 나는 티나에게 보내는 이메일의 제목에서 날씨를 보고하곤 했다. 교직을 구해서 멀리 이사 간 티나가 베이에어리어를 그리워했기 때문이다. 우리는 몇년 동안 거의 매일, 가끔은 하루에도 몇번씩 이메일을 주고받고 있었다. 2008년 3월 24일, 우리는 3월 20일에 내가 '보름달, 춘분, 날이 좋지만 쌀쌀함'이라고 제목을 적어서 보냈던 이메일에 답장을 이어 주고받는 중이었다. 그러다가 3월 24일 저녁에 내가 새 제목으로 이메일을 썼다. '해 지기 전 하늘에 길고 옅은 헤링본 무늬 구름.'

　　그로부터 2년 전, 나는 원룸형 아파트를 떠나서 여섯 블록 남쪽의 좀더 널찍한 다락형 집으로 옮겼었다. 그 집에 친구 마리나가 곧 징글징글한 전 남편이 될 사람을 벗어나서 나와 함께 지내려고 들어온 지 얼마 되지 않은 참이었다. 나는 마리나와 함께 지내게 되어 기뻤다. 우리는 그 몇달 전 겨울에 내가 심각한 진단을 받은 무렵에 절친한 친구가 된 사이였다. 나는 그 진단 때문에 몇주 전에 큰 수술을 해야 했고, 그래서 우리는 각자의 사정에 따라 집에 콕 들어박혀서 요양하는 중이었다. 마리나는 내가 꿈꾸던 대화가 가능한 사람 중 하나였다. 그와의 대화는 일단 물살을 타면 저절로 요리조리 흘러가면서 생각과 사건을, 희망과 감정을 탐구했고 사이사이 농담과 웃음이 섞였다.

　　얼굴 보고 이야기할 친구가 있고, 매일 편지 쓸 친구가 있고. 어려운 시기였고 그래서 티나에게 보내는 이메일에 투덜거리곤 했지만, 사교 생활만큼은 더이상 바랄 게 없을 만큼 좋은 상황이었다. 마리나는 탁월한 정치적 식견을 갖추었을뿐더러 평소에 눈이 새처럼 반짝거리고 쾌활하고 감정적으로 아주 따스한 사람이지만, 별거 후에 기분이 좀 가라앉아서 그 길고 옅은 헤링본 무늬 구름의 날 저녁까지 그랬다. 티나에게 보냈던 이메일 덕분에(티나도 음식 묘사를 좋아했다), 나는 그날 저녁에 내가 파스타와 아티초크와 시빅센터 파머스마켓에서 사온 채소로 상을 차렸다는 걸 안다. 역시 마리나와 친한 사이인 내 남동생을 초대했다는 것도, 남동생이 학살 희생자들을 위해서 4,000개의 초를 켠 시위에 참가했다가 우리 집에 왔다는 것도 안다.* 우리가 적포도주 한병을 마셨다는 것도, 알딸딸하게 취한 마리나가 그 덕분에 반짝임과 활기를 되찾았다는 것도 안다.

헤링본 무늬 구름 이메일에 적지 않은 일도 있었다. 내가 언젠가 「남자들은 자꾸 나를 가르치려 든다」라는 제목으로 글을 써야겠다고 농담 삼아 말했다는 점이다. 실은 이전 몇년 동안 종종 해온 농담이었다. 우리는 중앙에 꽃병 모양의 육중한 다리들이 달린 작은 드롭리프형** 떡갈나무 식탁에서 저녁을 먹는 중이었다. 내가 옆집의 나이 지긋한 레즈비언 커플에게서 산 식탁이었다. 그 자리에서 다시 저 농담을 꺼내자, 마리나는 그 글을 꼭 쓰라고 극력 권유하면서 자기 여동생 같은 젊은 여성들에게 그런 글이 꼭 필

---

* 이라크전쟁의 미국인 사망자가 4,000명을 기록한 것을 규탄하는 시위가 이날 샌프란시스코에서 열렸다.
** 상판에 평소에는 경첩으로 접어두는 날개가 달려 있어서 필요할 때 넓게 연장할 수 있는 탁자.

요하다고 말했다.

　　그로부터 여러해가 지난 뒤, 지금 내가 사는 집에서, 또다른 식탁에서, 페미니즘 이야기를 하러 찾아온 여성 영화배우와 대화를 나누었다. 이튿날 거대한 꽃다발과 함께 카드가 왔는데, 그 속에는 전날 내가 한 말 중에서 가장 그의 마음에 들었다는 말이 적혀 있었다. "문제는 당신이 아니라 가부장제예요." 페미니즘의 기본 메시지 중 하나라고 해도 좋을 이 말은, 잘못이 여성에게 있는 게 아니라 여성을 짓누르면서 당신은 쓸모없고 무능하고 못 미덥고 무가치하고 잘못되었다고 말하는 체제에게 있다는 뜻이다. 마리나는 내가 말해준 몇몇 일화에서 이 메시지를 세상에게 혹은 세상의 여자들에게 들려줄 수 있는 가능성을 보았고, 여자들이 그 이야기를 들어야만 한다고 생각했다.

　　나는 아침형 인간이었고, 마리나는 꼭 필요했던 잠을 보충하고 있었으며, 내 집에는 방이 큰 것으로 두개뿐이었다. 부엌과 손님이 자는 소파 겸 침대는 서쪽 방에 있었다. 동쪽 방은 내 침실 겸 작업실로, 긴 붙박이 상판의 한가운데를 가늘고 긴 다리의 오래된 책상으로 괸 작업대가 있었다. 25일 아침, 나는 마리나의 휴식을 방해하는 대신에 다시 한번 그 책상에 앉아서 마리나의 분부에 따랐다. 글은 쉽게 풀렸다. 아니, 저절로 술술 흘러나오는 것 같았다. 이런 경우에는 착상이 벌써 오래전에 자리잡았고 쓰기는 이미 그 형상을 갖춘 글을 눈에 보이도록 탄생시키는 행위에 불과하다는 뜻이다. 이런 글쓰기는 많은 부분이 겉보기에는 우리가 일하지 않는 듯한 시간에 이뤄지고, 우리가 그 존재를 모를 수도 있고 의식적으로 통제하지도 않는 자아의 일부분에 의해 씌어진다. 그러다가 글이 이렇게 모습을 드러낼 때, 우리가 할 일은 그저 거치적거리지 않게 비켜주는 것이다.

그날 아침에 쓴 글은 나를 깜짝 놀라게 했다. 전날 밤에 농담할 때만 해도 자꾸 나를 가르치려 드는 남자들과 그날 아침에 쓴 글의 내용을 연결지어 생각하지 못했기 때문이다. 글은 코믹한 일화로 시작한다. 그로부터 5년 전에 있었던 일로, 웬 남자가 내 말을 가로막으면서 내가 쓴 책에 대해서 내게 설명하다가 (이윽고 내 동행이 그의 말을 끊는 데 성공하자) 자신이 얕보고 청중으로만 취급했던 상대인 내가 실은 자신이 장황하게 설명하던 머이브리지에 대한 "아주 중요한 책"의 저자라는 사실을 알고 잠시 망연해한 사건이었다.

내가 사소한 수모를 중범죄와 동일하게 취급한다고 비난하는 사람들이 있다. 그들은 우리가 한 스펙트럼상에 놓인 여러 사건들을 논하는 중이고, 스펙트럼의 서로 다른 지점들을 충분히 구분할 수 있으며, 그렇지만 그것이 하나의 스펙트럼이라는 점이야말로 요지라는 사실을 이해하지 못하거나 이해하고 싶어하지 않는다. 흑인은 별도의 음수대에서 물을 마셔야 한다고 정하는 일과 흑인에게 린치를 가하는 일은 그 정도도 종류도 다른 일이지만, 둘 다 인종 분리와 불평등을 강화하려는 취지에서 나온 일이다. 이 점을 이해하기 어려워하는 사람은 거의 아무도 없다.

내가 그날 아침에 쓴 글을 발표한 뒤로 변호사, 과학자, 의사, 온갖 분야의 학자, 운동선수와 등반가, 기계공, 건축업자, 영화 기술자, 기타 등등의 여자들이 비슷한 이야기를 들려주었다. 그들 모두 자신의 전문 분야에 대해서 남자들이 자꾸 자신을 가르치려 든 경험이 있었다. 그 남자들은 자기가 하는 소리를 잘 알지도 못하면서 응당 앎은 남자에게 있고 앎의 결핍은 여자에게 있다고 믿었고, 듣기는 여자의 자연스런 태도이자 의무인 반면에 설명은 남자의 권리라고 믿었고, 게다가 어쩌면 여자의 일은 남자의 자아를 부풀려주는 것이고 여자의 자아는 쪼그라들어야 한다고까지 생각했다. 누가 사실을 쥐고 있는가에 대한 이런 비대칭은 지적인 문제에서부터 방금 전에 벌어진 일상의 사건에까지 매사에 적용된다. 그리고 이 상황은 여성의 능력을 갉아먹는다. 거의 모든 일에 대한 능력을. 가끔은 생존의 능력도.

글은 웬 남자가 내게 머이브리지에 관한 아주 중요한 책을 설명하려 들었다는 우스운 일화로 시작했지만, 역시 내가 겪은 일인 그다음 일화는 좀 다른 이야기였다.

내가 아주 어렸을 때, 페미니즘이 무엇이고 왜 필요한지 알아가기 시작하던 시절에 사귀던 남자친구에게 핵물리학자 삼촌이 있었다. 어느 크리스마스에 그 삼촌은 우리에게 핵폭탄 연구자들이 사는 교외의 자기 동네에서 한 이웃집 부인이 한밤중에 알몸으로 집을 뛰쳐나와서는 남편이 자기를 죽이려 한다고 비명을 질러댔다는 이야기를—마치 가볍고 재미난 대화 소재인 것처럼—들려주었다. 나는 물었다. 남편이 진짜로 아내를 죽이려 한 게 아니란 걸 어떻게 아셨어요? 그는 내게 참을성 있게 설명했다. 그 사람들은 점잖은 중산층 가정이었다고, 따라서 남편이 아내를 죽이려 했다는 말은 여자가 남편이 자기를 죽이려 한다고 외치면서 집을 뛰쳐나온 데 대한 설명으로서 믿을 만하지 않다고, 오히려 여자가 정신 나간 거라고…

어떤 사람이 그의 전문 분야에서 무능하다고 치부하는 사고방식은 그에게 누군가가 자신을 죽이려고 드는지 아닌지를 가리는 능력조차 없다고 치부하는 사고방식과 같은 것일 수 있고, 이런 사고방식 때문에 많은 가정폭력 및 스토킹 피해자들이 죽었다. 글은 나 스스로 지향하는 줄도 몰랐던 곳으로 나아가고 있었다.

나는 한 시인 친구가 가톨릭 학교에서 수녀에게 맞았던 일을 이야기하면서 그것이 "누구에게 맞은 유일한 경험"이었다고 말했을 때, 적어도 그 측면에서만큼은 그토록 안전하고 고요한 삶이 있을 수 있다는 사실에 충격을 받았던 여자다. 나는 여자와 아이를 때리는 것을 자신의 권리로 여기고 제 아버지가 그랬듯이 자신도 그렇게 했던 남자의 딸이고, 그 남자를 벗어나서 의지할 곳이 없고 불평할 곳도 없거나 없다고 느끼면서 20년을 살았던 여자의 딸이다. 나는 10대 초에 남자 어른들이 나를 집적거릴 때 우물쭈물 몸을 꼬다가 슬쩍 사라지는 법을 익혔던 여자다. 왜냐하면 그들에게 날 가만 놔두라고 말한다는 것이 어릴 적 내게는 상상할 수 없는 일, 내게 그렇게 말할 권리가 있는지 모르겠고 그렇게 말해도 안전한지를 모르겠으며 그렇게 말한들 그들에게 내 말을 들을 의무가 있는지, 아니 들을 의향이라도 있는지 모르겠는 일이었기 때문이다. 나는 젊을 때 늘 강간당할 수 있다고, 어쩌면 살해당할 수도 있다고 생각하면서 살았던 여자다. 나는 평생 여자들이 여자라는 이유로 낯선 사람에게 강간과 살해를 당하는 세상, 또는 자신의 권리를 주장했거나 그냥 여자라는 이유로 아는 남자에게 강간과 살해를 당하는 세상, 그런 강간과 살해가 예술에 선정적으로 잔존하는 세상을 살아온 여자다. 나는 결정적인 순간에 여러차례 당신은 믿을 만하지 않다는 말, 당신이 헷갈린 거라는 말, 당신은 사실을 다룰 능력이 없다는 말을 들어온 여자다. 그리고 이 모든 면에서 나는 평범하다. 그도 그럴 것이 나는 강간 검사 키트, 캠퍼스 스토킹 인식 제고의 달, 여자와 아이가 제 남편과 아버지를 피해 숨는 가정폭력 피해자 쉼터가 붙박이로 널린 사회에서 살고 있으니까.

그리고 나는 작가가 되어 예술부터 전쟁까지 여러 주제로 글을 씀으로써 약간의 입지를 얻었고, 이제 가끔은 그 입지를 활용하여 다른 사람들이 목소리 낼 공간을 열려고 애쓰기도 하는 여자다. 나는 자신이 무슨 소리를 하는지 혹은 누구에게 하는지 모른다는 사실조차 모르는 바보로부터 내 전문 주제에 관한 가르침을 듣는 모멸적 경험이 어떤 스펙트럼상에 놓인 사건이라는 것, 그리고 그

스펙트럼의 반대편 끝에는 폭력적 죽음이 가득하다는 것을 말한 글 「남자들은 자꾸 나를 가르치려 든다」를 어느 날 아침에 썼던 여자다.

나는 그 글을 인쇄하여, 마리나의 커피와 내 차가 차려진 몇 시간 뒤의 아침 식탁에 올려놓았다. 오전 10시 42분에는 역시 '남자들은 자꾸 나를 가르치려 든다'라고 제목을 단 이메일을 써서 티나를 포함한 열세명의 친구들에게 글을 보냈다. 그 아침의 원고에는 약간 불필요한 치장이 있었기 때문에 나중에 출간할 때는 일부를 삭제했는데, 지금 첫 원고를 다시 보니 놀랍게도 키츠의 「나이팅게일에게 부치는 노래」 중 한 대목이 머리글로 쓰였다. 아무튼 그 몇주 뒤에 『로스앤젤레스 타임스』 온라인 지면에 결말을 자른 버전으로 실었던 글은 첫 원고와 거의 비슷했다.

글에서 나는 내 경험과 생각을 말했지만, 알고 보니 그것은 다른 여자들의 경험과 생각과도 공통점이 많았다. 글은 금세 온라인에서 돌기 시작했고, 이후 몇년 동안 게르니카 웹사이트에서[*] 조회 수 수백만회를 기록했다. 그것은 내가 묘사한 경험과 상황이 잔인하리만큼 흔하지만 부당하리만큼 간과되는 일인 탓이었다. 그날 아침에 앉은자리에서 죽 써내려갔던 그 글은 내가 쓴 어떤 글보다도 큰 영향력을 미쳤을 것이다. 글은 페미니즘 에세이를 모은 2014년 선집의 표제작으로 수록되어 한국에서 베스트셀러가 되

---

[*] '예술과 정치 잡지'라는 모토를 단 미국의 온라인 잡지. www.gernicamag.com

었다. 미국에서도 몇년간 그랬고, 덴마크어와 스페인어와 페르시아어 등등 다른 언어로도 번역되었다.

글이 발표된 직후, 한 독자가 라이브저널 웹사이트에 익명으로 코멘트를 달면서 '맨스플레인'mansplaining이라는 말을 만들어냈다. 이 단어는 크게 유행하여 2014년 『옥스퍼드 영어사전』에 등재되었고, 요즘도 영어 사용자들이 널리 쓰고 또 알고 있으며, 다른 수십개 언어에서도 쓰이게 되었고, '화이트스플레인'● 같은 다양한 변이 표현을 낳았다('맨스플레인'을 내가 만든 단어로 아는 사람들이 있지만, 적었다시피 그렇지 않다). 그 글에서 용기를 얻었다는 사람들의 이야기 중 내가 자랑스럽게 여기는 것들도 있다. 한 유명 여성 작가는 내 글이 발표된 직후에 그것을 호전적 여성혐오자인 어느 이름난 전문가에게 보내면서 이런 메시지를 곁들였다. "리베카 솔닛의 훌륭한 에세이를 읽었더니, 아주아주 오래전부터 당신에게 하고 싶었던 말이 있다는 게 떠올랐습니다. 나가 뒈지세요." 내가 만난 한 젊은 여성은 그 글에 자극받아서 이혼했다고 했다.

젊은 여성이 내게 다가와서 내 글이 자신의 힘과 가치를 찾아내고 예속을 거부하는 데 도움이 되었다고 말할 때마다, 나는 짜릿한 감동을 느낀다. 글 쓰는 사람이 자신이 어떤 일을 하고 있는지를 정말로 잘 알기는 불가능하다. 그것은 독자가 어떻게 읽느냐에 달린 문제이기 때문이다. 작가가 독자들의 취향과 관심사를 알면

● '맨스플레인'이 남자가 여자에게 자꾸 가르치려 든다는 뜻인 것처럼, '화이트스플레인'(whitesplaining)은 백인이 비백인에게 그런다는 뜻이다.

그것을 길잡이 삼아 익숙한 길을 밟을 수 있겠지만, 그것을 모름으로써 오히려 작가가 있는 줄도 몰랐고 때로 독자들마저도 알지 못했던 취향과 관심사를 발견할 수도 있다. 불교에서는 보살의 일을 가리켜 "일체중생을 해방시키는" 것이라고 말한다. 내 생각에 페미니즘은 그 일의 한 부분이다.

4.

흔히들 작가의 목소리는 그 사람 혼자만의 것이라고 한다. 한 작가를 누구와도 다른 그 사람이라고 알아볼 수 있게 하는 것이 그 목소리다. 이것은 문체의 문제라고는 할 수 없고, 어투나 주제의 문제만도 아니다. 글쓴이의 개성과 원칙, 그의 유머와 진지함이 어디에 있는가, 그가 무엇을 믿는가, 왜 쓰는가, 누구와 무엇에 대해서 쓰는가, 누구를 위해서 쓰는가의 문제다. 하지만 「남자들은 자꾸 나를 가르치려 든다」 이후로 내 글의 큰 부분이 된 페미니즘이라는 주제는 생존을 말하는 다른 여성들의 목소리를 위한 것이었고, 그 목소리에 관한 것이었고, 종종 그 목소리와 함께하는 것이었다.

내 글에 가끔은 코러스가 포함되었고, 가끔은 내 글이 코러스에 가담했다. 창조적인 작업을 하는 사람은 불멸성을 이상으로 삼기 마련이라는 통념이 있다. 누구든 딱 보면 당신의 것임을 알 수 있는 작품, 흔한 말마따나 당신의 "이름이 살아남도록 해주는" 작품을 남기기를 갈구해야 한다는 것이다. 사람들이 어떤 글을 계속 읽거나 들어줄 때 그 글이 살아 있는다는 것은 사실이다. 하지만 내가 그동안 연구하고 써온 예술가들과 문화를 바꾼 운동들로부터 배운바, 유의미한 기여를 남기는 데는 두가지 방식이 있다. 하나는 사람들의 눈에 계속 보이는 작품을 만드는 것이고, 다른 하나는 사람들에게 너무 깊이 흡수된 나머지 급기야 사람들이 보는 대상이 아니라 보는 방식이 되어버리는 작품을 만드는 것이다. 그런 작품은 이제 사람들 앞에 있지 않고, 사람들 속에 있다. 그런 작품에서 중요한 것은 이제 예술가가 아니고, 더는 관객으로만 남지는 않게 된 사람들이다.

당대에 영향을 미쳤던 예술 작품이 간혹 구식으로 보이거나 뻔해 보이는 것은 그 작품에서 신선했던 점, 심지어 반항적이기까지 했던 점이 그동안 보통의 방식이 되어버려서 이제는 우리가 영화를 편집할 때, 역사나 자연이나 성(性)을 바라볼 때, 권리와 그 침해를 이해할 때 다들 그 방식을 따르기 때문이다. 그런 식으로, 한 사람 혹은 소수의 시각이 다수의 시각이 된다. 그런 작품은 그 성공으로 말미암아 한물간 것이 되고 마는 셈이다. 그러니 무려 19세기의 페미니즘 저작 중에서도 많은 수가 여태 타당하게 읽힌다는 사실은 우리가 그동안 많이 나아오긴 했으나 아직도 충분하진 않다는 점을 상기시키는 암울한 증거다.

불멸성이란 사막의 광신적 유일신교에서 비롯한 불모의 개념이 아닌가 싶을 때가 있다. 사막에서는 흙터든 보물이든 수천년을 잔존할 수 있다. 사막에서 베두인족 목동들이 어느 동굴 속 항아리에서 꺼낸 문서가 약 2,200년 전에 그곳에 넣어진 사해문서로 밝혀지기도 한다. 그중에는 우리에게 "모든 육체는 풀이요"라고 말하는 이사야서도 포함되어 있었다. 반면에 습한 곳에서는 모든 것이 썩고, 많은 것이 썩어서 흙으로 돌아가며, 그 흙이 새 생명을 키운다. 창조적 작업이 할 수 있는 최선의 일은 어쩌면 썩어서 그런 흙이 되는 것, 그리하여 비록 기억되지 못할지라도 새 시대의 양식이 되는 것일지도 모른다. 아니면, 아예 깡그리 먹히고 소화되어서 새 시대의 정신 그 자체가 되는 것일지도 모른다. 대리석은 오래가지만, 흙은 생명을 먹인다.

내가 살아온 시대는 오래된 권위주의에 대항하는 혁명이 펼쳐진 시간이었다. 1950년대 말과 1960년대 초의 핵 낙진과 살충제 위기에 대응하여, 보통 사람들은 군대와 화학 회사에 복무하는 과학자들의 권위를 의심하게 되었다. 그후에 태동한 환경운동은 인간중심주의, 자본주의, 소비자주의, 진보와 자연에의 지배라는 개념에 더 넓은 시각으로 질문을 던졌다. 인종정의 운동은 백인중심성에 의문을 제기했고, 게이 레즈비언 해방 운동은 이성애중심성에 의문을 제기했고, 페미니즘은 가부장제에 의문을 제기했다(운이 좋은 경우에는, 이 대로들이 교차했다). 단 이것은 그냥 질문만이 아니었다. 이것은 변화를 요구하는 목소리, 힘과 가치의 재분배를 요구하는 목소리였다.

변화는 시간의 척도다. 이런 운동들은 단기적 목표나 구체적 목표를 달성하는 데에 실패한 것으로 여겨지곤 했다. 하지만 장기적으로 이런 운동들은 사람들이 결정을 내리고 사실을 해석할 때 기준이 되는 전제 자체를, 그리고 사람들이 스스로를, 서로를, 자신의 가능성을, 권리를, 사회를 생각하는 방식 자체를 바꾸었다. 또 누가 결정하는가를, 누가 해석하는가를, 무엇이 눈에 보이고 귀에 들리는가를, 누구의 목소리와 시각이 중요한가를 바꾸었다.

내가 그 에세이를 썼던 2008년에 페미니즘은 잠시 잠잠한 상태였다. 세상의 많은 일은 근년에 페미니즘이 나아온 방식대로 발전한다. 점진적 변화, 혹은 정체, 혹은 퇴행이 예측 불가능한 조합으로 펼쳐지는 사이사이에 갑작스레 위기가 터지고 그 위기의 시기에 상황과 집단적 상상력이 빠르게 바뀌는 식이다. 페미니즘에서는 뉴스로 보도된 극적인 사건을 둘러싸고 그런 폭발이 벌어지는 경우가 많았다. 2012년에 미국에서는 대학 내 강간 반대 활동가들의 목소리가 좀더 가시화되고 널리 들리고 효과를 거두었는데, 그러던 중 두건의 범죄가 대서특필되자—8월에 오하이오주 스튜번빌에서 정신을 잃은 열여섯살 피해자를 가해자들이 집단강간한 사건, 12월에 인도 뉴델리에서 조티 싱 Jyoti Singh이 버스에 탔다가 강간당하고 장기를 훼손당하고 살해당한 사건이었다—무언가가 변했다.

혹은, 무언가가 그보다 앞서 바뀌어 있었는지도 모른다. 이 사건들은 끔찍하지만 특별할 것은 없는 이야기였는데도 이때는 언론으로부터 특별한 관심을 받았기 때문이다. 그것은 아마 누가 뉴스 가치를 판단하는가, 누구의 시각으로 뉴스를 보도하는가 하는 점이 앞서 바뀌어 있었기 때문일 것이다. 이전에는 그런 범죄가 거의 늘 이례적이고 단독적인 사건으로 묘사되었고, 따라서 그런 폭력이 너무 흔하고 그 상황이 여성 전반에게 큰 영향을 미친다는 문제에 주목하게 하는 사례로 여겨지지 않았지만, 이번만큼은 그 대신 저 사건들이 유행병처럼 퍼진 하나의 현상을 대표하는 상징으로 이야기되었다. 이런 경우는 처음인 것 같았다. 오래 참아왔던 일이 갑자기 참을 수 없는 일이 되자, 어떤 사람들은 처음으로 목소리를 들려주게 되었고 다른 사람들은 처음으로 듣기 시작했다.

　댐이 터진 것은 2013년 초였다. 댐을 터뜨린 물살은 성적 폭력에 대해서 말하는 수많은 여성들의 이야기였다. 그동안 그런 폭력이 가능했던 것은 그동안 여성들의 목소리가 들리지 않았고, 여성들에게 신뢰성이 주어지지 않았고, 여성들의 이야기가 아무런 영향을 미치지 못했기 때문이었다. 이야기들이 급류처럼 쏟아졌다. 2014년 아일라비스타에서 여성혐오적 동기로 일어난 대량 살인, 즉 여자를 미워한 어느 젊은 남자가 여자들이 자신에게 응당 제공해야 할 섹스를 제공하지 않으니 그들을 벌주겠다고 저지른 범죄에 답하여, 여성들은 자신의 경험을 이야기했다. 남성 스포츠 스타가 약혼녀를 구타한 사건에 답하여, 한 유명인으로부터 공격 당한 사실을 밝힌 여자들이 도리어 대중의 의심과 비난을 받은 사건에 답하여, 여성들은 자신의 경험을 이야기했다. 2017년에 맨 먼저 영화 업계에서 만연한 성적 학대가 폭로된 뒤 레스토랑 업계,

농업 분야, 테크 산업까지 그야말로 모든 업계에서 폭로가 터져서 이른바 #미투나도 고발한다로 세상이 뒤집히고, 이어서 미국 밖으로도, 아이슬란드에서 한국까지 전세계에서 고발이 이어졌던 사건에 답하여, 여성들은 자신의 경험을 이야기했다. 2018년 대법원 청문회에서 한 여성이 열다섯살에 겪을 뻔했던 성폭행과 그로 인한 트라우마를 증언하고는 폭로의 대가로 살해 협박을 받은 사건에 답하여, 여성들은 자신의 경험을 이야기했다.

우리가 살펴보는 현상은 잔인했지만, 우리가 말할 수 있다는 사실과 말의 힘을 느끼는 것은 환희로운 일이었다. 이상한 조합이었다. 말하는 사람들은 말함으로써 해방됨과 동시에 과거의 고통을 다시 겪었다. 한번 그렇게 둑이 터지면 얼마나 많은 이야기가 쏟아졌던지 마치 숨었던 것들이 모조리 백일하에 드러난 것 같았지만, 그 뒤에도 또 둑이 터졌고, 그러면 수천수만의 더 많은 여성들이 또 처음으로 자신의 경험을 이야기했다.

신체에 대한 폭력이 지금껏 대대적인 유행병의 규모로 가능했던 것은 목소리에 대한 폭력을 통해서였다. 기존 질서는 남자들의 권리와 자격을 기초로 하여 구축되었다. 그것은 기성 체제를 유지시키는 실질적 현상들(돈, 법, 정부, 미디어)뿐 아니라 의미를, 진실을, 어떤 이야기가 중요하고 누구의 이야기가 말해질 것인가를 결정하는 권리와 자격이다. 또한 기성 질서는 현 상태와 그 지배층의 불합리함을 제 경험으로써 증언하는 사람들의 자의적 혹은 타의적 침묵 위에 세워졌다. 그러나 이제 핵심적인 무언가가 바꿰었다. 어떤 사람들은 이 변화를 시작으로 보지만, 내가 볼 때 이것은 그동안 페미니즘적 시각을 점점 더 널리 퍼뜨리고 더 많은 여자들을 (또한 여자를 평등하고 믿을 만한 존재로 여기는 남자들을) 편집자, 제작자, 감독, 저널리스트, 판사, 조직의 장, 상원의원 등등 유력한 자리에 앉히는 작업이 오래 서서히 진행되어오다가 드디어 절정을 맞은 순간이다.

소셜미디어가 출현하고 온라인에서 새로운 토론의 장이 숱하게 생겨나자, 더 많은 목소리가 들릴 공간이 탄생했다. 그곳에서 증폭된 개개인의 이야기는 집단의 대화에 저마다의 증언을 보탰고, 진단의 타당성과 변화의 필요성을 강화했다. 이 코러스가 만든 거대한 강은 나를 비롯한 개인들의 목소리를 싣고 흘렀다. 그리하여 세상이 바뀌었으니, 이것은 수백만의 사람들이 함께 이룬 집단적 과업이었다.

분노가 이런 사업의 추진력이라고 생각하는 사람들이 있지만, 평생 활동가들과 함께한 경험으로 내가 확신하는바 대개 활동을 추진하는 힘은 사랑이다. 사유화된 우리 사회가 사람들의 트라우마에 대해서 내놓는 치료법은 개인적 차원의 것일 때가 많지만, 우리는 종종 타인을 위해서, 타인과 함께, 우리를 해친 환경을 바꾸는 일을 함으로써 연대와 힘을 경험할 수 있고, 그럼으로써 트라우마의 핵심인 고립감과 무력감을 극복할 수 있다.

성적 폭력과 여성혐오에 대해서 쓰는 것은 내가 이제껏 해온 글쓰기 중 가장 쉬운 글쓰기였다. 아마 이 글쓰기의 추진력이 시작하기는 쉽지만 멈추기는 힘든 힘이라서 그럴 것이다. 그런 글을 쓰려면, 극악한 범죄들을 깊이 파고들어야 한다. 지난 몇년간 나는 매일 아침 식사 자리에서는 강간에 대해서 읽었고, 점심 식사 자리에서는 구타와 스토킹에 대해서 읽었고, 저녁 식사 자리에서는 살인에 대해서 읽었다. 그런 이야기들을 무수히 섭취했다. 그래도 거센 추진력이 두려움과 공포를 압도하는 것은, 아마 그것을 압도한 최초의 힘이 아닐까 싶은데, 이 모든 현상들이 새롭게 조명되는 데다가 이 상황이 바뀌고 힘이 재분배될 가능성이 조금이나마 있기 때문이다.

네바다 핵실험장에서 나는 최악의 일을 다루는 방법은 그것을 직면하는 것임을 배웠다. 그것으로부터 달아나면, 그것이 당신을 뒤쫓는다. 그것을 무시하면, 무방비 상태일 때 그것이 당신을 덮친다. 그것을 직면해야만, 그 과정에서 동맹과 힘과 승리의 가능성을 찾을 수 있다. 내가 이전부터 누차 젠더폭력을 직면하고 호명하려고 애썼던 것은 그 때문이었고 마침내 나는 그토록 오래 기다려온 것을 찾을 수 있었다. 이 문제를 직면하고 우리에게 필요한 대화를 꾸려가는 여성들의 세계적 움직임을.

우리의 핵심 도구는 이야기였다. 우리는 늘 같은 비유와 표현과 변명이 쓰인다는 점을, 늘 같은 가정이 통용된다는 점을, 늘 같은 사람들이 보호받고 신뢰받는다는 점을, 늘 같은 사람들이 의심받고 처벌받는다는 점을 지적했다. 반복되는 패턴을 뚜렷이 보여줌으로써, 그리고 가령 강간을 일으키는 것은 강간범이지 술이나 복장이나 자유롭게 다니며 사람들과 소통하고 싶은 여자들의 욕구가 아니라는 점을 강조함으로써 낡은 변명을, 피해자 비난과 무시를 조금씩 지웠다. 또한 우리는 스토킹, 성희롱, 성추행, 강간, 가정폭력, 여성살해를 여성혐오라는 한 현상의 서로 다른 표현으로 이해하고 말했다. 페미니즘에 관한 대화 덕분에 우리는 성적 학대가 어떻게 벌어지는지, 왜 피해자가 신고하지 않을 때가 많은지, 피해자가 거짓말하는 경우는 드문데도 불구하고 왜 정작 신고를 하면 의심받는지, 왜 가해자가 유죄 선고를 받는 경우가 드문지에 대해서 더 넓고 깊게 알게 되었다. 인종과 젠더가 교차하는 방식을 더 잘 알게 된 것도 새로운 소득이었다. 둘 사이의 유사점도 더 잘 알게 되었다. 인종폭력 또한 피해자를 깎아내리고, 불신하고, 비난하고, 무시하는 행위를 용인함으로서 가능해지는 것이기 때문이다.

　　5.

　「남자들은 자꾸 나를 가르치려 든다」를 쓴 아침으로부터 10년이 흐르고 페미니즘에 관한 에세이를 수십편 쓴 뒤에야, 비록 내가 여성에 대한 폭력의 이야기를 끊임없이 읽고는 있지만, 그동안 내가 말과 글로서 해온 이야기는 궁극적으로 그 이야기가 아니라는 사실을 깨달았다. 나는 목소리를 갖지 못하는 것의 의미에 대해서 써온 것이었고, 그 필수적인 힘을 재분배해야 한다고 주장해온 것이었다. 「남자들은 자꾸 나를 가르치려 든다」의 핵심 문장은 "신뢰성은 생존의 기본 도구다"이다. 그런데, 신뢰성을 도구라고 본 점에서 나는 틀렸었다. 도구란 우리가 직접 손에 쥐고 사용하는 것이다. 도구의 쓰임새는 그것을 쥔 자에게 달렸다.

한편 사람의 신뢰성이란 그가 속한 사회가 그와 같은 사람을 어떻게 인식하는가 하는 점에도 부분적으로 달려 있다. 그리고 우리가 무수히 보아온바, 어떤 여자가 이른바 객관적 기준, 즉 증거와 증인과 기존 양상으로 뒷받침되는 기준에서 아무리 믿을 만하더라도, 기필코 남자들과 남성의 특권을 보호하기로 마음먹은 사람들은 그 여자를 믿지 않는다. 가부장제하의 여성은 그 정의 자체가 불평등을 정당화하도록 설계되어 있다. 신뢰성의 불평등도 물론이다.

가부장제는 종종 자신이 합리성과 이성을 독점한다고 주장한다. 하지만 가부장제에 빠진 사람들은 여자의 말이라면 아무리 입증 가능하고 일관되고 일상적인 이야기라도 믿지 않으면서 남자의 말이라면 아무리 터무니없는 소리라도 받아들이고, 성폭력은 드물지만 무고는 흔한 것처럼 말한다. 우리가 말을 꺼내봐야 그 때문에 또 처벌과 비난을 받을 뿐이라면, 왜 말하겠는가? 혹은 무의미한 말인 것처럼 무시될 뿐이라면? 선제적 침묵시키기는 이렇게 작동한다.

목소리를 가진다는 것은 그저 발성할 수 있다는 동물적 능력만을 뜻하지 않는다. 그것은 그가 자신이 속한 사회에, 자신과 타인들의 관계에, 자기 삶에 영향을 미치는 대화들에 온전히 참여할 수 있는 능력을 뜻한다. 그렇게 목소리를 가진다는 것에서 핵심적으로 중요한 요소가 세 가지 있다. 가청성, 신뢰성, 영향력이다.

가청성audibility이란, 그의 말이 청취된다는 것을 뜻한다. 그가 강압에 의해 침묵한 상태가 아니고, 말하거나 쓸 수 있는 영역으로부터 내쳐진 상태도 아니라는 것을 뜻한다(혹은 애초에 말하고 쓰는 교육을 받지 못한 상태가 아니라는 것을 뜻한다. 그리고 소셜미디어의 시대인 오늘날에 많은 사람들이 그런 것처럼, 그 공간에서 괴롭힘과 협박을 겪다가 결국 그 플랫폼에서 밀려난 상태가 아니라는 것을 뜻한다).

신뢰성credibility이란, 그가 말할 수 있는 영역에 들어갔을 때 사람들이 그를 기꺼이 믿어준다는 것을 뜻한다. 나는 여자들이 결코 거짓말하지 않는다고 주장하는 게 아니다. 단지 우리가 어떤 이야기를 평가할 때 이야기 자체의 방식과 맥락을 잣대로 삼아야 하지, 가부장제가 줄곧 주장하는 것처럼 여자는 원래 말하기에 부적합하고, 이성적이기보다는 감정적이고, 앙심을 품고, 조리가 없고, 망상적이고, 조작적이고, 귀담아들을 가치가 없다는 가정에 따라 평가해서는 안 된다는 것이다. 뭔가 도전적인 이야기를 꺼낸 여자를 깎아내리는 저런 표현은 그 밖에도 너무나 많다(요즘은 말 대신 곧장 살해 협박이 가해지는 경우도 많고, 그중 일부는 실제로 수행된다. 특히 학대자를 떠나는 여자들이 그런 일을 자주 겪는다.

침묵시키기는 대화의 차원뿐 아니라 계획 살인의 차원에서도 수행될 수 있다).

　　영향력consequence 있는 사람이 된다는 것은 중요한 사람이 된다는 뜻이다. 어떤 사람이 중요한 존재라면, 그에게는 권리가 있다. 그의 말은 그 권리를 위해서 일한다. 그에게 증언하고, 합의하고, 한계를 정하는 힘을 준다. 그가 영향력 있는 존재라면, 그의 말에는 그에게 어떤 일이 벌어지거나 벌어지지 않는지를 정하는 권위가 담겨 있다. 그 힘은 평등과 자결의 일부로서 동의의 개념에 꼭 필요한 전제 요소다.

　　여자의 말은 법적으로도 영향력이 결여되어 있었다. 20세기가 되기 전에 여자가 투표를 할 수 있는 곳은 전세계에서 몇군데 정도가 드문드문 떨어져 있을 뿐이었고, 불과 수십년 전에도 여자 변호사나 판사는 거의 없었다. 내가 만난 한 텍사스 여성은 자기 어머니가 그 지방 최초로 여성으로서 배심원 역할을 수행한 여자들 중 한명이었다고 말해주었다. 여성이 최초로 미국 연방대법관에 지명된 것은 내가 성인인 시절이었다. 불과 몇십년 전까지, 미국을 포함한 세계 대부분의 지역에서 아내는 스스로 계약을 맺거나 금전적 결정을 내릴 권리가 없는 존재였고, 심지어 자기 몸에 대한 권한이 아내의 몸에 대한 남편의 권한보다도 하위로 취급되던 존재였다. 아직도 세계 일부 지역에서는 아내가 법적으로 남편의 소유물이고, 여자를 대신하여 남들이 여자의 남편을 고른다. 영향력 없는 사람이 된다는 것, 자신이 하는 말에 아무 힘이 실리지 않는다는 것은 당황스럽고 끔찍한 상황이다. 유령이나 짐승이 된 듯하고, 말이 입에서 죽어버린 듯하고, 소리가 밖으로 전달되지 않는 것만 같다. 말을 했지만 그 말이 중요하지 않게 여겨지는 것은 아예 침묵하는 것보다, 오십보백보이긴 하나, 조금 더 나쁘다.

그동안 여자들은 세가지 전선 모두에서 손상을 입었다. 유색인 남자들도 그렇고, 비백인 여자들은 이중으로 그렇다. 그들은 말하도록 허락되지 않고, 혹은 말한다는 이유로 처벌받고, 혹은 결정이 내려지는 무대에서—법정, 대학, 입법 기관, 보도국에서—배제당한다. 어렵사리 말할 수 있는 공간을 찾아서 말하면 조롱당하거나 불신당하거나 협박당하고, 그런 범주의 사람은 본질적으로 기만적이고 악의적이고 망상적이고 정신이 혼란하다고 혹은 그냥 자격이 없다고 싸잡힌다. 아니면, 말해도 침묵한 것과 다를 바가 없다. 자신의 이야기를 말해도 아무 일도 벌어지지 않는 것이다. 그의 권리와 증언력은 중요하지 않기 때문에, 그의 목소리는 바람에 날려 사라지는 소리일 뿐이다.

젠더폭력은 이 가청성, 신뢰성, 영향력의 결여로 인해 가능해진다. 우리가 사는 이 사회는 거대한 모순이나 다름없으니, 사회는 법률과 그 잘난 자존심에 의거하여 그런 폭력에 반대한다고 주장하면서도 다른 무수한 전략으로써 그런 폭력이 계속 횡행하도록 허락했고, 피해자보다 가해자를 훨씬 더 자주 더 잘 보호했고, 직장 성희롱이든 학내 강간이든 가정폭력 사건이든 늘 입을 연 피해자를 처벌하고 모욕하고 겁박했다. 그 결과 범죄는 눈에 보이지 않게 되고, 피해자는 세상이 그 목소리를 들어주지 않고 세상에 아무런 영향력을 미치지 못하는 사람이 된다.

성적 폭력을 가능케 하는 이런 여성의 목소리에 대한 무시는 폭력 이후의 무시, 즉 여성이 경찰이나 대학 당국이나 가족이나 교회나 법정을 찾아가거나 강간 검사를 받고자 병원에 찾아갔을 때 외면과 모멸과 비난과 망신과 불신을 받는 것과 뗄 수 없는 일이다. 둘 다 한 사람이 사회에서 누려야 마땅한 온전한 인간성과 구성원 자격을 공격하는 일이고, 후자의 영역에서 그의 가치를 깎아내리는 것이 전자의 일을 가능케 한다. 성폭력은 가청성, 신뢰성, 영향력이 불평등한 상황에서만 활개 칠 수 있다. 다른 어떤 불균형보다도 바로 이 불균형이 젠더폭력이라는 전염병의 가장 중요한 전제 조건이다.

힘과 저 세 속성을 다 갖춘 목소리를 누가 가질 것인가, 이 점을 바꾼다고 해서 모든 것이 바로잡힐 리는 없다. 하지만 그것을 바꾸면, 규칙이 바뀐다. 특히 어떤 이야기가 말해지고 들려질지, 누가 그것을 결정할지를 정하는 규칙이 바뀐다. 이 변화의 척도 중 하나는 과거에 무시되고 불신되고 일축된 사건들, 혹은 가해자에게 유리하게 판결된 사건들 중 현재에 다른 결과를 낸 사건이 많다는 사실이다. 이것은 증언대에 선 여성이나 아이의 목소리가 이전보다 더 많은 가청성, 신뢰성, 영향력을 확보했기 때문에 가능한 일이다. 이런 획기적 변화가 가져올 여러 결과 중 가장 측정하기 어려운 결과는 규칙이 바뀌었기 때문에 발생하지 않은 수많은 범죄일 것이다.

그런 변화의 배후에는 누구의 권리가 중요한가, 누구의 목소리가 들릴 것인가, 누가 결정할 것인가 하는 문제 면에서의 변화가 있다. 그 목소리를 확대시키고 북돋우며 그 변화를 촉진하는 것은 내가 작가로서 확보한 목소리를 써서 수행한 과제 중 하나였다. 나, 그리고 다른 사람들의 글과 말이 세상의 변화를 거드는 걸 보는 것은 작가이자 또한 생존자인 내게 여러모로 만족스러운 일이었다.

생명선

2013년 말 뉴올리언스에서, 하루는 좁은 방에 놓인 책상에 앉아서 길게 줄 선 독자들에게 책에 서명을 해주고 있었다. 옆에는 공동 편집자로 뉴올리언스 출신인 리베카 스네데커Rebecca Snedeker가 있었다. 그때였다. 한 여자가 내 손을 부여잡더니 손금을 읽기 시작했다. 책은 그 도시의 지도책으로, 어떻게 세느냐에 따라 내 열다섯번째 책일 수도 있고 열여섯번째 책일 수도 있고 열일곱번째 책일 수도 있었다. 이전에 내가 뉴올리언스에 갔던 것은 허리케인 카트리나로부터 반년여 뒤인 2006년 부활절 주말이었다. 나는 허리케인과 그 여파에 관해서 말해지지 않은 이야기들에 이끌려 그곳으로 갔다. 그러다 몇가지 인종 범죄를 폭로하는 일에 개입하게 되어, 아는 탐사 보도 기자들에게 그 사건들을 살펴보라고 채근하는 한편 나 자신도 2009년에 쓴 책, 즉 재난과 그 폐허에서 솟아난 놀라운 공동체들을 살펴본 『이 폐허를 응시하라』펜타그램 2012에서 그 사건들을 이야기했다.

내가 뉴올리언스에 간 것은 그 도시에서 가장 추악한 것들을 직접 보기 위해서였다. 가난, 인종차별, 그리고 도시가 범람했을 때 바로 그 요인들 때문에 1,500명이 넘는 사람들이 버려진 데다가 이어 공격받고, 대피가 저지되고, 구호를 받지 못하여 죽어간 일, 그에 더해서 그들을 악마화하고 비인간화하는 이야기들 때문에 죽어간 일. 그런데 나는 그뿐 아니라 뉴올리언스에서 가장 아름다운 것들을 보고 사랑에 빠졌다. 그중 하나는 그곳 주민들이 현재에 머무를 줄 안다는 점, 집 밖으로 나가서 사람들과 어울리고 자신의 위치를 인식하고 거리에서 축하하고 주변과 이어질 줄 안다는 점, 그런 현재를 만들어낸 과거를 기억할 줄 안다는 점이었다. 그들에게는 우리로 하여금 서로를, 또한 일상의 자각과 즐거움을 그냥 지나치도록 볶아치는 비참한 두 덕목인 생산성과 효율성 이외의 것들도 소중히 여길 줄 아는 재능이 있었다.

여자가 뒤에 긴 줄이 기다리고 있는데도 내 손금을 읽어도 괜찮다고 생각한 것은 바로 그런 느긋함 때문이었을지 모르겠다. 나도 뉴올리언스 사람들이 기다림을 선선히 받아들일 줄 안다는 걸 알기에, 일을 빨리빨리 진행시켜야 한다는 내 안의 의무감을 다스린 채 여자에게 손을 맡겼다. 나는 수상술을 믿지 않고, 다른 어떤 형태의 점도 믿지 않는다. 하지만 어떤 식으로든 내게 찾아오는 이야기라면 다 믿고, 내게 새로운 가능성을 보여주는 전령 혹은 거울로서 낯선 사람이 갖고 있는 능력을 믿는다. 여자가 내 손을 놓으면서 남기고 간 말은 이랬다. "우여곡절이 있었겠지만, 당신은 결국 운명대로 살고 있네요." 이 말을 나는 부적처럼 간직했다.

"우여곡절이 있었겠지만"Despite everything, 이 말을 나는 수십억명의 인간들이 삶에서 으레 겪는 장애물과 상처를 가리키는 것으로 이해했다. 세상이 그동안 좋은 방향으로 크게 바뀌었다는 것을 알고, 그럼에도 불구하고 아직 많은 사람들이 젠더라는 뒤틀린 거울이 그들에게 비춰 보인 손상된 자아상 때문에, 혹은 그들의 권리와 능력과 생존 조건마저 훼손된 현실 때문에 운명대로 살지 못한다는 것도 안다. 세상에 티끌만큼도 손상되지 않은 인간이 있으리라고 상상하는 것은 아니고, 그런 존재를 굳이 상상해볼 필요도 없겠지만, 적어도 여성이 겪는 피해 중 일부나마 줄고 금지되는 모습만큼은 쉽게 상상할 수 있다. 나는 또 그 과정이 현재 진행되는 중이라고 생각하고, 사람들은 자신에게 안전하고 자유로울 자격이 있다는 말을 듣는 것만으로도 힘을 얻는다고 생각한다. 내가 페미니스트인 동시에 희망적인 인간일 수 있는 까닭은, 여성의 권리와 지위가 내가 태어난 이래 여러 장소에서 여러 방식으로 크나크게 변해왔다는 사실을 알기 때문이다.

실비아 플라스는 열아홉살에 "나는 모든 사람과 최대한 깊은 대화를 나누고 싶다. 탁 트인 곳에서 자고 싶고, 서부를 여행하고 싶고, 밤에 자유롭게 걸어다니고 싶다" 하고 탄식했지만, 자신의 성별 때문에 그럴 수 없다고 느꼈다. 그로부터 30년 뒤에 태어난 나와 우리는 좀더 운이 좋았다. 나는 서부를 방랑했고, 산속 초원과 사막과 계곡 바닥과 미 남서부 및 북극의 큰 강 강둑에서 잠잤고, 혼자 먼 거리를 운전했고, 밤에 많은 도시와 몇몇 시골을 쏘다녔고, 반항아들과 뭉쳤고, 거리를 점령했고, 영웅들을 만났고, 책을 썼고, 활동가들을 격려했고, 어릴 때 갈망했던 우정과 대화를 경험했고, 이따금 내 신념을 지키고자 나섰고, 세상이 기후변화 측면에서는 섬뜩하지만 문화정치 측면에서는 가끔 반가운 방향으로 차츰 변해온 과정을 지켜볼 만큼 오래 살았다. 또한 나는 망가진 사람이다. 우리 모두를 망가뜨리며 그중에서도 여성을 특정 방식으로 망가뜨리는 사회의 일원이다.

　　망가짐에 대해서 할 수 있는 이야기는 너무나 많다. 최근에 환경 파괴의 현장을 찍은 사진들에 관한 글을 읽다가도 그런 이야기를 하나 접했다. 사진은 칼린 트렌드Carlin Trend●를 찍은 것이었는데, 캐리와 메리 댄의 목장을 포함하여 서부 쇼쇼니족의 땅을 통해 지나는 그곳 미립형 금광상 지대는, 만약 네바다주가 독립 국가였다면 그곳을 세계 4위 혹은 5위의 금 생산 국가로 만들어주었을 만한 규모다. 나는 그 광산을 가본 적 있다. 그곳은 도시를 삼킬 수 있을 만큼 거대한 구덩이였고, 거인 같은 기기들이 계속 더 깊이 파고들 수 있도록 그 속의 물을 펌프질해 낸 상처였다. 산 전체가

● 칼린 부정합이라고도 하는 지질 구조를 말하며, '트렌드'는 지층이 한 방향으로 기울어진 것을 뜻한다. 칼린은 네바다주의 소읍 이름이다.

산산이 가루가 되면서 다른 중금속들도 풀려났고, 사람들은 흙가루에서 금을 걸러내기 위해서, 그리하여 외국 회사들이 이윤을 올리고 먼 곳의 사람들이 몸을 치장하도록, 사이안화물 섞인 물을 뿌렸다. 사막의 귀중한 물이 낭비되었고, 독으로 오염되었고, 그 상태로 인공 호수에 버려져서 그곳에 내린 새들을 죽였다. 그 광산을 알고 나는 금을 싫어하게 되었다.

사진에 딸린 에세이에는 남극에서 여덟 계절을 일했다는 다른 작가의 말이 인용되어 있었다. 제이슨 C. 앤서니Jason C. Anthony는 과거에 선원과 극지 탐험가가 흔히 걸렸던 영양 결핍증과 그 원인에 대해서 이렇게 말했다. "인체는 비타민 C가 없으면 뼈, 연골, 힘줄, 기타 결합조직의 필수 구성 성분인 콜라겐을 합성하지 못한다. 콜라겐은 상처를 아물게 하는데, 단 그렇게 아문 부위의 콜라겐은 평생 끊임없이 교체된다. 따라서 괴혈병이 많이 진행되면 옛날에 다 나았다고 생각했던 오래된 상처가 마술처럼 다시 고통스럽게 나타나곤 한다."

이 이야기는 완벽한 극복이란 없다는 주장으로 해석될 수도 있겠지만, 그보다는 손상이 반드시 영구적인 것은 아닌 것처럼 수선도 반드시 영구적인 것은 아님을 일깨우는 이야기로 보는 편이 더 합리적일 것이다. 우리는 무엇이든 우리가 얻어냈거나 변화시켰거나 고친 것을 계속 관리하고 보호해야 하지, 그러지 않으면 그것을 잃을 수 있다. 한번 전진한 것은 후진할 수도 있다. 효율성에 따르면, 애도란 정해진 단계를 따라 착착 진행되어야 하고 사건은 극복되어야 하고 그후에는 상처와 마음에 둘 다 적용되는 말인 **닫힘**closure이 온다고 한다. 하지만 실제 시간과 고통은 그보다 더 유동적이고 예측하기 어려운 과정이다. 확장했다가도 수축하고, 닫혔다가도 열리면서 자꾸 변하는 과정이다.

우리는 자신을 해친 무언가를 향해 다가가기도 하고, 그로부터 멀어지기도 하고, 그 주변을 맴돌기도 한다. 또 어떤 때는 다른 어떤 것 혹은 사람이 우리를 그것으로 도로 데려간다. 우리가 그것으로부터 탈출할 때 디뎠던 계단이 문득 폭포로 바뀐 것 같은 그런 시간의 미끄러짐은 본디 트라우마란 것이, 그리고 트라우마가 느끼는 시간이 무질서하기 때문이다. 하지만 가끔은, 내가 이 책에서 시도한 것처럼, 우리가 그동안 얼마나 나아왔는지 재어보기 위해서 과거를 재방문할 때도 있다. 닫힌 것이 다시 열린다. 가끔은 우리가 그것을 새로이 바꿀 수 있기 때문에, 새로이 수선할 수 있기 때문에, 새로이 이해할 수 있기 때문에 그것이 다시 열린다. 가끔은 이야기의 끝에 덧붙은 새 챕터 때문에 도입부의 의미가 바뀐다.

손상을 입은 삶은 그러지 않았을 때의 삶과는 다른 운명을 낳지만, 우리가 손상을 입는다고 해서 삶을 살지 못하게 되거나 중요한 것을 이루지 못하게 되는 것은 아니다. 가끔은 우리가 어떤 끔찍한 일에도 불구하고 해내는 것이 아니라 오히려 그 일 때문에 운명으로 정해진 존재가 되고, 운명으로 정해진 일을 하게 된다. **"운명대로 살다"**meant to be, 여자의 이 말을, 나는 손상이 없었다는 뜻이 아니라 손상이 있었어도 그것이 내가 세상에 온 목적을 수행하는

데 저해가 되지는 않았다는 뜻으로 이해했다. 내가 이런 손상에 관한 이야기를 글에서 한 적도 더러 있는데, 정말 너무나 많은 사람들의 삶이 그 영향을 입었기 때문이다. 정의와 인권을 위해서 일했던 사람들이 만약 정의와 인권의 결핍이 없는 세상에서 살았더라면, 그들은 과연 무슨 일을 했을까? 나는 종종 이런 상상을 해보았다. 마틴 루서 킹 주니어가 만약 인종차별 없는 사회에서 살았더라면, 레이철 카슨Rachel Carson이 만약 오염되지 않은 미국에서 살았더라면, 그들은 어떤 사람이 되었을까? 고통과 피해가 하나도 없는 세상을 상상하지 않는 한, 틀림없이 그들은 다른 상처를 찾아서 그것을 치유하려고 애썼을 것이다. 흔히 낙원은 할 일이 아무것도 없는 곳, 아무런 의무가 없는 곳으로 묘사되곤 한다. 그러나 나는 우리에게 아무것도 요구하지 않는 낙원을 원하지 않는다. 내가 생각하는 낙원은 우리가 도달해야 할 종착지가 아니라 우리가 길잡이로 삼아서 항해해야 하는 북극성이다.

내 손금을 읽어준 사람은 여자였다. 어쩌면 그는 여자들이 자주 그러듯이, 내가 자주 그러듯이, 그냥 나를 기분 좋게 만들고 싶어서, 친절의 순간이라는 작은 낙원을 만들고 싶어서 그렇게 말했을지도 모른다. 물론 낯선 사람이 내게 선물을 주고 싶어했다는 것만으로도 그것은 중요한 일이다. 몇년 전, 파머스마켓에서 웬 남자가 나를 쫓아와서는 자기 매점에서 파는 것이라며 작은 육각형 병에 든 꿀을 쥐여주었다. 일면식도 없는 사이였지만 그가 나를 알아보았던 것이다. 내게서 무언가를 받았다고 느끼는 낯선 사람들이 이따금 선물을 건네고 싶어하는 대상이 되는 것은 놀라운 일이다. 한번은 내가 야외 부스에서 책에 서명을 하고 있었는데, 지나가던 젊은 여자가 나를 보고는 즉흥적으로 몸을 흔들어 보였다. 어쩌다 보니 누군가를 기쁨에 겹게 하는 존재가 되었다는 것, 그것이 내 경력의 정점이었을지도 모른다. 우리는 모르는 사이였다. 하지만 책이란 그런 일을 해내는 법이다. 그것을 쓴 작가보다 더 멀리까지 손을 뻗는 법이다.

상처와 수선에 관한 이야기 중에서 근년에 많은 이들의 마음을 사로잡은 또다른 이야기가 있다. 긴츠기金継ぎ라는 일본의 기예에 관한 이야기다. 이때 긴츠기는 문자 그대로 금金으로 이어 수선継ぎ한다는 뜻으로, 금가루를 섞은 옻 접착제로 깨진 도자기를 붙이는 기법을 말한다. 그렇게 하면 갈라진 금이 금으로 된 혈관이자 물길로 바뀌어, 그릇이 깨졌었다는 사실을 숨기기는커녕 강조하면서 그것을 전과 다른 방식으로 귀하게 만든다. 이것은 사물이 다시 과거의 모습이 되는 일은 있을 수 없겠지만 전과는 다른 아름다움과 가치를 지닌 다른 것이 될 수는 있다고 받아들이는 방식이다. 마치 마법의 흉터와 같은, 신탁의 문양, 도로 지도, 상형문자와 같은 금의 물길을 지닌 컵들과 그릇들은 참으로 절묘한 물건이다. 그것들 때문에 나는 금이 좋아졌다.

내 친구이자 페미니스트 불교 승려, 인류학자, 방랑벽 있는 여행자이기도 한 로시• 조앤 핼리팩스Joan Halifax는 일본에 여러차례 방문했을 때 그렇게 수선된 그릇들을 직접 손에 들어보았다. 그런 그가 몇년 전에 긴츠기를 은유로서 탐구하여 이런 글을 썼다. "우리가 깨짐을 힘을 획득하는 한 방법으로 여겨야 한다고 말하는 것은 아니다. 일부 문화에서는 인격을 강화하고 마음을 여는 방편으로 통과의례에서 일부러 위기를 겪게 하지만 말이다. 내가 말하고자 하는 것은, 우리가 도덕적 고통의 벼랑 끝에서 추락하여 겪는 상처와 피해가 (…) '금 수선'의 수단이 될 수 있다는 것이다. 바람에 흔들리지 않고 진실성을 굳게 간직하는 역량을 계발함으로써." 내게 책상을 주었던 친구는 이 책에서 내가 자신에 대해 쓴 내용을 승인하는 편지를 보내면서 마지막을 윌리엄 스태퍼드^{William Stafford}의 시구로 맺었다. "나는 모든 깨진 것들을 엮어서 낙하산을 만들었다."

사람은 사실 어떤 운명도 타고나지 않는다. 사람은 만들어지는 것이 아니기 때문이다. 우리는 태어난다. 약간의 선천적 기질을 갖고 태어난다. 그다음에는 사건들과 만남들에 의해서 형성되고, 좌절되고, 뜨겁게 데고, 격려를 받는다. **우여곡절이 있었겠지만,** 이 말은 한 사람을 저지하려고 들거나 그의 성품과 목적을 바꾸려고 드는 힘들이 있음을 뜻하고, **운명대로 산다,** 이 말은 그 힘들이 완벽히 성공하지는 못했음을 뜻한다. 그것은 낯선 이가 내게 건넨 멋진 운이었다. 나는 그 운을 받아들였고, 더불어 내 운명은 어떤 이야기를 깨뜨리는 사람이자 어떤 이야기를 만드는 사람이 되는 것, 금

● '로시'(Roshi, 노사, 老師)는 선불교에서 선사를 부르는 호칭.

간 곳을 추적하는 사람이 되는 것, 가끔은 수선하는 사람이 되는 것, 또 가끔은 가장 귀중한 화물을 담아 나르는 짐꾼 혹은 배가 되는 것이라는 느낌도 함께 받아들였으니, 그 화물이란 말해지기를 기다리는 이야기들, 우리를 자유롭게 할 이야기들이다.

감사의 말

돌아보니, 이 책은 장애물과 악의에 관한 이야기이지만 그뿐 아니라 다리를 놓는 사람들과 친절에 관한 이야기이기도 합니다. 전자에 관해서 나는 고마워할 일이 많고, 후자에게는 생존의 빚을 졌습니다. 내가 지금 여기 있을 수 있는 것은 취약한 자를 보호하고, 특이한 자를 격려하고, 무지한 자를 가르치는 힘들 덕분입니다.

내게 집과 우정을 준 제임스 V. 영 씨1920~1989, 고맙습니다.

글을 쓸 책상을 준 _____, 고맙습니다.

내 20대의 중요한 인물이었던 세 데이비드들, 고맙습니다.

게이 남성들, 퀴어 문화, 집세보다 원칙이 더 높았던 그 시절의 피난의 도시에게 고맙습니다. 샌프란시스코시의 임대료 규제 정책이 없었다면 내 인생의 궤적은 불가능했을 것이므로, 고맙습니다.

그 퀴어 친화적 공간에 발들인 이 이성애자 애송이에게 무료 의료를 제공해준 라이언-마틴 병원, 고맙습니다.

오션비치, 태평양, 무적과 갈매기들에게 고맙습니다. 내가 지난 반세기 동안 거닐었던 샌프란시스코 근교의 방대한 그린벨트 구역을 보호해준 사람들, 고맙습니다.

샌프란시스코 공립도서관과 그 뒤를 이은 캘리포니아 대학 버클리 캠퍼스의 도서관들, 내가 그곳에서 보냈던 수많은 시간과 그곳에서 접했던 수많은 책과 자료와 당신들이 견지하는 이상에게, 고맙습니다. 독립 서점들, 특히 모즈, 시티라이트, 그린애플, 그린아케이드, 지금은 사라진 많은 헌책방들, 고맙습니다.

편입생을 받아주고 고학생도 공부할 수 있는 일정을 제공해준 샌프란시스코 주립대학, 고맙습니다. 나를 격려해주고 내가 『샌프란시스코 매거진』의 팩트체크 담당 인턴으로 첫 언론 관련 일을 하도록 주선해주었던 셰익스피어 교수 노엘 윌슨, 고맙습니다.

샌프란시스코 현대미술관과 그곳 연구/컬렉션 부서 직원들과 사서 지니 캉도에게 고맙습니다. 35년간 나와 겹치면서 진화해온 시에라 클럽, 고맙습니다.

저널리즘 대학원, 특히 버나드 테이퍼, 데이비드 리틀존, 벤 바그디키언에게 고맙습니다.

나 스스로를 작가로 여기도록 가르쳐준 예술가들, 린다 코너, 앤 해밀턴, 리처드 미즈락, 루이스 데소토, 메리델 루벤스타인에게 고맙습니다.

시티라이트의 젠트 스터전과 렉스 레이, 그리고 나중에 온 폴 야마자키에게 고맙습니다.

초기에 내 글을 잡지 『프랭크』에 실어준 리베카 빅스, 스티브 로젠버그, 롭 랑겐브루너에게 고맙습니다. 팀 요해넌과 『맥시멈 록 앤드롤』에게도 마찬가지로 고맙고, 『뮤직 캘린더』의 플로라, 『아트위크』의 세실 매캔, 『아트 이슈』의 게리 콘블라우에게도 고맙습니다.

내 20대에 나타나서 이른 시기에 격려해준 빌 벅슨, 마이클 매클루어, 바버라 슈타우파허 솔로몬과 30대에 나타나준 마이크 데이비스, 루시 리파드에게 고맙습니다.

'베이에어리어 직접 행동 비밀 결사, 배대스B.A.D.A.S.S.'라는 이름으로 반전 활동을 함께했던 1991년 걸프전 때의 배대스와 2002~2003년 이라크전 때의 배대스, 고맙습니다.

1991년 10월 어느 아침 로스앤젤레스 북부 5번 주간고속도로 변 데니스에서 같은 식탁에 앉았을 때, 애니타 힐은 진실을 말하는 거라고 그들을 설득하는 내 말을 들어주고 믿어준 멋진 바이커들, 고맙습니다.

네바다주에게, 특히 밥 풀커슨, 캐리와 메리 댄, 코빈 하니, 레이먼드 요웰 족장, 버니스 랄로, 그레이스 포토티, 버지니아/디디 샌체즈, 조 앤 개릿, 말라 페인터, 케이틀린 바클룬드, 그리고 서부 쇼쇼니족 방어 프로젝트의 초기 단계에서 함께했던 동료들에게 고맙습니다.

1980년대의 반간섭주의 운동과 환경운동, 그리고 당시 내가 자원봉사를 했던 우림행동네트워크에게 고맙습니다(중앙아메리카환경프로젝트에서 일하던 브래드 에릭슨을 그때 만났는데, 당시 그위친족과 마사이족 장로들로부터 가르침을 받던 그에게 나도 환경정의에 대해서 많이 배웠습니다). 1990년대의 반핵 운동과 네바다 핵실험장 활동가 친구들, 고맙습니다. 지금 내 친구나 동료가 된 21세기의 기후 활동가들, 빌과 메이와 애나와 조와 스티브와 마이크 B.와 앤토니아와 레드, 고맙습니다.

2018년에 내가 예술가 스테퍼니 시후코가 만들어준 근사한 플래카드를 가지고 나타났을 때, 우리 도시의 중심 대로를 행진하는 게이 남성들의 대열 맨 앞에 나를 세움으로써 샌프란시스코인으로서 나의 가장 위대한 등장의 순간을 경험하게 해준 클리브 존스, 고맙습니다. 그 민주주의 플래카드를 만들어준 스테퍼니, 고맙습니다.

우정과 통찰과 이 원고에 대한 코멘트를 제공한 가넷 카도건, 엘레나 아세베도, 하이메 코르테스, 고맙습니다.

1997년에 『걷기의 인문학』 제안서를 받아든 이래 여섯권의 책을 함께 만들며 원고를 편집하고 격려해준 바이킹 출판사의 폴 슬로박, 고맙습니다. 처음에는 저렴한 페이퍼백들로 내 정신을 형성했고, 나중에는 바이킹에서 양장본으로 나왔던 내 책들이 영광스럽게도 오렌지색 책등에 펭귄 로고가 찍힌 펭귄 페이퍼백으로 다시 나오는 것을 보게 해준 펭귄 출판사, 고맙습니다. 그랜타 출판사의 벨라 레이시와 프루 롤런슨, 고맙습니다.

에이전트이자 늘 격려해주는 사람이자 이 책의 첫 독자인 프랜시스 코디, 고맙습니다.

지금 내 곁의 수많은 친구들과—마리나, 애스트라, 샘, 리, 티나, 아나 테레사, 캐서린—특히 이 책을 쓰는 동안 함께 산책하고 차를 마시고 그 밖에도 많은 것을 함께해준 찰스, 고맙습니다.

이야기가 세상을 바꿀 수 있다는 것을 보여주고, 집단의 이야기를 조금씩 바꿈으로써 우리가 끝없는 강제적 침묵 위에 씌어졌던 오래된 이야기를 벗어날 수 있도록 해준 모든 여성들, 고맙습니다. 소셜미디어, 공론장, 대화, 뉴스, 책과 법정에서 자신의 이야기를 들려주어 그 목소리로 침묵을 깨고, 그럼으로써 다른 사람들도 어쩌면 그들 역시 세상에 들려줄 끔찍한 이야기를 간직한 생존자가 되기 전에 목소리를 낼 수 있는 공간을 만들어준 모든 이야기꾼들, 고맙습니다.

페미니즘에게, 고맙습니다. 교차점들에게, 고맙습니다.

세상 모든 것들의 해방을 위하여.

옮긴이의 말

2010년대에 영어권을 비롯하여 전세계 독자들에게 새롭게 이름을 알린 작가들 중에서도 가장 주목할 만한 목소리, 가장 크게 들린 목소리를 꼽으라면 리베카 솔닛을 빼놓을 수 없다. 솔닛은 2014년 출간된 페미니즘 에세이집 『남자들은 자꾸 나를 가르치려 든다』창비 2015로 단숨에 동시대 여성들의 마음을 대변하는 존재로 떠올랐고, 이 특이한 베스트셀러로 얻은 지명도를 발판으로 삼아 이후 펼쳐진 페미니즘 운동과 담론에서 고정적인 참여자로 활약했다.

솔닛이 『남자들은 자꾸 나를 가르치려 든다』로 이름을 얻긴 했지만, 그의 경력은 그때로부터 시작된 것이 아니었다. 그에게는 그 전에 20여년간 여러 종류의 글을 쓰고 여러 방면에서 활동해온 시간이 있었고, 그로부터 탄생한 십수권의 책이 있었다.『세상에 없는 나의 기억들』후기에서 솔닛은 2013년에 펴낸 뉴올리언스 지도책이 어떻게 세느냐에 따라 자신의 "열다섯번째 책일 수도 있고 열여섯번째 책일 수도 있고 열일곱번째 책일 수도 있었다"고 말한다. 따라서 바로 그다음에 나온『남자들은 자꾸 나를 가르치려 든다』는 어떻게 세느냐에 따라 솔닛의 열여섯번째 책일 수도 있고 열일곱번째 책일 수도 있고 열여덟번째 책일 수도 있었다. 그리고 그 책을 냈을 때 솔닛은 53세였다.

솔닛의 책 순서를 제대로 헤아리기가 어려운 것은, 그가 일반적인 단행본뿐 아니라 기타 여러 형태의 매체에 여러 형태의 글을 써왔기 때문이다. 그중에는 솔닛의 터전이자 주요한 주제이기도 한 샌프란시스코 인근에서만 유통된 듯한 출판물도 있었고, 화가나 사진가와 협업한 책 혹은 도록에 쓴 글도 있었다. 각종 잡지와 신문에 기고한 기사라면 무수히 더 많았다.

분야도 다양했다. 30세에 낸 첫 책『비밀의 전시회: 냉전기 캘리포니아의 여섯 예술가』미번역는 예술사 혹은 지역사라고 할 수 있었고, 33세에 낸 두번째 책『야만적인 꿈들: 미국 서부의 숨은 전쟁들로의 여행』미번역은 지리사 혹은 사회사라고 할 수 있었다.『어둠 속의 희망』개정판 창비 2017과『이 폐허를 응시하라』는 정치와 사회사로 분류될 만하고,『마음의 발걸음』반비 2020이나『걷기의 인문학』등은 문화사로 분류될 만하다. 솔닛은 지도책을 낸 적도 있다. 샌프란시스코와 뉴올리언스와 뉴욕의 3부작미번역으로, 물론 평범한 지도는 아니다. 각 도시의 역사와 문화를 지도에 겹쳐서 표기한 책, 거꾸로 말하자면 통용되는 지도에 숨은 역사와 문화를 발굴한 책이다. 온통 남성 인물의 이름만을 딴 거리명이며 건물명에 여성 인물의 이름을 붙여보기도 했다. 이 작업들은 역사에 대한 관심에서 나온 것으로 한데 묶어도 큰 무리가 없을 것이다. 처음에 솔닛은 자신을 역사책을 쓰는 작가로 여겼다. 특히 통용되는 주류 서사에서 누락된 변두리의 사실들과 존재들로부터 새로운 서사를 읽어내는 것을 자신의 소명으로 여겼다.

그리고 에세이가 있다. 이 회고록에서도 밝혔듯이, 솔닛이 출간을 염두에 두지 않고 사적인 이야기를 자유로운 방식으로 써본 것은 『길 잃기 안내서』가 처음이었다고 한다. 그후로 그 짝꿍 책이라고도 볼 수 있는 『멀고도 가까운』반비 2016이 나왔다. 한국어 독자들에게 유난히 사랑을 많이 받은 이 두 에세이는 솔닛의 몹시 섬세한, 층층이 쌓고 켜켜이 쌓는, 비유로써 먼 거리를 가로지르는 사유의 풍요로움을 잘 보여주는 글이다.

그다음에 온 것이 『남자들은 자꾸 나를 가르치려 든다』를 시작으로 한 페미니즘 에세이집이었다. 『여자들은 자꾸 같은 질문을 받는다』창비 2017 『이것은 이름들의 전쟁이다』창비 2018 『이것은 누구의 이야기인가』창비 2021로 이어지는 솔닛의 페미니즘, 정치, 환경 비평은 현재 진행형으로 계속 쓰이고 있다.

(사실 솔닛은 누군가 자신의 책을 이렇게 뭉텅뭉텅 묶고 분류하는 것을 마뜩잖게 여길 것이다. 글쓰기의 공고한 형식성으로

부터 말미암은 제약을 무지르는 것을 작가로서 자신의 발견이자 강점으로 여기는 솔닛이기 때문이다. 그 점은 미안하다.)

요컨대, 『남자들은 자꾸 나를 가르치려 든다』로 주목받았을 때 솔닛은 이미 오래전에 자신의 목소리를 찾은 작가였다. 자신의 관심사와 주장을 어떻게 표현해야 하는지를 많은 시행착오를 통해서 익힌 작가였고, 자신의 목소리가 사람들에게 격려가 될 수 있다고 굳게 믿게 된 작가였다. 냉소나 초연함은 궁극적으로 통하지 않는다는 것, 글로써 살아가는 삶에서도 결국에는 연대와 희망이 지속 가능한 전략임을 일찌감치 깨달은 작가였다. 그런 그의 글 중에서 『남자들은 자꾸 나를 가르치려 든다』가 유달리 히트를 친 데에는 소셜미디어의 영향이 컸다고 보이는데, 그야 어쨌든 덕분에 독자들은 이토록 풍성한 이야기보따리를 지닌 작가를 뒤늦게 발견하게 되었고 솔닛의 책들은 풍성한 독자들을 발견하게 되었으니 서로 운이 좋았다.

그리고 이제 30권을 채워가는 그 알찬 목록의 끝에 마침내 회고록이 추가되었다. 『세상에 없는 나의 기억들』은 크게 역사책, 에세이, 칼럼집으로 나눈 솔닛의 전작들 중 어느 책과도 다른 동시에 그 모든 책들을 다 품은 책이다. 솔닛이 어떻게 그 책들을 쓸 수 있었나, 어떻게 그 책들을 쓸 수 있는 자신만의 목소리를 찾았나, 하는 점이 회고록의 중심 주제이기 때문이다.

지금 우리에게는 통 믿기지 않지만, 한때 솔닛에게도 목소리를 내지 못하던 시절이 있었다. 목소리를 내도 무시당하던 시절이 있었고, 그 탓에 자신의 목소리를 의심하던 시절이 있었다. 어리고, 가난하고, 가족의 도움을 받지 못하고, 길에서 늘 성희롱과 강도를 당하고, 남자들에게 뮤즈 혹은 독자로만 취급되고, 자유롭게 밤길을 걷지 못하고, 저자로서의 신뢰성을 인정받지 못하고, 미래가 전혀 약속되지 않은 시절이 있었다. (그런 와중에 솔닛이 가진 유일한 특권이라면 백인인 특권이었다. 그 점을 젊은 솔닛은 잘 몰랐다고 하지만, 이 회고록을 쓴 솔닛은 잘 알고 있다.) 그래서 책으로 도피하던 시절이 있었다. 혼자서 페미니스트가 된 시절이 있었다. 그것은 솔닛 개인의 문제이기도 했지만 오로지 개인적인 문제만은 아니어서, 솔닛이 그 과정을 거쳐서 자신의 목소리를 찾는 과정은 1980~90년대 여성의 성장 기록일 뿐 아니라 현재 우리 주변에서도 그 조각들이 발견되는 보편적 이야기다.

고유하고 아름다운 회상도 많다. 솔닛이 10대 후반부터 40대까지 25년을 살았던 작고 환한 집에 관한 묘사가 특히 그렇다. 솔닛이 사랑하는 도시 샌프란시스코의 옛 모습에 관한 묘사, 역시 솔닛이 사랑하는 미국 서부의 광활함에 관한 묘사가 그렇다. 펑크록 공연장에서 슬램댄싱을 하는 솔닛, 오토바이를 타는 솔닛, 총을 쏘는 솔닛, '죽은 발레리나' 복장을 하고 파티장에 가는 솔닛도 있다.

마지막으로 한참 시선이 머무는 것은 제목이다. 원제*Recollections of My Nonexistence*에 포함된 단어 '회상'recollections은 회고록 제목에 흔히 쓰이는 표현이지만, 보통의 저자들은 자신이 세상에 버젓이 존재했던 사실을 회상하려고 하지 비존재였던 사실을 굳이 회상하려고는 하지 않는다. 하지만 솔닛은 자의로든 타의로든 자신이 세상에 없는 것 같았던 순간, 자신의 자리를 찾지 못하고 어디에도 소속되지 못했던 순간, 그래서 몽상과 꿈과 이야기 속에서 더 자주 존재했던 순간을 꼼꼼하게 떠올려 기록한다. 그런 순간이 단지 극복해야 할 장애물만은 아니었다고 여기기 때문일 것이다. 혹은 그렇더라도 그 또한 자신의 삶에서 중요한 이야기였다고 여기기 때문일 것이다. 그 비존재의 패턴을 다른 여성들도 많이 공유하고 있다고 생각하기 때문일 것이다.

정말 그렇다. 이 회고록을 읽으면서 나는 계속 내가 비존재였던 시간을 떠올렸고, 그것을 반드시 물리치고 잊어야 할 일로만 여길 필요는 없다고 생각하게 되었으며, 우리를 비존재로 만드는 힘에 대해서 함께 이야기하는 것이 우리 공동의 회고록을 쓰는 일일 수 있겠다고 생각하게 되었다. 작가로서 세상과 역사에서 숨은 사실들과 관계들을 발굴하여 그로부터 새로운 의미와 이야기를 찾아내는 작업을, 솔닛은 자신의 역사에 대해서도 똑같이 한 셈이다.

2022년 늦겨울
김명남

세상에 없는 나의 기억들

초판 1쇄 발행/2022년 3월 8일
초판 3쇄 발행/2022년 4월 15일

지은이/리베카 솔닛
옮긴이/김명남
펴낸이/강일우
책임편집/최지수 홍지연
조판/황숙화
펴낸곳/(주)창비
등록/1986년 8월 5일 제85호
주소/10881 경기도 파주시 회동길 184
전화/031-955-3333
팩스/영업 031-955-3399 편집 031-955-3400
홈페이지/www.changbi.com
전자우편/human@changbi.com

한국어판 ⓒ ㈜창비 2022
ISBN 978-89-364-7903-9 03800